네 멋대로 하라

김유선 자전적 장편소설

네 멋대로 하라

신지식

■ 책머리에

복선은 소설의 예언이다. 예언은 역사의 복선이다. 복선은 소설에서 일어날 사건의 암시이다. 예언은 역사에서 일어날 사건의 암시이다.
신께서는 경전을, 수많은 예언가를 통해 우리에게 복선을 깔아놓으셨다. 용화세계가 무엇이고 새 하늘 새 땅은 어디인지 알려주셨다. 왜 알려주셨겠는가. 보고 따르라고 그리하시지 않았겠는가. 그 복선을, 예언을 '읽는 자와 듣는 자와 그 가운데에 기록한 것을 지키는 자는 복이 있다.'라고 하였다.
우리는 알기 위해서 어릴 때부터 공부하며 살아왔다. 그 정점인 박사까지 하고서도 무엇을 알았을까. 살아온 것을, 살아갈 것을 한 치라도 알아낸 적이 있었던가. 박사나 문맹이나 깜깜하기는 매한가지이다. 뭐가 보여야, 훤해야 이래야 할지 저래야 할지 판단하고 결정해서 안전하고 안심하게 살아갈 수 있지 않겠는가.
소설에서 어디로 어떻게 전개될지 몰라 혼란에 빠진 독자들에게 갈피를 잡아주는 것이 복선이다. 신께서 깜깜한 밤길에 등불을 밝혀놓은 것이 예언이다. 요한계시록을 비롯해 지금까지 수도 없이 많은 등불을 밝혀놓았는데도 인간들은 그 등불을 쳐다볼 생각도 않고 오직 신과의 언약을 어기는 데만 혈안이 되어 살아가고 있다. 선악과 따먹는 데만 심혈을 기울이며 살고 있는데 666이 뭐고 적그리스도가 뭐며 아마겟돈이 무엇인지 어떻게 알 수 있겠는가.

요한계시록을, 예언을 읽는 자와 듣는 자와 그 가운데에 기록한 것을 지키는 자는 복을 받을 수밖에 없다. 앞길이 훤하게 보이니 어디에다가 발을 내디뎌야 할지를 아는데, 그것이 지식이지 무엇이 지식이겠는가. 아무리 공부를 많이 한 자라고 할지라도 수채 구덩이에 발을 내디디는 자를 지식이 있는 자라고 할 수 있을까.

지금은 예언에서 말하고 있는 그 마지막 때이다. 이 땅에 신의 나라를 이루시고자 신께서 이 나라를 들어 역사하고 계시는 중이다. 거기에 동원된 것이 요한계시록의 두 증인이다. 그 두 증인은 우리에게 어떤 방식으로 나타날 것인가. 두 증인은 소설이라는 형식으로 나타나 우리에게 신의 존재를 얘기하고, 신의 뜻을 얘기하였다. 권력과 돈이 선악과라는 것을 얘기하고, 정치가 666이라는 것을 얘기하였다. 유물론자들, 주기론자들, 신을 모르는 자들이 가라지라고 얘기하였다.

12·3계엄은 그 소설 「두 증인」, 요한계시록의 그 '두 증인'과 무관하지 않다. 윤석열 대통령 취임식 때 뜬 채운이 신의 메시지라는 것을 아는 자와 그것을 지키는 자는 복이 있을 것이다.

좌파나 우파나 그것이 권력 때문이라면 그들은 모두 가라지들이다. 그것이 진리 때문이라면 그들은 모두 알곡이다. 좌파들의 경우 대부분 권력 때문인 듯하였다. 우파들 경우도 마찬가지이지만, 무신론자들보다 유신론자들이 많은 걸로 보면 진리 때문인 경우도 많은 듯하였다.

소설 「두 증인」은 이 책과 더불어 가라지가 무엇인지 그것을 알게 하려고 쓴 책이다. 가라지인 줄 알면서도 회개하지 않을 것인가.

이제 그것은 그들의 몫이다.

12·3계엄을 시작으로 신의 역사가 이 땅에 펼쳐지고 있다. 신의 나라가, 용화 세계가 저만치에서 우리에게 손짓하고 있다.

2025년 여름의 길목에서
김 유 선

■ 차례

책머리에

응아   13
학생과 아이   17
열정과 완장   24
형과 그의 형   28
아버지와 어머니   34
우리의 소원   41
'숙' 자 '제' 자   43
음악과 소리   47
저주와 은총   50
절대순수이성   54
울타리 바깥   59
제109학군단 분단   62
정립   68
어린 왕자의 스펙   74
한류와 국한문혼용   78
오현 스님   84
하루살이 결혼식   92
마귀들과 장대   96
가라지의 형태   102
신의 의지와 나의 사명   111

두 증인   116
세 번의 거절   123
춘양살이   126
적산가옥   129
별일 별이 별삼 별사 별오 별육 별칠   138
고향_고향길   150
    재사   153
    지붕 위의 소년   154
    독방   156
    콩 서리   158
    봄 홍시   159
    할머니   160
    텃밭 옥수수   166
    할아버지의 과자 봉지   167
    잔머리   168
    빗방울   170
    까마중과 엉겅퀴   172
    북극성과 북두칠성   173
    마음 심 자   175
    중조모   179
    백조부와 중조부   181
    성곡천   182

놀이_팽이치기   185
    제기차기   186
    썰매 타기   192
    임금 놀이   194
    자전거 타기   196
    야구와 막대치기   198
    스케이트 타기   200
    자두서리   202

싸움_3전 3승   207
    전학 온 아이와 손연희 선생님   208
    용상 상구 아이들   212
    외나무다리 사건   214
    반장의 도전   216
    거인과 담임   219
    무식론자와 무신론자   221
    10년 공부의 이면   224

러브스토리의 크기_어린아이의 러브 아이디어   230
    복사꽃 소녀   232
    아버지란 이름의 히틀러   233
    제도와 하늘의 도   237
    막걸리 한 사발   240
    첫사랑   244

윤 초시네 증손녀　248
달기약수터의 춘향이　250
죄수와 재수　252
반칙과 원칙　256
마당에 그린 수채화　259
불법체류자　267
아지랑이　269
종유석과 석순　272
나를 연주하는 여자　274
거짓의 굴레　284
비참한 진실　290
밀물과 썰물　293
추사의 '안동역에서'　297
하나 둘 셋　300
노을 속의 여자　305
돈과 아름다움의 관계　308
임신과 웃음　311
관세음보살과 소녀　312
늦은 비 성령　316

응아

볕과 그늘이 일렬횡대로 대치하고 있다. 팽팽한 그 경계선을 장닭이 동그란 눈을 더욱 동그랗게 뜨고 지켜본다. 그 시선이 꽂혀 있던 그 지점이 어느 순간 사라져 버렸다.
"꼬끼오~ 오!"
닭 울음소리가 마을 안에 가득 고여 있던 적막을 치니까 공간을 뚫고 시간 속으로 퍼져나간다. 퍼지고 퍼져나가 이육사의 귓전을 때렸다. 그때 이육사가 한마디 하였다.
'어디 닭 우는 소리 들렸으랴'
장닭의 동태를 미심쩍게 지켜보고 있던 진돗개가 하품하다 말고 "머어엉 멍!"하고 짖어대니까 옆집 개들도 덩달아 "멍 멍" 짖어댄다. 그 순간 낮잠 자고 있던 한 아이의 꿈속으로 새 하늘과 새 땅이 새싹처럼 움이 텄다.
두둥실 떠다니던 뭉게구름이 그 아이를 안고 또 다른 꿈나라로 입국하려던 즘, 어디선가에서 나타난 솔개가 창공에서 마을을 순시한다. 참새들이 떼거리로 이 덤불에서 저 덤불로 우르르 감쪽같이 숨어버렸다. 솔개의 궤적이 마을 상공에 오륜을 그리고 있을 무렵 미루나무 꼭대기에 앉아 있던 까치는 그러거나 말거나 무심하게 태모 아제가 어디 가는지 살펴보고 있다. 나이가 한참 아래인 영설이한테 먼저 머리 조아리며 인사하는 걸 보고 "까아악 깍!" 하니까 갑자기 한 줄기 바람이 휘몰아쳐 까치를 덮친다. 까치는 자기한테 또 장난치는 바람이 마뜩하지 않다는 듯이 어딘가로 자취를 감추었다. 까치가 떠난 그 빈자리로 까치가 없는 줄도 모르고 불어대는 그 바람이 그 빈자리보다 더 휑뎅그렁하다.

이 마을은 안동문화관광단지가 들어선 안동시 성곡동 잿골이었다. 간뎃골, 앞실골, 감나뭇골, 써릿골, 하산구로 이루어져 있는 시골이었다.

하산구에는 우리가 임금놀이하며 놀던 고색창연한 기와집이 있었다. 대여섯 그루의 모과나무가 수문장처럼 집 앞에 버티고 서 있던 '히산궁'이었다. '히산궁'은 홍건적의 난을 피해 공민왕을 따라 몽진해 온 그의 어머니 명덕태후가 지냈던 곳이다. 그 외곽을 둘러싸고 있던 성황당토성은 그때 조성된 것으로 보인다.

8촌인 혁수 형은 마을의 유래에 대해 의뢰받은 기고문에서 '성곡은 성이 있던 골이다.'라고 했다. 성곡이란 지명은 히산궁과 무관하지 않았다. "저 산 너머 궁이 있었다는데."라고 했던 것으로 보아 혁수 형은 하산구가 히산궁인지를 알지 못했던 것 같았다. 잿골은 성이 있던 골짜기였다. 성스러운 골짜기였다.

조선 중기 무렵 이곳에 터를 잡고 대대로 살아온 안동 권씨 부호장공파 집성촌이다. 마을을 둘러싸고 있는 산의 사방위에 커다란 소나무가 한 그루씩 우뚝 솟아 있었다. 북송, 남송, 동송, 서송 즉 사방송이라고 일컬어지던 그 적송들이 수호하고 있던 이 마을에는 서 씨, 윤 씨, 배 씨, 박 씨네 한 가구씩 포함해서 서른여 가구가 살고 있었다.

사방송뿐만 아니라 바위 받침대가 있어 그네 타기 좋은 거대한 회화나무, 우리집 앞쪽과 뒤쪽으로 데코레이션해 놓은 높다란 미루나무들, 동구 밖 느티나무, 마을 펌프 옆 무궁화나무, 그리고 품종이 서로 다른 감나무 10그루를 한자 마음 심 자로 심어놓은 우리 감나무밭만 봐도 이 마을은 그냥 조성된 것이 아닌 게 분명하였다. 풍수를 비롯해서 아마도 내가 모르는 기획들이 곳곳에, 요소요소에 숨겨져 있는 마을이었다.

우리 선조들은 그곳에서 유교와 불교, 그리고 무속 신앙을 아우르며 '믿음'으로 마음을 하나하나씩 짜가면서 살아왔다. 대대로 내려오는 온갖 의식과 의례로 우주와 자신을 하나하나 엮어가면서 신 앞에 조심하고 또 조심하며 공손하게 살아가는 사람들이었다. 특히 동지부터 정월대보름 동안 펼쳐지는 다양하고 다채로운 풍속은 성스럽기조차 하였다.

그런 정월대보름이 며칠 지난 어느 호젓한 날 까치가 미루나무 꼭대기에 앉아서 한참이나 아무 생각 없이 있다가 문득 날아갔다.

삼베 짜던 큰할머니의 베틀 소리가 그 빈자리로 철커덕철커덕 들어찬다. 차고 차서 흘러넘친다. 그 소리는 19세기 후반부터 한반도에서 살아온 한 여자의 지난한 삶이 내방가사 가락으로 지붕마다 고샅길 길섶마다 부슬부슬 내린다. 가늘고 가늘던 가락이 이내 굵어지더니 장대비가 되어 주룩주룩 내린다. 시간이 그 빗줄기를 모스 부호로 전대 사람들에게, 후대 사람들에게 열심히 타전하던 날 저녁 무렵이었다.

  이 마을에 부는 바람은 그냥 불지 않았다. 비도 눈도 다 그냥 내리지 않았다. 하나하나 의미가 스며들어 있지 않은 것이 없었다. 1958년, 본체가 사랑방, 대청마루, 안방, 부엌, 곳간으로 되어 있는 초가집, 그 사랑방에서 나도 그 어떤 의미를 갖기 위해 김수환 추기경이 돌아가신 날, 같은 시에 이 마을의, 이 세상의 한 일원이 되었다.

  그 순간 신께서는 나의 첫 울음소리로 세상을 향해 소리쳤다.

  "응아! 응아!"

  그 소리는 초가집 사랑방 문지방을 넘어 마을을 한 바퀴 돌아 저 성경 속으로, 불경 속으로, 예언 속으로 날아들었다. 그 속에서 세상을 향해 계속 소리치셨다. '응아, 응아!' '나를 따르라. 나를 따르라.' 그렇지만 사람들은 그 소리가 아기 울음소리인 줄로만 알았다.

학생과 아이

　언제나 어디에서나 한결같이 찾아와 주던 해와 달과 별, 그리고 바람과 비와 눈들과 함께 뒹굴며 나는 하나의 자연으로 자라났다. 그러던 어느 봄날 할아버지를 따라 서릿골로 갔다. 논에 물 대러 갔다가 돌아오던 일요일 저녁 길목이었다. 야트막한 골 안쪽 외딴집에서 글 읽는 소리가 쩌렁쩌렁하게 울려 퍼졌다. 우리 반 김형석이었다. 그날 이후 그는 나와 같지 않은 아이처럼 여겨졌다. 조선 시대에서 온 선비 같았다.

　새 교과서를 받으면 달력 용지로 누구보다 더 근사하게 책 꺼풀을 싸고 제호와 학교, 학년, 이름까지 멋들어지게 써놓았지만 그뿐이었다. 교과서를 스스로 읽어본 적은 한 번도 없었다. 수업 시간에 순서대로 읽게 되거나 지적당해서 읽은 것이 고작이었다. 그나마도 피하려고 애쓰니까 선생님도 피해 주시는 듯하였다. 전과는 매번 샀지만, 숙제할 때 잠시 이용하는 것이 전부였다. 만화책은 많이 봤지만, 내가 한 권 읽는 동안 고종사촌들은 서너 권을 읽었다. 엄청난 능력자처럼 여겨졌다.

철도공무원이신 아버지 근무지를 따라 태어나자마자 춘양, 인기 등지에서 지내다가 다섯 살 무렵 안동으로 다시 돌아왔다. 처음엔 성냥공장 뒤편 언덕배기에 부엌이 달린 방 한 칸에서 1년 정도 세 들어 살다가 여섯 살 무렵 적산가옥인 함석집으로 들어와 살게 되었다.

대문 난간에 매달려 그네처럼 타면서 놀고 있는데 양복을 빼다 입은 내 또래 아이가 와서 자기네 거라며 못 타게 하였다. 그 아이는 내가 타고 놀던 대로 따라 하며 놀았다. 그 아이는 얼마 가지 않아 서울로 이사 갔다. 그때 그 대문은 그 아이의 대문이 아니었다. 해방된 지 19년 만에 적산가옥에서 발생한 강제 점유 사건이었다. 한반도는 36년 만에 해방되었지만, 나는 일주일 만에 적산가옥에서 광복을 맞이할 수 있었다.

시골집은 제사나 명절 때마다 오갔지만, 주민등록이 할아버지 밑으로 되어 있어서 잿골 소재지에 있는 용상초등학교에 입학하면서부터 시내보다 시골집에서 더 많이 지냈었다.

시골집 뒤편에 살던 서태하와 윤병지하고는 입학하기 전부터도 같이 놀던 또래였는데 그 아이들은 꽃이면 꽃, 나무면 나무, 농기구면 농기구 모르는 것이 없었다. 만물박사였다. 내가 그 아이들을 따라잡을 수는 없을 것 같았다. 영어 단어를 외우지 않아 영어를 따라잡을 수 없는 것과 같았다. 내가 태어난 고향인데 낯선 곳에 데려다

놓은 고양이처럼 어리둥절하였다.

아버지로부터 이름과 아라비아 숫자만 익히고 입학하였다. 1학년 담임은 30대 중반의 임금순 선생님이셨다. 반장도 있고 부반장도 있는데 나더러 옆 교실에 가서 인주를 빌려오라고 하셨다. 인주가 뭐지? 호랑이인지 고양이인지 분간이 되지 않으니까 위압적이고 공포스러웠다. 하지만 '인주, 인주'라고 되까리며 심부름한 적이 있었다.

그 기억은 동네 아이들이 말하는 생소한 이름들을 접했을 때의 기억과 같았다. 언어와 사물, 그사이에 휩쓸려 깊고 깊은 골짜기로 굴러떨어지는 듯하였다. 현상과 본질, 그 사이의 혼돈이었다. 영어 단어를 외운다는 건 바로 그런 혼돈이었다. 인주나 제비꽃은 체험을 통해 외우지 않아도 알 수 있었지만, 영어 단어는 그렇지가 않았다. 영어 단어를 외운다는 건 본질을 염두에 두지 않고 살아가겠다는 뜻이었다. 처음엔 외우려고 시도해 보았지만, 이런 것도 공부라고 할 수 있을까! 왜 필요한 것인지 이해도 되지 않았지만, 그 트라우마 때문에 영어 단어 외우겠다고 작정하지 않고 영어 단어 외우지 않겠다고 작정하였다. 나는 그러한데 잘만 외우며 사는 사람들은 뭘까? 인주의 실체가 뭔지, 그런 건 안중에도 없이 무턱대고 사는 사람들이 아닐까. 실체 같은 건 상관없이 토익점수니, 뭐니 하는 것 가지고 세상을 이끌어가니 세상이 무턱대고 굴러가는 것이 아닐까. 세상은 실체로부터, 신으로부터 한없이 멀어지고 있는 것은 영어 단어 때문이 아닐까!

처음엔 두 아이를 졸졸 따라다니며 놀았지만, 이내 걔들이 나를 졸졸 따라다니게 되었다. 입학하면서부터는 동네 아이들 모두 어울려 놀았는데 낮에는 걔들도 같이 어울렸지만, 밤에는 타성이라며 배척하였다.

한번은 저녁 먹고 있는데 걔들은 벌써 내가 밥을 다 먹기를 내 옆에 앉아서 지켜보고 있었다. 그런데 다른 아이들이 또 다른데 가서 놀자며 부르러 왔다. 걔들은 안 된다고 하였다. 나는 이 마을 신참이고 애들은 이 마을 고참인데 안된다니 난감하였다. 걔들을 뿌리치고 갈 수가 없어서 사정도 하고 청탁도 해서 그들도 밤 모임에 합류할 수 있게 되었다.

학교에서 시내 집까지는 1.5km, 시골집까지는 3.5km 정도 되었다. 한번은 시골집에 한 일주일 만에 갔더니 할머니가 한마디 하셨다.

"애들이 자꾸만 와서 찾아 쌓더라."

아이들도 그렇지만, 할머니도 자주 왔으면 좋겠다고 말씀하시는 것 같아 특별한 일이 없으면 동부초등학교로 전학 가기 전까지 내 발길은 주로 잿골로 향했다.

방과 후 아이들은 바로 다시 모였다. 자치기, 구슬치기, 딱지치기, 팽이치기, 제기차기, 말뚝박기, 땅따먹기, 비석치기, 술래잡기, 썰매타기, 연날리기, 팔자 사이방, 오징어 사이방 같은 것을 그때그때 골라서 하며 놀았다. 뒷산에 올라가 볏짚단으로 미끄럼타고 놀기도 하다가 이산 저산 돌아다니며 잔대, 더덕 같은 거 캐기도 하고 개암, 머루, 산딸기 같은 거 따먹으러 산을 넘어 낙동강까지 진출하기도 하였다. 노루가 뛰어노는 곳에서 참꽃 따 먹으러 뛰어다니다가 보니, 하얀 곡선 안에 파랑이 고여 있는 풍경이 까마득하게 내려다보였다. 다른 차원의 세상인 것만 같았던 반변천 선어대였다.

놀고 놀다가 들어와서 저녁 먹고 있으면 아이들이 벌써 밖에서 불렀다. 두 살 더 많은 오규형이 리더였다. 처음엔 우리 학년과 1, 2학년 높은 아이들까지만 어울렸는데 어느 순간 한 학년 아래 아이들도 합세하였다. 우리가 모여서 놀 빈방은 그때그때 마다 정보를 취합해서 물색하였다. 성냥개비나 바둑알로 육백, 자연뽕, 고스톱 같은 화투를 치거나 윷놀이, 임금 놀이 같은 것을 하며 놀았다. 민화투는 초등학교 2학년 때 이미 시시하게 여겼다. 동네잔치라도 있는 날에는 남녀 모두 모여 잔치 음식으로 밥 지어 먹기 윷놀이 대회를 열기도 하였다.

그런 것뿐만 아니라 팽이와 팽이채도 만들어야 하고, 제기, 연, 종이비행기, 종이모자, 딱지, 심지어 썰매까지 만드느라 이 마을 아이들은 공부한다고 나오지 않는 승연이 형 빼고는 모두 공부할 시간이 없었다.

찔레순, 송피, 잔대, 참꽃, 감꽃을 꺾고 까고 캐고 따고 주워 먹으려고 산이고 들이고 뛰어다니다가 개울에 가서 가재도 잡고 물놀이 하느라 숙제는 주로 아침에 일어나 학교 가기 전에 하였다. 늦잠 자는 날에는 어쩔 수 없었다. 벌 청소는 주로 유리창 닦기였는데 그런 기억이 많은 걸 보면 숙제하지 않은 적이 많았던 것 같다. 우리 동네 아이들은 학생이 아니었다. 그냥 아이들이었다.

그런데도 김현석은 80명 중의 10등이었고 나는 9등이었다. 8등까지 우등상이었고 9, 10등은 학력진보상이었다. 개근상은 거의 다 받은 것 같은데 우등상은 한 번도 받지 못하였다.

음악 시간에 계명을 배우고 나서 바로 시험을 쳤다. 시험지는 옆 사람이 채점하였는데 연필로 채점하려고 하니까 짝꿍이던 이미숙이가 색연필을 건네주었다. 자기는 몽땅 색연필이었는데 새 색연필을 까더니 내게 주었다. 걔는 우리 반에서 1, 2등 하던 부반장이었는데 하나 틀렸고 나는 100점이었다. 색연필을 돌려주니까 "너 가져."라고 했다.

'왜 새 색연필을 갖고 있었던 걸까?'

부잣집 딸이어서 그런 것쯤은 대수롭지 않은가 보다고 생각했지만, 미숙이가 나를 자기 짝꿍으로 점지하였던 건 아니었을까. '누구하고 앉고 싶니?'라고 선생님께서 물어봤을 것 같았다. 이쁘기는 하였지만, 나는 걔의 단짝이던 윤재숙이가 마음에 더 들었다. 색연필로 엮어진 삼각관계였다.

5학년 때 칠판에 가득 적혀있는 산수 문제를 다 푼 사람은 집에 먼저 갈 수 있었다. 내가 일착으로 나가니까 몇몇 아이들이 "와!"라고 하였다. 너무 빨라서 그러기도 하였겠지만, 의외라는 뜻이었다. 우리보다 두 살 더 많으면서 늘 1등만 하던 경복이가 1등을 놓치지 않으려고 뛰쳐나왔지만, 내가 먼저 검사를 받고 있었다. 늘 이겨 먹으려고 하던 짝꿍 은영이는 가방을 챙기면서 보니 아직 반도 못 푼

상태였다. 교실 밖에는 아무도 없었다. 포상 휴가받은 기분이었다.

　방위 근무를 학군단에 배속받아 며칠 되지도 않아 공기총 사격 시합을 하였다. 생전 처음 싸본 공기총이었는데 연거푸 10점을 뚫었다. 3일간 포상 휴가를 받았지만, 근무한 지 며칠 지나지도 않은 지라서 반납하였다. 그때 기분과 5학년 그때 그 기분하고 일치하였다. 학생의 기분이 아니라 아이의 기분이었다.

열정과 완장

숙제 말고는 집에서 공부한 적이 거의 없었는데 6학년 학기 초에는 시험 범위를 알려주고 매주 시험을 봐서 처음으로 집에서 공부해봤다. 선도부에 뽑힌 것은 그때 성적이 좋았기 때문인 듯하였다. 교문 앞에 서서 등교하는 아이들을 일없이 지켜보고 있다가 지각하는 아이들을 잡았다. 지각할수록 빨리 들여보내야 할 텐데 더 지각하게 만들고 있었다.

여름방학 때 낙동강에서 목욕하는 아이들 이름을 적어 오라고 하였다. 우리 반에서는 반장과 나한테 맡겼는데 내가 첫 번째 타자였다. 그런데 그 일을 수행할 의지가 생기지 않았다. 공연히 아이들한테 불이익을 주는 것 같기도 하고 아무리 선생님이 시킨 일이라도 그럴 권한이나 명분이 나에게 있을 것 같지도 않았다. 명분을 찾으려고 애써봤지만, 그 당시는 목욕을 금지하고 있을 때도 아니었는데 아이들을 잡고 이름을 적는다는 건 내 행색만 이상해지는 꼴같이 여겨졌다. 장부를 빈칸으로 그냥 둘 수도 없어서 이름을 알고 있는 동네 아이들 이름만 희생양이 되었다. 태만과 의식이 만든 결과였다.

무슨 목적이었을까? 강에서 목욕하는 아이들 실태를 파악해서 무엇을 하려고 했던 것일까? 반장한테 차례를 넘겨주려고 하니 친척 집에 가고 없었다. 나보다 더한 놈이었다. 학교의 프로젝트를 그와 내가 망가트리고 있는 것 같아 장부를 붙들고 발만 동동 구르고 있었는데 2반 반장이 찾아왔다. 내가 누군지, 우리집이 어디인지도 모르는 아이였는데 찾아올 수 있었던 것은 강력한 의무감이었을까. 걔는 장부에 아이들 이름이 빽빽하게 기록되어 있었을 것이다.

시동인 할 때도 그랬지만, 시민단체 같은 거 할 때 보니 회장, 대표, 그런 것도 자기가 하려고 해대는 꼬락서니는 정말 가관이었다.

지역 동창회 하는 것도 보니 놀라울 정도였다. 정치판과 완벽하게 일치하였다. 동창인지도 몰랐던 한 아이가 술 한잔 사겠다고 몇 번이나 연락이 왔지만, 시간이 나지 않아 차일피일 미루었다. 그 아이가 회장이 되고 나서야 시간이 되기에 보자고 연락했더니 달가워하지 않았다. 이상했지만, 내키지 않았지만, 그냥 만났다. 정치가 돌아가는 꼴을 보고 좌파들을 비난하였더니 나를 자기 아랫사람 취급하듯이 막 대했다. 나도 놀랐지만, 같이 간 친구도 깜짝 놀랐다고 하였다. 지난번에도 똑같은 얘기를 했지만, 그땐 가타부타 아무 말 없이 잘만 듣고 있던 아이였다. 알고 보니 그 모든 것은 그 회장, 그 완장에 미증유로 집착하던 지독한 경상도 좌파의 민낯이었다. 술 사겠다고 했던 것은 선거 운동하려던 것이었다. 나한테 막말하던 것은 그 선거 운동의 실체였다. 정치인들과 완벽하게 일치하였다.

좌파와 완장 간의 함수관계, 좌파와 인간성 간의 함수관계는 그 친구를 통해 명명백백하게 드러났다. 국회의원들, 정치하는 자들이 그를 통해 그 실체가 만천하에 드러난 사건이었다.

그런데도 선거하고 투표할 것인가!

나는 좌파를 유물론자, 무신론자로 보고, 우파는 유심론자, 유신론자로 본다. 그런 의미에서 박정희처럼 타고난 속성은 좌파인데 우파 행세하는 자들이 주변에 바글거렸다. 고등학교 동창이 친한 척하면서 자꾸 전화해서 몇 번 만나봤는데 우파인 척하며 고향이 경상도라 그런 것이지 기실은 지독한 좌파였다. 좀 잘나가거나 돈 많은 동창들을 거명하면서 전부 자기와 무슨 대단히 깊고 특별한 관계인 거처럼 떠벌리는 모습은 꼭 지남철에 달라붙는 쇳가루 같았다. 쉬는 시간에도 중얼중얼 뭔가 열심히, 열정적으로 공부하던 공붓벌레였는데 그 실체가 쇳가루였다. 돈과 권력에 찰싹 달라붙으려고 그렇게 지독하게 공부하였다니 참으로 가소로웠다. 그런 쇳가루들이 판검사, 국회의원, 의사 같은 걸 하고 있으니 이 세상 꼬락서니가 이 지경이구나 싶으니까 배가 불러도 견디기 힘들 정도로 헛헛하였다.

순수하게 공부하는 사람들도 많겠지만, 입시, 고시 같은 공부만 지독하게 하는 자들은 대부분 유물론자, 좌파 경향의 사람들인 것 같았다. 자질은 말단인데 물불 가리지 않고 시험공부만 해댄 덕에 그런 자들이 요직이란 요직을 다 꿰차고 있는 세상이다. 그런 자들이 사회에서 판을 치니 배신에다가 온갖 추잡한 짓거리들이 벌어지지 않는다면 그것이 오히려 이상한 일일 것이다. 그놈도 머리가 조금만 좋았더라면 판검사 되었다가 국회의원도 되고도 남았을 놈이었다. 거기에다가 돈 갖고 장난치거나 잔머리 몇 번 굴리면 신으로부터 벌을 받은 놈도 대통령까지도 될 수도 있는 세상이다. 바로 하늘과 대비되는 땅의 실체이다.

형과 그의 형

우리 형은 어디에 나서는 걸 얼마나 밝히는지 무슨 무슨 회장이라는 직함이 어머니의 말씀에 의하면 열여덟 개나 된다고 하였다. 남들은 싫다고 하는 걸 자기가 다 받아 챙긴 듯하였다. 제사 때도 자기가 모든 걸 주도하고 처리해야 직성이 풀리는 자라서 나보고는 밤만 쳐주면 된다고 하였다. 관심도 없었지만, 집안일도 문중 일도 나한테 얘기하거나 의논한 적이 전혀 없었다. 문중 모임에 딱 한 번 참석한 거 빼고는 뭐가 어떻게 돌아가는지 관심도 없었지만, 도통 모르고 있었다. 나와는 완전히 단절되어 살아가는 지독한 좌파였다.

완장을 열여덟 개나 차고 다니는 웃기지도 않는 그런 형의 모습은 역시 좌파이던 어떤 소설가와 너무 빼닮아서 너무 놀라웠다. 생김새부터 키도 그렇고 특히 돈과 권력에 집착하는 태도와 자세가 영락없이 쌍둥이였다. 운전도 둘 다 전혀 하지 못했다. 나는 초등학교 1학년 때부터 어른 자전거를 탔었는데 우리 형은 평생 자전거도 근처에 가지 못한 자였다. 운전면허를 땄다기에 연수 시켜주었더니 얼마나 혼비백산하던지 내가 다 혼비백산할 지경으로 지독한 겁쟁이였다. 운전면허를 돈 주고 산 자였다.

형과 나는 생긴 것도 성품도 성격도 완전히 딴판일뿐더러 형제간의 살가운 정이 한 번도 없었다. 한번은 금나라와 청나라왕조가 우리 시조 후손이라고 자랑하였더니 비아냥거리는 것이었다. 자기도 같은 후손이면서 참 이상한 일이었다. 그는 그때 이미 자기는 우리 문중 사람이 아니라는 사실을 알고 있는 듯하였다. 문중에 관한 책자를 자기가 소장하지 않고 나한테 넘겨준 것도 이상한 일이었다.

외삼촌한테 여쭤봤다.

"형하고 나하고는 생긴 것도 그렇고 형제라면 어딘가 닮은 구석이 하나라도 있어야 하는데 완전 딴판이니 어찌 된 영문인지 모르겠어요. 뭐 아는 거 없으세요?"

"……!"

긴장하시면서 아무런 말씀도 하지 못하셨다.

어머니의 사촌 오빠가 안동농림학교에 같이 다닌 아버지의 됨됨이를 눈여겨 봐오다가 혼담을 넣었는데 6·25사변이 터졌다. 거대한 바위도 번쩍 들어서 집어 던졌다고 하는 삼손과 같았던 맏아들을 잃은 지 한 해도 되지 않았는데 마지막 아들까지 잃을까 봐 할머니는 제정신이 아니었다고 했다. 외동이어서 그런 것인지, 할머니의 처절한 몸부림 때문인지 아버지는 입대를 면제받을 수 있었다고 하였다.

아버지는 이념이 무엇이고 국가관이 무엇인지도 모르고 살아오신 듯하였다. 신문이 오면 가장 먼저 읽으시기는 하지만, 정치적 발언하시는 걸 단 한마디도 들어본 적이 없었다. 신문도 내가 신청해서 구독하던 것이었다. 잔소리가 심하셨지만, 나한테는 사소한 거 말고는 스트레스가 될 만한 잔소리는 단 한 번도 없었다. 한 번도 공부하라거나 성적표 보자고 하신 적도 없으셨다. 나한테 하는 잔소리는 아니었어도 잔소리하실 때는 집을 나가서 피해 있기도 하였다.

아버지와 앞뒷집에서 태어나 자라다가 시집가서도 줄곧 지척에 살던 7촌 아지매의 오빠이자 혁수 형 아버지는 공산당원이었지만, 국군에 입대하여 공산당과 싸우다가 전사하였다. 권력의 소용돌이에 휩쓸려 불같이 살아오셨다. 거기에 반해 아버지는 물같이 살아온 분이셨다. 승진 시험공부를 하시다가 그만두겠다고 하시기에 여쭤보니 '여기에서 한 단계 더 높아지면 전국적으로 전근 다녀야 해서'라고 하시면서 그럴 바엔 할아버지와 할머니도 계시고 하니 집에서 왔다 갔다 거리며 사는 게 더 나을 것 같아서 그런다고 하셨다.

'남자는 모름지기 군대에 갔다 와야 한다.'라는 말이 있듯이 아버지도 군 생활을 좀 해보셨으면 좋았으리라고 생각한 적이 많았다. 군대는 자존심을 꺾어버리는 곳이었다. 대나무를 갈대로 만들어버리는 곳이었다. 아버지의 성품으로 봐서 새로운 사람들과 어울린다는 건 상당한 스트레스일 듯도 싶었다. 나도 진정한 친구가 단 한 명도 없지만, 내가 알기에 아버지도 친구가 한 명도 없어 보였다. 아버지에 대해 내가 다 알 수야 없지만, 동네 친구였던 혁노네 아버지와 친척들 빼고는 거의 없었던 것 같았다. 술도 담배도 하지 않으셨지만, 그 누구하고도 친분을 쌓으려고 하지도 쌓지도 않으셨던 것 같았다.

중3 때 동네 친구인 지현이 담임 선생이 숙제 검사를 하시다가 나에게 물으셨다.

"한지현이랑 친구라며?"

"네."

"걔 부친과 네 부친도 엄청 친하게 지낸다며?"

"예! 아 네."

지현이 아버지는 자녀 교육에 발 벗고 나선 사람이었다. 학교에도 자주 찾아왔나 보았다. 그 선생님은 소설의 인물에 대해서 설명하시다가 나를 들어 '조숙하고 성숙한 아이'라고 말씀하셨다. 교무실로 가는 길목에 걸려있는 내 시를 보고 그러시는 듯하였다. 그 친구 아버지한테 나를 좀 특별한 아이라고 했었던가 보았다. 내가 알기로는 아버지와 그분이 만난 적은 딱 한 번밖에 없는 것으로 알고 있는데 절친이라니, 이해할 수 없었다. 내가 한지현이랑 절친이 되지 못하였듯이 아버지가 그 부친과 절친일 리 없었다.

우리 아버지는 학교에 한번 가보라고 해도 가실 분이 아니었지만, 지현이 아버지는 심하실 정도로 교육열이 높으신가 하면 자식을 위해 주는 정도도 우리하고 차이가 컸다. 우리가 훨씬 더 잘 사는데도 꿀에 절인 인삼을 걔네 집에 가서 처음 먹어봤다. 그는 결국 돈을 잘 벌었지만, 다 권력과 무관하지가 않았다.

아버지 형의 죽음도, 아버지가 입대하지 않을 수 있었던 것도 다 신의 뜻이 아니었을까 싶었다. 아버지는 피난 가면서 할머니한테 '혼담이 들어온 처자는 어디로 피난 갔을꼬?'라고 했다고 한다. 그 말을 들은 할머니는 피난 갔다가 돌아오는 데로 부리나케 중매를 찾아가 인천상륙작전 직후 전쟁통에 바로 결혼식을 올렸다고 했다.

그런데 어머니 집안은 피난 가지 않았다고 하였다. 괴뢰군들이 마을로 쳐들어왔을 때 어머니는 다락에 꼭꼭 숨어 있었다고 했다. 그런데 이종사촌 영식이 형은 어머니가 산으로 도망가고 그 뒤를 괴뢰군이 따라가는 걸 봤다고 했다. 우리 형은 바로 그 괴뢰군의 자식이 틀림없었다. 신께서 만드신 플롯이 분명하였다.

북한 괴뢰군하고 한집안에서 동고동락한 셈이었다. 사는 것이 왜 그렇게 끔찍했었는지 지금에 와서야 이해가 되었다. 한번은 초등학교 선생인 형이 집에 일거리를 잔뜩 갖고 와서 쩔쩔매기에 내가 정리해 줬더니 동료 선생들이 권 선생이 웬일이냐며 찬탄하더라고 했다. 그러면서도 자기 친구들한테 나를 험담하고 추석날 성묘 가서는 친척 형한테 내 험담하느라 열을 올리고 있었다. 요즘 왜곡에다가 편파 보도까지 하는 언론과 똑같은 존재였다. 한국 정치 현실이 우리 집안 사정과 평행이론처럼 일치하였다. 정치 현실만 일치하는 것이 아니라 그 소설가와 형을 뜯어보고 맞혀보면 볼수록 너무 완벽하게 일치하였다. 같은 피가 흐르는 형제가 아니고서는 있을 수 없는 일이었다. 그런데 알고 보니 그 소설가의 아버지가 괴뢰군에 부역하였던 공산당이었다고 하였다.

그 소설가의 아버지와 우리 어머니, 퍼즐이 어쩌면 그렇게도 딱 들어맞을 수 있는 것인지 놀라울 따름이었다. 그런데 그것이 우연이었을까. 우주의 법칙이었을까 신의 법칙이었을까.

아버지와 어머니

아버지는 철도공무원이라 1일 근무 1일 휴무제로 근무하셨는데 그런 환경으로 인해 당뇨에 걸리신 듯하였다. 거기에다가 용하다는 데 찾아가서 부자가 든 한약재를 드시고 C형 간염까지 걸리셨다. C형 간염이 간경화가 되어 회복 불능 상태여서 간이식 수술을 받으려고 마음먹고 계셨다.

형이 전화가 와서 아버지가 며칠 못 가실 것 같다고 하면서 한번 내려오라고 했다. 어머니는 사기는 처자라도 있으면 데리고 오라고 했다. 그 당시 사귀다가 헤어졌는데 애인이 아니더라도 계속 만나고 싶다고 해서 만나던 여자 친구가 있어서 얘기했더니 좋다고 해서 같이 허둥지둥 안동병원으로 내려갔다.

추석 때보다 훨씬 수척해 보이셨다. 간이식 수술은 어떻게 하기로 하셨냐고 하니까 대구에 가서 할 생각이라고 하시면서 여자 친구 손을 꼭 잡고 "남방계 미인이구나." 하시면서 만족하고 흡족해하셨다.

어머니는 아버지 얼굴이 그렇게 환하게 펴진 모습은 생전 처음 본다고 하셨다. 나는 병치레에서 아직 벗어나지 못한 상태인 데다가 지방간이 심하고 간 수치도 엉망인 상태라 검사해 보면 힘들다고 할 것 같았다. 형도 있고 누나 동생도 있으니, 아니면 다른 데에서 구해 서라도 치료하실 것으로 생각하고 있었다.

사흘 만에 형한테서 다시 전화가 왔다. 아버지가 돌아가셨다는 것이다. '이런 날벼락이 있나!' 며칠 못 가실 것 같다고 한 형의 말이 적중하였다. 의사도 모르는 걸 형이 알고 있었다. 어머니는 집에서 쒀온 죽을 드시고 나서 설사를 엄청나게 하시더니 그리되셨다고 하셨다.

돌아가시기 며칠 전 추석 때 소파에 앉아계시던 아버지가 부엌에서 일하고 있는 형수를 섬뜩할 정도로 노려보시며 "수악한 년!"이라고 하셨다. 내 미역국 속에 파리가 들어 있었는데 미안하다거나 다시 떠주겠다고도 하지 않았었다. 어머니한테 막 대하는 걸 보고 "우리 집안이 쌍놈 집안인 줄 아느냐."라고 야단치니까 아무 소리도 하지 않더니 그런 짓을 하기 시작한 듯하였다. 무서운 여자였다. 형 자리에 가서 밥을 먹거나 국을 바꿔치기하거나 밥 한번 먹는 것도 보통 일이 아니었다. 그래서 수악하다고 하니까 그래도 형수인데 어떻게 그런 말을 하냐며 나를 나무라시던 일이 떠올라 무슨 일이 있었는지 물어보지도 않았다. 아버지의 죽음은 형과 형수의 짓이 분명하였다.

부검해 보기로 했는데 어머니가 금방이라도 쓰러질 듯하여 어쩔 도리가 없었다. 집안이 풍비박산 난다면 어머니마저 큰일 나겠구나 싶었다. 부검을 포기하는 것이 어머니를 살리는 길이라고 여겼다. 그런데 형이야 당연하겠지만, 누나나 동생도 다 그렇게 생각했던 것일까. 아무도 나한테 의논하는 사람이 없었다.

나는 아무것도 모르는 척 제사나 명절 때마다 내려갔다. 아버지 첫기제 지내고 바리바리 싸 온 제사 음식 중에서 소고기 산적 한 점 뜯어먹었다. 쪼그라들고 말라비틀어진 데다가 맛이 너무 없어서 더 이상 먹을 수가 없었다. 그런데 갑자기 설사가 쏟아져 나왔다. 끝도 없이, 그러더니 세상이 하얗게 변하면서 모든 감각이 사그라져갔다. 하루가 지났을까. 감각이 내 몸에서 새싹이 돋듯이 돋아났다. 정신을 어느 정도 차리고 나서 112에 전화를 걸었다.

"형수가 음식에 독을 탔어요."

"증거 있어요. 무고죄로 걸려들 수 있습니다."

경찰이라는 것이 위로는 못 해줄망정 범죄자 취급하였다. 신고할 정나미가 뚝 떨어져서 전화를 끊고 말았다.

위내시경 때 보니까 위에 까만 점이 있었다. 의사 선생님이 보시고 혀를 끌끌 차며 핀잔을 주셨다. 제초제를 산적에다가 잔뜩 뿌려놓은 듯하였다. 아버지의 그 죽에도 제초제를 잔뜩 탔던가 보았다.

형 집에 내려가기가 겁이 났지만, 어머니가 계시니 지피지기 백전불태라고 했으므로 제사와 명절 때 온갖 신경을 써가며 모르는 척하고 내려갔었다. 신발장에 있던 제초제 병을 보니 바닥에 조금밖에 남아있지 않았다. 내가 이거 어디에다가 이렇게 많이 썼냐고 물어보지도 않았는데 갑자기 형이 나타나더니 이거 지난번 벌초할 때 다 쓴 것이라며 자기 혼자 흥분해서 떠들어댔다. 아무리 도둑이 제 발 저려도 그렇지 머리가 얼마나 나쁜 놈이었으면 '내가 범죄자요.'라고 떠들어댄단 말인지 토악질이 나올 지경이었다. 인간말짜! 비애보다도 더 비참하였다.

형이 어머니를 시켜 내 인감도장을 요구하였다. 안동관광단지 조성에 따른 선산 보상 문제로 급하다고 보채기에 어머니를 믿고 부쳐주었더니 돌려주지를 않았다. 독촉하여도 막무가내였다. 가만히 두고 보았다. 갈 데까지 갈 수 있게 비단길까지 깔아주었다. 내 인감을 갖고 아버지 유산까지 몽땅 자기 멋대로 처리하였다. 유심 해킹당했다고 난리인데 인감도장을 해킹당한 상태였다. 계속 두고 보았다. 무슨 짓을 어떻게 어디까지 하는지, 더 큰 죄를 지을 기회를 무한정 제공하여 주었다. 신께서도 그렇게 하기를 바라시는 듯하였다. 형이라는 자를 내게 보내준 이유는 그를 통해 선악과를 따먹고 사는 인간이라는 실체를 들여다볼 수 있게 함이었다. 인간의 그런 실체를 감상하는데 몇만 원이 아니라 몇십억 원이나 들었다.

어머니 이름으로도 잘나갈 때는 평당 천만 원 정도 하는 땅이 600평이나 있었다. 그 땅은 아버지가 살아계실 때부터 내게 다 주겠다고 하셨는데 어떻게 하는지 두고 봤다. 어머니는 최소한 나쁜 사람이라고는 생각하지 않았다. 그런데 화투 치면서 속이는 것을 보았다. 내 가슴 한쪽 벽이 와르르 무너져 내렸다. 부모로서 못마땅한 경우가 많았지만, 약한 여자라서 그랬을 것으로 생각했지, 나쁜 사람이라서 그랬을 것이라고는 전혀 생각하지 않았었다.

형이 한번은 내 앞을 지나가면서 고개를 꺄우뚱거리면서 "땅 팔라고 그렇게 그랬는데도 얼마나 질긴지 학을 떼겠네."라며 씩씩거렸다.

"야야! 책은 언제 낼 건데, 아무리 기다려 봐도 소식이 없노?"

설이라고 용하다는 점쟁이한테 가서 점을 봤는데 내가 나이 들어서 여러 TV에 번뜩번뜩하는 모습이 눈앞에 어른거리더라는 것이었다. 책을 내면 유명해질 거라고 하였더니 그 점과 결부시켜 나름대로 성공할 아이라고 믿고 있었던가 보았다. 성공하지 못한 사람에게 유산이 필요한 것이지 성공한 사람한테 그런 유산이 무슨 필요가 있겠는가. 성공한 사람한테 가서 붙으려고 하는 어머니의 계산이 참으로 불쾌하였다.

"책은 무슨 책, 책을 내도 시집은 팔리지도 않아."

어머니 생신날 내려가 보니 땅을 처분하였었나 보았다. 나한테 다 준 것이 아니라 아버지 유산을 포함해서 그 땅까지 형이 다 차지하였다. 형이 아니라 두 질녀한테 바로 넘겨주었었나 보았다. 두 질녀끼리 싸우느라고 둘째는 한동안 추석이고 설인데도 오지 않았다. 무슨 시추에이션인지 볼만 하였다.

어머니한테 얘기하였다. 죄를 지으면 이승에서도 감옥에 갇혀 꼼짝달싹하지 못하고 살아야 하지만, 저승에 가서도 지옥에 떨어져서 끔찍하게 살아야 하는데 죄를 짓고 살아야겠냐고 쏘아붙였더니 벌 받는 학생처럼 고개를 숙이고 쪼그리고 앉아 꼼짝도 하지 않고 듣고만 있었다.

　식탁에 모여 있던 형수, 누나, 매형한테 어머니가 가시더니 그러는 것이었다.

　"우리가 죽인 거 쟤가 다 알고 있더라. 우짜면 좋노."

　정신이 없어서 그런 것인지 내가 소파에 앉아 있다는 걸 까맣게 모르고 말을 꺼내 버렸다. 신께서 내게 알려주기 위해 그렇게 하신 듯하였다. 어머니도 가담하였다니, 마지막 남아있던 내 가슴 다른 한쪽마저 와르르 무너져 내렸다. 순간 나는 이 지구상에서 혈혈단신이 되고 말았다. 어머니만 믿고 빌려준 인감도장을 도용한 것에 관해 얘기한 것이었는데 아버지 얘기인 줄 알았던가 보았다.

　누나한테 넌지시 아버지 죽음은 형이 한 짓이라고 했더니 아무런 대꾸가 없었다. 아버지 유산에 형만큼이나 집착했던 인간들이라서 의심은 하고 있었지만, 어머니까지 가담되어 있을 줄은 정말 몰랐다. 하늘이 무너져 내렸다.

　누나네 집에 계시던 어머니가 전에는 내가 태우러 간다고 해도 찾아갈 자신 있다면서 전철을 갈아타고 잘만 찾아왔었다. 아버지 돌아가시고 난 후로는 이사했다고 하는데도 한 번 들릴 생각을 하지 않기에 이상해서 물어봤더니 마지못해 오긴 왔는데 매형이랑 같이 왔다. 절대로 우리집에 어머니를 모시고 올 인간이 아닌데 그러는 걸 보고 내가 어머니에게 무슨 말을 하는지 감시하기 위해 따라온 듯하였다. 그렇지만 그래도 아들 집에 생전 처음 찾아온 듯한 기분이어서 뭘 대접할까 하다가 임진강 언저리에 있는 장어집에 갔다.

노모를 모시고 와서 그런지 제대로 댄 장어를 내놓은 듯하였다. 그 장어 너무 맛있더라고 해서 매일 와도 사줄 테니 오라고 했지만, 그 이후로 단 한 번도 오지 않으셨다.

우리의 소원

왜, 나는 빨갱이의 아들과 함께 살아야만 했을까?
왜, 아버지가 그자의 손에 죽었어야만 했을까?
남북 분단의 비극을 내가 왜 고스란히 덮어써야만 했을까?
내가 태어나기 전부터 그랬어야만 하는 이유는 무엇이었을까?
왜, 한반도를 남북으로 갈라놓으셨을까?
왜, 어머니가 그 빨갱이한테 당하게 하셨을까?
어떻게 그 즉시 아버지와 결혼하게 하셨을까?
 다 신의 얼개였다. 다 필요하기 때문일 것이다. 새 세상을 만들기 위해, 이 땅에 신의 나라를 건설하기 위해 그렇게 하실 수밖에 없었을 것이다.
 신의 나라를 건설하기 위한 그 첫걸음은 무엇일까. 그것은 우리의 소원이지 않겠는가. 남북통일이다.
 어떤 원로 시인과 그 지인 두 분을 태우고 행사장에 갔다가 돌아오는 길에 어떤 분이 김정은이가 죽은 게 확실하다고 했다. 김정은이가 몇 달 동안 나타나지 않을 때였다.
"살아있어요. 제가 마흔 살 정도 된 김정은이를 봤거든요."

내가 어떤 건물 입구에서 허드렛일하고 있었는데 마흔 살쯤 되어 보이는 김정은이가 인민복을 입고 초췌한 모습으로 나를 찾아왔다.
"어쩐 일입니까?"
"통일하려고 왔습니다."
그 순간 그에게 절을 하려고 하다가 멈추었다. 나이가 한참 어린 사람한테 절한다는 것이 모양새가 이상할 것 같아서였다.
"나한테 얘기할 게 아니라 저기 안쪽으로 쭉 들어가면 거기에 있는 여자한테 가서 얘기하십시오."

꿈만 믿고 한 얘기였는데 실제로 그는 죽지 않았었다. 그렇다면 그가 마흔쯤에 우리는 통일할 수 있지 않을까. 신의 세계를 열어가는 단초가 만들어지지 않을까. 북쪽은 이미 준비가 되어 있으니, 우리만 마음을 모은다면 틀림없이 소원은 이루어질 것이다.

'숙' 자 '제' 자

아버지는 칠월칠석날 태어나셨다. 성함은 '숙' 자 '제' 자이시다. 나의 사명이 아버지의 그 배경은 긴밀하게 연결되어 있었다. 아버지는 신의 메신저였다.

신의 메신저로서는 절대적으로 존중하였지만, 혈육 관계에 있어서는 존중하기 어려울 때도 있었다.

회사에는 거래처 간다고 해놓고선 분당신도시 주택청약 하기 위해 3시간 동안이나 줄을 서서 기다렸는데 신청 자격이 없다고 했다. 청약통장이 날아갔다고 했다. 통장 하루만 빌려달라면서 지방에 사용하기 때문에 아무런 문제도 발생하지 않는다고 누나 내외가 찾아와서 통사정하기에 믿고 빌려주었더니 사달이 나고 말았다. 나쁜 짓할 거라고는 상상도 하지 못했는데 배상은커녕 사과 한마디 하지 않았다. 어머니와 아버지가 나서서 최소한이라도 바로 잡아주어야 했는데 내 눈치보다 오히려 누나와 매형 눈치를 보고 있었다. 그때 나는 가족을 내 마음에서 떠나보냈다. 형식과 기본 도리만 유지해 갔다.
  병원 때문에 오신 두 분을 태우고 안동에 모셔드리려고 내려가는 길이었다. 언제나 그러시는 분이시기는 하였지만, 몸이 편찮으시면서도 차간거리에서부터 시작해서 요것 저것 잔소리가 너무 지나치셨다.
  "그런 거 하나 내려놓지 못해 병을 어떻게 고치시려고 그러세요."
  나도 모르게 소리를 버럭 질렀다.
  "그럴 거면 유산 받을 생각 마라."
  "한 푼도 안 줘도 되니 염려 붙들어 매세요."
  갑자기 꿀 먹은 벙어리가 되셨다. 아버지 유산에 대해서 한 번도 생각해 보지 않았다. 유산으로 나한테 위세 떨치시려고 했는데 통하지 않으셔서 그러신 것이었을까. 무슨 생각 하고 계셨을까. 말은 하지 않으셨지만, 아버지는 누나 부부가 내게 한 짓을 속으로는 다 생각하고 계시는 듯하였다. 지금 살고 계시는 3층짜리 집도 나한테 한 마디 상의도 없이 형 이름으로 해준 것에 대해서도 미안한 마음을 내비치시곤 하였다. 영양실조에 걸려서 귀에 문제가 생긴 것에 대해서도 어머니는 별 관심 없었지만, 아버지는 자꾸만 자책하셨다.
  "애는 그렇게 오래 여기저기 다녔어도 어떻게 된 것인지 다른 애들에 비하면 돈이 안 들어가도 너무 안 들어갔어."
  어떤 친구는 나를 짠돌이라고 했다지만, 분수에 맞게 살려다 보니 그렇게 보일 수도 있겠구나 싶었다. 분수의 한도가 공부하지 않은 만큼 낮았다는 뜻이었다.

퇴직하시고 나서 게이트볼과 주식, 부동산에 전념하셨는데 대구에 가서 게이트볼 심사위원 자격증을 따왔다는 얘기와 주식을 꽤 갖고 있고 제주도에 땅을 샀다는 얘기 정도 듣고 있었다. 청송으로 가는 길에 차에서 내려 얼마 전에 사놓은 땅이라며 둘러보시는 걸 보고 부동산에 재미 들어 사시는가보다 싶었다.

형한테 그 땅 얘기를 꺼내봤더니 갑자기 개지랄 치면서 말도 못 붙이게 하였다. 내가 알고 있는 줄 몰랐는데 내 인감으로 빼돌린 것이 들통날까 봐 혼비백산하였던가 보았다. 아버지가 적어놓은 부동산 목록을 얼핏 봤는데 거기에 상당한 수가 적혀있었다.

우리집 뒤쪽에 사시던 7촌 아지매 집에 세배하러 갔더니 "네 아버지가 갖고 있던 어마어마한 산은 어떡할 거고."라고 물으셨다. 나 들으라고 한 소리였다. 그다음부터는 설날에 다시는 아지매 집에 세배하러 가자고 하지 않았다.

선을 본 여자를 통해 테헤란로에 있는 어떤 오피스텔 3층 전체가 우리 아버지 소유였다는 사실을 알게 되었다. 부잣집 아들이라고 중매쟁이가 얘기해 주더라고 했다.

아버지는 철두철미하신 분이시고 원칙주의자셨다. 그 당시 고도성장기이기도 하였지만, 그런 부분이 재산을 불리는데 주효했던 것 같았다.

돈이 필요하면 나는 최소한의 선에서 꼭 필요한 것 외에는 요구한 적이 없었다. 금방 주지 않고 하루 뒤에 준 적은 있었지만, 돈 타 쓰는데 어렵거나 스트레스받은 적은 한 번도 없었다.

여자 친구가 '맨날 자판기 말고 전망 좋은 카페 가서 커피 한잔 마시고 싶다.'라고 했을 때도 내가 가난하다고 생각하지 못했다.

"거긴 갇혀 있는 전망이지만, 여기는 360도이잖아. 여기보다 전망이 더 좋은 카페가 어디 있다고 그러느냐."

그때는 지지리도 궁상을 떨고 있을 때였다.

아버지와 어머니를 모시고 음성에서 좌회전해서 괴산으로 접어드는 순간 교통경찰에게 걸렸다. 신호위반이었다. 아버지가 내려서 사정하였다. 범죄 한두 번 정도 면책받을 수 있는 훈장 받은 것이 있다며 한번 봐 달라고 사정해 보았지만 소용없었다. 내가 내려가서 말해보았다.

"제가 나이 들도록 취직도 못 해서 부모님 속을 썩여드리고 있는데 이런 일로까지 걱정시켜 드리고 염려스럽게 해야 한다니 가슴이 미어터지는 것 같습니다. 부모님 마음을 조금이라도 편케 해드릴 수 있게 도와주십시오."

단속을 위해 단속하던 경찰이었음에도 효심은 있었든지 내 하소연이 먹혀들었다. 오히려 효도한 것만 같은 기분이었다.

내 사명인 신의 '숙제'와 아버지 이름 '숙제'는 어떤 연결고리를 갖고 있는 것일까.

음악과 소리

　중학교 입학할 때 머리를 빡빡 밀어야 했는데 이발기가 있다며 동네 친구 아버지가 내 머리도 깎아주셨다. 얼마나 세게 눌러서 깎으시는지 눈물이 다 쏙 빠질 정도였다. 중간에 달아날 수도 없고 머리 깎는 것도 슬픈데 체벌까지 받는 기분이어서 까까머리가 된 것이 어떤 기분인지 너무 아파서 아무것도 느끼지 못하였다. 머리가 일찍 빠지게 된 것은 유전적인 것과 나태한 생활 습관 탓도 있겠지만, 그 영향도 크지 않을까도 싶었다.
　굳이 내 머리까지 깎아주려고 하였던 것은 무슨 의미였을까. 늘 사람들을 보며 살아왔지만, 괜찮다고 여겨지거나 좋다고 생각되는 사람들은 흔치 않았다. 좋지 않은, 그런 사람들은 대체 무슨 생각 하고 무슨 짓하며 사는 걸까.
　동창이 운영하던 농장에 여자 진돗개 음악과 시바 이누 남녀 노래와 소리 그렇게 셋이 있었다. 여러 가지 이유로 가둬놓고 키울 수밖에 없다고 했다. 산책시켜 주려고 잠깐 풀어놓은 틈에 소리가 음악에게 덤벼들었다. 간식을 늘 음악 먼저 챙겨주고 있었는데 그때도 그럴 때였다. 끔찍스러웠다. 개싸움은 아무도 못 말린다고 했지만, 음악이 목줄을 잡아당기면서 그 사이로 발을 집어넣어 뜯어말려 보려고 했지만 어림도 없었다. 그 와중에 음악이가 내 발을 물었다. 잡아당기는 목줄 때문에 불감당 상태에서 빚어진 일이었다. 음악이를 놓아주고 소리를 잡아 달랑 들어 올렸더니 그 즉시 종료되었다. 목줄만 아니었으면 소리가 쥐 박살 났을 텐데 자기가 이긴 듯이 의기양양하였다. 음악이는 내 발을 문 것에 대해서 자괴심에 엄청나게 빠지는 듯하였다. 미안해하는 마음이 눈치며 표정으로 철철 흘러넘쳤다.

몇 달이 지나고 나서 가보았더니 소리가 나한테 과시라도 하려는 듯이 음악이한테 이를 드러내 보이며 으르렁거렸다. 바로 옆에서 수없이 많은 밤낮을 같이 지냈으면서도 계속 이기고 지는 것만 생각하며 살아온 참으로 나쁜 놈이었다. 거기에는 사료 한 톨만큼의 평화도 남아있지 않았다. 불현듯 우리 주변에서 살아가는 나쁜 사람들과 소리의 그 행각이 퍼즐처럼 딱 들어맞는 건 우연이 아니지 싶었다.

소리와 음악이 바로 곁에서 가만히 지내지만, 가만히 지내는 것이 아니었다. 창살 때문에 하는 수 없이 가만있는 것이지 전쟁 중이었다. 공동체 안에서 소리 같은 사람들이 가만히 있는 건 가만있는 것이 아니다. 법이라고 하는 철조망 때문에 하는 수 없이 가만있는 것처럼 보일 뿐이다. 사랑도 전쟁이라고 어떤 드라마에서 얘기하는 걸 보면 사랑이 아닌 다른 건 말해 뭐하겠는가. 선거라도 할 때는 완전 개판이다. 그 개싸움 누가 말릴 수 있겠는가.

　소리 같은 기운이 쌓이고 모여서 만들어진 것이 바로 사탄이다, 음악이 되지 못한 소리는 잡음이다. 전쟁은 그 잡음들의 총체, 바로 사탄의 발현이다. 적군이든지 아군이든지 서로 이기려고 소리처럼 이빨 드러내지 않는다면, 모두 총칼 집어던지고 전장에서 탈출한다면 사탄은 단 한 명의 인간성 나쁜 인간에 지나지 않는다. 동네 주정뱅이 아저씨에 지나지 않는 그런 자 때문에 개고생 개죽음하다니, 존엄하다면서 그 짓거리 해온, 하고 있는 인간들은 구제 불능일까. 그런 개고생, 개죽음이 아니라 자유와 사랑이 넘치는 곳으로 탈출하는 것이, 모든 병사가 전장으로부터 탈출하는 것이, 모든 병사가 전장으로 내몬 자를 향해 총부리를 향하는 것이 바로 평화 아니겠는가. 탈영병이야말로 평화의 사도이지 않겠는가. 얼마나 아둔하면 평화와 개죽음 중에서 개죽음을 택한단 말인가. 6·25, 그 많은 총구가 단 한 인간을 향했더라면 6·25는 전쟁이 아니라 평화였을 것이다. 인간들의 그런 무지에 대해서 하늘은 그냥 보고만 있지 않을 것이다.

저주와 은총

 중학교는 우리 때부터 입시가 아니고 추첨제였다. 기독교 학교인 경안중학교에 들어가게 된 것은 다분히 신의 의도였다. 할머니가 새벽마다 정화수 떠 놓고 빌던 그 대상의 실체를 중학교 들어와서 처음으로 인식할 수 있었다. 하나님도 예수님도 만날 수 있었다. 아담, 노아, 아브라함, 이삭, 야곱, 요셉, 모세……. 낯선 이름들이 성경 수업 시간과 경건회 시간을 통해 나비 떼들이 날아다니듯이 내 머릿속으로 날아다녔다.
 중학생이 되었어도 여전히 예습이나 복습한 적은 없었지만, 시험공부 기간만큼은 공부하였다. 처음엔 반에서 5등 하였다. 3학년 때 특수반을 만들었는데 그 68등 안에 들지 못하였다. 2학년 기말고사 시간에 시험지 위에다가 오바이트를 하였다. 시험을 포기하다시피 하였다. 아침에 동태찌개 먹었던 것이 탈이었다. 식중독이 아니었더라면 끄트머리로나마 특수반에 들 수 있었을 텐데, 그랬더라면 학구열을 발휘하여 학업 성취도를 높일 수 있었을 텐데 거기에서 나의 진로는 결정되었다.

특수반이었으면 예습과 복습을 철저히 하였을 것 같았다. 그랬으면 수석도 할 수 있을 것으로 생각하였는데 공부에 대한 열의가 생기지 않았다. 국어 과목이 가장 중요하다고 생각하였고 그다음은 수학, 사회, 과학, 영어 순이었다. 영어는 사실 음악, 미술 보다가도 아래라고 여겼다. 영어는 조선 시대처럼 역관들만 하면 되는 것이지 나 같은 사람이 해야 할 공부라고 여겨지지 않았다. 영어에 대한 이런 인식이 사회 구조와 맞지 않아서 사회화 과정이 험난할 수밖에 없었다.

중학교 2학년 때부터 시내에 내려와서 사시던 할아버지는 여전히 잿골로 가서서 농사를 지으셨다. 중3인데도 하교해서 지친 몸으로 할아버지가 추수해 놓은 농작물을 시골에 가서 자전거에 실어 나르거나, 외삼촌이 형무소 농장에서 준비해 놓은 채소 보따리를 실어 날라야 했다. 거기에다가 할머니의 잔소리, 아버지는 아버지대로 하루도 잠잠한 적이 없었다. 집에 붙어 있어서는 공부로 성공하기 글러 먹었다고 생각하였다.

대구에 가서 공부할 생각이었지만, 집안이 그렇게 넉넉한 편도 아닌 데다가 아직 어린데 집을 떠나야 한다는 것도 그렇고 게으르고 나태한 편이라 잘해 낼 것 같지도 않았다. 교사와 교정이 초등학교 같기도 하고 모든 것이 내키지 않았지만, 안동고등학교에 지원하였다.

1교시는 국어와 공업이었다. 시험지를 받아 들자마자 바로 지문을 읽어나갔다. 읽는 데 시간을 많이 잡아먹기도 하지만, 공부한 걸 푸는 것이 아니라 공부하면서 풀어야 하므로 시간이 엄청나게 필요했기 때문이었다. 문제를 다 푼 순간 종이 울렸다. 백 점이었다. 영어만 빼고, 수학 문제 몇 문제 빼고 다 맞춘 듯하였다. 문제들이 너무 쉬웠다. 합격은 떼놓은 당상이라며 홀가분하게 돌아가는 길이었는데 1교시 시험지에 이름을 쓰지 않았던 것이 그때 떠올랐다. 찾아가 보려고 했지만, 소용없을 것 같았다.

　중학생 눈으로 봤을 때 고등학생 정도 되면 의젓한 지성인이어야 한다고 생각했다. 발길질하면서 도망가고 쫓아가며 노는 모습이 초등학생 같았다. 지성은커녕 야성도 찾아볼 수 없었다. 꿈이 깨어지는 모습이었지만, 고등학교 입시를 재수한다는 건 수용하기 힘들었다. 거기에다가 고교평준화가 시작되는 해라서 더더욱 의미가 없었다.

　여기는 떨어지고 되는 것조차 신경 쓰지 않았는데 아는 문제가 하나도 없었다. 집중하지 않아서 그런 것인지 이상하게도 너무 어려웠다. 내가 공부를 좀 하는 줄로 알고 있던 도민욱이가 내 뒤에 앉아서 답안지를 보여 달라고 졸랐지만, 보여 주고 싶어도 그냥 골라잡기 식이라서 보여 줄 수도 없었다. 그런데도 그는 내 답안지를 거의 그대로 뺏겼다고 했다. 그런 쪽으론 재주가 비상한 아이였다.

　예수님이 오신다고 하신 것도, 미륵불이 오신다고 하신 것도 예정된 일이다. 예정되어 있지 않다면 이 세상은 목적지 없이 항해하는 배와도 같을 것이다. 시험지에다가 토한 것이나 이름도 쓰지 않고 답안지를 제출한 것은 신의 저주였다. 나를 항로에 맞게 운행하시려는 신의 역사였다. 미션스쿨인 경안중학교, 경안고등학교는 내가 만든 학력이 아니었다. 신께서 내게 내려주신 저주이자 은총이었다.

  재수할 때 궁지에 몰리니까 이러지 말고 가수나 하며 먹고 살면 어떨까 싶은 생각을 해본 적도 있었지만, 신께서 그것도 미리 아시고서는 막아놓으셨다. 변성기 때 목청을 망쳐놓으셨다. 그것도 신의 저주이자 은총이었다.

절대순수이성

고등학교 입학해서 배정받은 담임선생님께서 아이들 이름을 하나하나 호명하셨다. 한참 부르시다가 "이거야 원, 참!"이라고 푸념하시다가 계속 부르시더니 중간쯤 가서 브레이크를 밟듯이 뚝 그치셨다. 그때는 몰랐지만, 그다음이 내 이름인 듯하였다. 내 이름을 찾기 위해 일일이 호명하신 듯하였다. 입학 성적순이었다. 영어 선생이셨는데 나와 아무런 관련도 없고 따로 알 리도 없는 분이 나한테 왜 저러실까? 의아스러웠다. IQ 검사를 받고 나서도 "머리는 이렇게 좋으면서 공부는 왜 안 하고 지랄이야."라고 혼잣말로 중얼거리셨다.

어떤 선배가 찾아와서 안동시 학생 시동인 '맥향'에 가입하라고, 시 한 편 써오면 500원 준다고 하였다. 내 짝꿍은 '라면땅 50개 사서 우리 반에 돌리면 되겠네. 모자라는 건 내가 쏠게.'라며 보챘지만, 나는 거절하였다. 네 번이나 찾아왔지만, 제갈량처럼 거절하였다.

나이가 든 후에 그 시절을 돌이켜보니 그곳에 중학교 2학년 때 국어 교사이셨던 김진 선생님께서 계셨다.

중학교 3학년 1학기 초에 김진 선생님께서 자기 반 반장을 통해 점심 먹고 교무실로 찾아오라고 하셨다. 아직 도시락을 들고 계셨다. 혼식할 때였지만, 꽁보리밥에 가까웠다. 계절제 대학원에 다니고 계시던 20대 후반의 총각 선생이셨다. 서정주 시인한테서 시를 배우신 듯하였다.

"시 지어서 무슨 무슨 상 받아보았니?"

"상 같은 거 받은 적 없는데요."

"그럼 지은 시가 몇 편이나 되느냐?"

"선생님께서 숙제로 내 주신 그 두 편이 전부인데요."

늘 메모지와 볼펜을 갖고 다니면서 문득 떠오르는 시상을 메모하는 습관을 들이도록 하라시면서 이런저런 애기를 많이 해주셨다. 장학사 방문 때문에 환경미화 하려고 그런다며 시 한 편 지어오라고 하셨다.

막상 시를 지으려고 하니 계절에 관계되는 것밖에 떠오르지 않았다. 여름과 가을에도 걸려있어야 할 텐데 싶어서 계절과 상관없는 것이 무엇일까. 7일 중에서 6일 동안 제목을 생각해 낸 것이 '산길'이었다. 마지막 날 밤에 시작해서 다 짓지 못한 채 학교에 가서 정리하고 있는데 벌써 원고 받으러 왔기에 마무리 대충 해서 전해주었다.

교무실로 들어가는 구름다리 전면에 예쁜 손 글씨로 쓴 내 시가 액자에 걸려있었다. 좀 더 잘 지을 수 있었는데 아쉬웠지만, 우리 담임선생님께서 시가 참 좋더라고 한마디 해주셨다.

  2학년 여름방학 때 시 짓는 숙제가 있어서 '원두막'이라는 시를 지어냈는데 가을에 또 '코스모스, 단풍' 중에서 선택하여 한 편 지어 오라고 하셨다. '코스모스'를 지어서 제출하였더니 여섯 편을 뽑아서 교실 게시판에 붙여놓으셨다. 다음 수업 시간에 오셔서 뒤에 붙여놓은 시들을 다 떼가서 다시 써와서 붙여놓으라고 하셨다. 영문도 모른 채 좀 다듬어서 붙여놓았더니 수업 시간에 들어오시자마자 뒤로 쪼르륵 가시더니만 내 시만 원고지를 홀짝홀짝 넘기시면서 읽으셨다. 네 번이나 다시 떼 가서 다시 붙여놓으라고 하셨다. 그때마다 뒤로 총총히 가셔서 내 시만 홀짝홀짝 읽으셨다. 사회교육원 시 창작반에서 정진규 선생님도 그러셨다. 나를 하나하나 뜯어보고 맞춰 보셨다.

  고등학교 들어가는 것까지도 지켜보면서 우리 담임을 찾아가서 나를 특별히 부탁하셨던가 보았다. 맥향 동인 가입을 권유시킨 것도 선생님의 뜻이었던 것 같았다. 대학에 들어가는 것도, 아마도 사회에 나가서 사는 것도 안타깝게 지켜보고 계셨을 것 같았다. 아버지인들, 어머니인들 그렇게 하실 수 있었을까. 김진 선생님으로 하여 나는 내가 무엇을 하며 어떻게 살아가야 할지 결정할 수 있었다.

  교과서에서 시를 배우면서 자연스럽게 생각하게 된 것은 시인이야말로 그 어떤 사람보다도 더 위대한 존재라고 생각하였다. 거기에는 절대순수이성이 깃들여져 있기 때문이었다. 순수하게 자라나던 나에게 김진 선생님께서 이성을 접목하여 주셨다. 나는 그 순수이성을 절대로 승화시켜 가면서 살고 있다. 그렇게 살아가는 방법이 시를 짓는 것이었다. 나는 시인이었다. 나를 시인으로 데뷔시켜 주신 분은 김진 선생님이셨다.

생전 처음 지은 '원두막'이 나의 등단작이 되었다. 아니 '원두막'은 김진 선생님과 나밖에 모르니 액자에 걸려있던 '산길'이 등단작이라고 봐야 하겠다. 이제 절대순수이성을 추구하며 마음껏 살아가기만 하면 되었다. 그런데 10월 유신이 내 앞을 가로막고 나섰다.

'우리 몸에 맞는 옷을 입어야 한다.' 교복 입고 다니는 것도 꺼림직하였는데 10월 유신이라는 옷을! 국민 교복이란 말인가. 학교 졸업하고도 교복 입고 다녀야 한다니 끔찍스러웠다. 가슴에 '산불 조심'과 '10월 유신'이라는 리본을 치렁치렁 달고 다니게 하는 걸 보고 아무것도 모르는 중학생이었지만, 10월 유신은 불쾌하기 짝이 없었다. 10월 유신을 산불 조심처럼 조심하라는 뜻으로 알고 조심하고 또 조심하였다.

신문을 통해 내 앞에 드러나는 10월 유신, 그 행간을 통해 발가벗은 박정희라는 자의 실체는 추악하기 그지없었다. 시가 문제가 아니고 공부가 문제가 아니었다. 칼을 들고 총을 들고 쳐들어가서 쳐부숴야 했다. 그런데 그 위대한 시인들이, 절대순수이성을 지닌 자들이 왜 가만있는 것인지, 시 한 줄로도 박정희 같은 독재자를 단칼에 쳐내버려야 하는 건데, 부정 부조리를 이 세상에서 완전히 척결해 줄 것으로 생각했는데 세상은 내 생각의 틀 안에서 돌아가지 않았다. 내 생각의 틀 밖에서 돌아가고 있었다. 심지어 그런 추악한 권력에 빌붙으려고 하는 자들까지 있다니, 민주화니 뭐니 하면서 떠들어대는 자들도 몇 명 빼고는 다 다른 권력에 빌붙으려는 자들이었다.
'시! 시인! 아무것도 아니란 말인가.'
시가 아무것도 아닌 것이 아니었다. 인간이 아무것도 아니었다.
나는 고등학교 졸업 무렵에 '산록'이라는 단상집을 한 체 마련하였다.

모든 것의 무한대가 순수원리로
그 일정한 순수원리로 흐르는
지금을 수없이 공에 공에 뿌리고
수없는 지금으로 이루어져 이어져 흐르는
영원한 새로움
내일의 진리를 찾기 위한 오늘의 창조
그 설렘으로 맞이하는 세월
순수원리에서 지성으로 지성에서 순수원리로
언제나 싱그럽게 흐르는 사색
끝없이 새로움으로 무한대 속으로
흐르는 그 기억의 자취

나의 집 그 '산록' 현관 앞에 붙여놓은 부적이었다.

울타리 바깥

　적산가옥에서 살 때 우리집에 신아일보 주재기자가 세 들어 산 적이 있었는데 그때 신문이란 신문은 다 들어왔었다. 그 주재기자가 가고 난 후에도 도로 확장공사로 이사하기 전까지 신문은 계속 들어 왔지만, 우리집에서 보는 사람이 아무도 없었다. 별책부록으로 나 오는 '우주 소년 아톰'을 보기 위해서 소년 잡지 몇 번 사본 것과 소 년신문을 잠깐 구독해서 본 적이 있었지만, 고등학생이 되고 나니까 울타리에 갇혀서 살고 있다는 느낌을 벗어날 수가 없었다. 서울에 사는 작은고모네 집에 몇 번 가본 적이 있고 수학여행을 서울, 인천 으로 간 적도 있었지만, 그런 겉이 아니라 세상의 속을 드려다 보고 싶었다.
　고등학교 1학년 한글날부터 그 당시 야당지라고 핍박받던 신문 을 수소문해서 구독하였다. 수학여행 때 연필과 소년신문을 받아왔 던 신문이기도 하지만, 국사 교과서에도 나오는 신문이 핍박받고 있다는 사실 자체가 나에게 있어서 커다란 기삿거리였다.

　신문의 행간과 행간은 사람과 사람, 생각과 생각, 궁리와 궁리 속으로 기차를 타고, 비행기를 타고 여행하는 기분이었다. 음악 시간에 서양 가곡을 처음 접했을 때, 고흐, 고갱, 밀레 같은 서양 화가를 처음 접했을 때 느꼈던 그런 야릇한 정서가 휘몰아치는 듯한 기분이었다.

　가치 있는 사람과 저급한 사람, 고급스러운 사람과 치졸한 사람들이 뒤엉켜 굴러가는 모습이 파노라마처럼 펼쳐지는 세계였다. 날이 갈수록 세상의 구석구석부터 시작해서 사람들의 심보까지 하나하나 드러나기 시작하였다. 들여다볼수록 세상은 황홀하게 펼쳐졌지만, 그 이면에는 악취가 나는 쓰레기들로 가득 차 있었다. 아침에 다 읽지 못한 신문은 학교에 갖고 가서 읽기도 하고 집에 돌아와서 읽었다. 읽으면 읽을수록 쓰레기는 기하급수적으로 늘어났다. 이 세상은 어떻게 저런 쓰레기를 떠안고 살아갈 수 있는 것일까.

　신문은 수많은 기자와 네트워크와 종이와 인쇄와 배달부를 동원하여 나를 나날이 새로운 세상으로, 새로운 인식으로 인도하여 주었다. 그럴수록 학교 공부는 지엽적인 것으로 전락하고 눈에 차지 않았다.

　사회 과학 과목은 그래도 또 다른 신문을 보는 듯한 기분이었지만, 영어와 수학은 아니었다. 특히 영어는 나처럼 시를 쓰며 살겠다고 하는 사람에겐 무의미하였다. 살아오면서 보니 입시 말고는 영어 100점 맞은 거나 0점 맞은 거나 아무런 차이가 없었다. 해외여행이나 해외 상품 설명이 필요해지니까 번역 앱이 나와서 모든 문제를 해결해 주었다. 한글이 세계화되어 가는 추세에 비추어봤을 때, 나 같은 사람에게 한해서는 영어 공부했더라면 억울할 뻔했다. 사회적으로는 실패한 사람이었지만, 인생적으로는 성공한 사람이었다.

나라가 혼란스럽고 세상이 시끄러운 것은 영어 같은 그런 지엽적이고 기능적인 것으로 출세시키는 사회 구조 때문인 듯하였다. 절대순수이성을 전혀 갖추지 못한 자들이, 시 한 줄 지을 줄도 읽을 줄도 모르는 자들을 대단한 인재인 양 떠받들고 있기 때문인 듯하였다. 나는 절대순수의지를 얼마나 갖추고 있는 자일까. 최소한 영어 잘하고 수학 잘하는 자들보다는 더 많이 갖추고 있지 않을까.

사회 시스템대로 살지 않고 내 시스템대로, 내 멋대로 살아온 결과 나는 교육제도로부터, 사회 구조로부터 무참하게 버림받을 수밖에 없었다.

거기에 박정희도 한몫하였다. 10월 유신체제에서 출세하려고 공부한다는 것은 그 자체가 수치스러운 일이었다. 박정희 같은 자가 되려고 기를 쓰는 거나 다르지 않다고 여겼다. 내가 공부하지 않는 것이 바로 민주화 투쟁이었다. 나는 나를 그런 식으로 정당화시켰다.

제109학군단 분단

시력이 몹시 나쁜 덕에 군 복무는 방위를 하게 되었다. 훈련병일 때 보니 군대라는 것은 대나무를 갈대로 만드는 곳이었다. 인격이나 자존심 같은 건 장애물이었다. 가운데만 서면 된다고 해서 가운데 섰더니 5소대 중에서 3소대였다. 교육계를 맡아서 여기서도 쾌도 하나 들고 어영부영 따라다니기만 하면 되었다. 단체 기합 줄 때도 우리는 교회로 빼돌려주었다. 내무반장 수양록을 대신 써주었는데 거기에다가 서슬 시퍼렇던 전두환 욕을 했더니 영창 갈뻔했다고 하면서도 야단은 치지 않았다.

행정반에 가서 암호를 알아 오라고 해서 가보았더니 영어로 쓰여 있었다. 난감하였다. 다른 소대 교육계한테 물어보았다. 손가락으로 눈썹을 가리켰다. 다음 날 아침에 소대장이 지난밤에 경계근무 서로 갔다가 암호가 틀려 죽을뻔했다고 하였다. 죽다가 산 일이었는데 그 말 한마디뿐이었다. 우리 내무반장을 영창 가게 할 뻔도 하고 죽을 수도 있게 하였다. eye였었는데 나는 그것도 모르고 있었다.

그런 자인데도 노른자라고 하는 법무부군법회의, 방위과 같은 곳에서 나를 자기네 부서로 데려가려고 서로 경쟁하였다. 응용미술학과 출신이라서 그런 것 같았다. 그런데 109학군단 분단으로 발령이 났다. 집에서 20분 걸어가면 되는 안동대학교 학군단이었다.

안동역 부역장으로 계시던 아버지가 그 당시 부대가 역에 상주하고 있을 때였다. 성적이 어떻고 대학 입학이 어떤지에 대해 말씀하시는 걸 들어본 적이 없었다. 나에 대해 아예 무관심한 줄 알았는데 군부대가 마침, 옆에 있으니까 한번 물어본 것 같았다. 로비하는 데 십만 원이 필요하다고 해서 주었다고 했다. 나한테 아예 무관심하지는 않은 듯하였다.

형에 대해서는 맨날 술 처먹고 흥청망청한다고 맨날 잔소리하셨지만, 나한테는 공부하라는 말조차 하신 적이 없으셨다. 연구 과정이지만, 고대 대학원 다닌다고 하니까 조금 좋아하는 기색이 엿보이긴 하였다. 야단맞을 짓을 하지 않고 살아서 그런지 야단맞은 기억이 나지 않는다. 커서는 오히려 내가 야단친 적이 있었다. 할아버지, 아버지, 나의 성품은 어떤 연결고리로 이어져 있는 듯하였다.

그 당시 안동대 학군단은 경북대 학군단 분단으로 처음엔 대위 한 명과 방위 네 명이 전부였다. 교육은 경북대 교관들이 파견 나와서 시행하였다. 끝나고 같이 회식할 때가 많았다. 그런데 경북대 학군단 내에 내 소문이 돌고 있다고 하였다. '안동대 학군단에 개똥철학 하는 놈이 있다.'라는 것이었다.

나를 무시하는 소문인 줄 알았는데 그 개똥이 아니라 개똥벌레의 개똥이라는 것이었다. 반짝이는, 번뜩이는 철학을 하는 놈이라는 뜻이었다. 전령으로 경북대 학군단에 갔더니 군인들의 이목이 나한테 집중되었다. 기다렸다가 같이 저녁 먹고 가라고 하질 않나, 장군의 아들인 데다가 서울대 출신 병장이 친구 하자고 하질 않나 방위가 아니라 스타가 된 듯한 기분이었다.

한번은 단장과 참모, 교관들이 무더기로 안동대에 찾아와선 나보고는 정 참모의 대학원 사회학 리포트를 분단장 자리에 앉아서 쓰라고 했다. 내가 전문대 응용미술학과 출신이라는 걸 알 텐데, 나를 열외 시켜주려고 그러시는 듯하였다. 몇 시간 후에 단장과 일행들이 들어오시기에 벌떡 일어나 경례를 붙였더니 대령이 이등병한테 '야 인마, 모자 벗어'라고 소리 지르지 못하고 혼잣말로 '실내에서 모자 쓰고 있다니'라며 중얼거리셨다.

다른 애들이 경대에 가면 신나게 터진다고 해서 전령은 내가 도맡아 놓고 갔는데 한번은 아버지 가죽 잠바를 걸쳐 입고 가다가 북부정류장에서 보안대에 걸렸다. 단장님께서 입고 다녀도 괜찮다고 했다니까 공중전화 부스에 가서 확인하고 나더니 공손하게 인사까지 해주었다.

한번은 부대에 심부름하러 갔다가 머리가 길다고 걸렸는데 그다음 날 아침에 출근하니까 전화가 와서 받아보니까 어제 그 헌병이라고 하면서 사과한다고 하였다. 우리 교관 박 대위가 헌병대 한 소령한테 열을 내며 전화 걸더니 생긴 일이었다. 가죽 잠바도 그렇지만,

내가 봐도 머리가 긴 편이었는데 군대는 정당한 것이 부당한 것에 사과할 수도 있는 참 이상한 곳이었다. 권력의 실체를 보는 듯하여 씁쓰레하였다. 그렇더라도 개똥철학 같은 것이 너무나 잘 통하는 너무나 순수한 곳이었다.

사회도 군대 같았으면 특혜도 받고 대접도 받으며 살 수 있었겠지만, 사회는 개똥철학을 완전히 개똥 취급하였다. 술자리에서 그 교관들에게 내가 무슨 말을 어떻게 했는지 기억나는 건 없지만, 내 얘기에 감동하는 이들이 있었다는 사실이 감동적이었다. 말이 통하는 사람을 만나면 말이 끊임없이 솟아나는 샘물 같았지만, 말이 통하지 않는 사람을 만나면 말라비틀어진 저수지 바닥처럼 말이 말라비틀어졌다.

수동적이면서도 생활 반경도 좁아 한정적인 사람들만 만나왔는데 그중에서 말이 통하는 사람은 몇 손가락 꼽을 정도였다. 말이 통하더라도 그 군인들처럼 인정하고 알아주는 사람은 거의 없었다. 김진 선생님, 외삼촌, 태모 아재, 혁수 형, 정진규 선생님, 나를 보통 사람이 아니라고 했던 경미의 친구, 그렇게 몇 명은 되는 듯하였다. 오현 스님은 내가 태어나기도 전부터 나를 알고 계셨던 분이었고 그리고 신.

몇몇 유명 인사들을 만나서 얘기를 나눠봤어도 내가 유광으로 코팅해 놓은 책 표지 보다가도 잘 비치질 않았다. 어떤 골수 좌파는 '말을 이렇게 잘하는 사람 처음 보네.'라고 하면서도 내 말을 한마디도 받아들이지 않았다. 어떤 유학자 경우 말은 잘 통해서 샘물처럼 말이 솟아나긴 하였다. '그건 논어 어디 어디에 나오는 말인데…….' '그건 맹자 어디 어디에 나오는 말인데…….'라고 하면서도, 훈장 노릇 그렇게 했어도 나를 절대로 훈장으로 인정해 주지 않았다. 박사 논문 마감 기간으로 접어드니까 뭘 하나라도 건지려고 찾아왔지만, 그가 나를 절대로 인정해 주지 않은 것처럼 나도 절대로 도움이 될 만한 말을 해주지 않았다. 대신 지도교수한테 밥도 사주고 술도 사주고 선물도 해주라고 했다.

이미 오래전에 박사학위 받았다고 하는 그 친구의 후배하고 얘기한 적이 있었는데 대목 대목 짚어가며 어디 어디에 나오는 말이라며 공부한 적이 있었냐고 물어봤다. 출처를 모조리 꿰차고 있는 듯하여 일견 대단스러웠지만, 그런 걸 다 공부하고 외워야 알 수 있는 것인지 의아스럽기도 하였다. 우주 끝까지 보일 정도로 쾌청하고 쾌적하여 말이 무한히 깊어지고 무한히 선명해지니까 출처가 붙은 말도 튀어나온 듯하였다. 두 사람과의 말은 미세먼지의 농도처럼 차이가 뚜렷하였다. 양식의 차이 같기도 하고 정신의 차이 같기도 하였다.

주변에서 나를 거울처럼 비추어 볼 수 있는 사람은 아무도 없었다. 아무리 눈을 부릅뜨고 바라보아도 그 사람들은 종이 쪼가리이거나 나무 판때기 같아서 나를 비춰보거나 반추해 볼 수 없었다. 성경이, 불경이, 천부경이 인간들을 그렇게 쳐다봤지만, 뭐가 두 증인인지, 뭐가 세 번의 설법인지, 하나로 돌아가는 것이 어디이고 무엇인지 알지 못하였던 것은 그들이 모두 종이 쪼가리이거나 나무 판때기였기 때문이었다.

그런 자들 틈바구니에서 나는 이 시대와 이 세상 언저리를 무의미하게 배회하는 떠돌이이다. 사이비종교에 휩쓸려 사는 자들과 적그리스도를 추종하며 미쳐 날뛰는 자들 주변을 떠돌아다니는 부초이다.

같은 시대와 같은 나라에 살면서도 쓰는 언어가 다르다. 대부분 물질에 관한, 성공에 관한 언어밖에 모른 채 살고 있다. 사탄들이 그걸 이용해서 호황을 누리니까 인간들은 사탄을 더 맹렬하게 추종하고 있다. 나는 삿갓 하나 쓰고 돈과 권력에 놀아나는 쓰레기 더미 속에서 피어나는 악의 꽃을 감상하며 종말의 그늘 속으로 구름에 달 가듯이 가는 나그네이다.

가다가 사람이라도 만나면 언제나 미세먼지가 발생한다. 너무 심해 피하지 않을 수도 없는 사람이 있는가 하면 마스크를 써야 하는 사람들이 대부분이었다. 환경 공해에 못지않게 인간 공해가 심각한 세상이다. 환경 공해에 대해서는 다각도로 노력이라도 하는 듯하지만, 인간 공해에 대해서는 아무도 입을 열고 있지 않다. 하늘이 나설 수밖에 없도록 하였다.

인간들이 발생시키는 미세먼지 저감조치는 수행이다. 수행을 통해 회개하고 해탈하는 것만이 인간 공해를 해소하는 길이다.

그 두 유학자의 대기질 차이는 뚜렷하였다. 그 친구의 후배라면 인간을 탐구하는 데 도움을 많이 받을 수 있을 것 같아 다음에 따로 한번 보자고 하였다. 그랬으면서 연락하지 못했다. 극히 수동적으로 살아온 내 삶의 한 단면이었다.

정립

　대부분 대학교에 들어가서 동아리 선배를 통해 의식화되어 간다지만, 난 고등학교 1학년 때부터 자의적으로 의식화되었다. 완벽하리만큼의 순수의지를 견지하며 살아가던 그 청소년의 정의는 시시각각으로 침략하고 도전해 오는 부정과 부조리를 향해 서슬 시퍼런 칼날을 하늘 높이 치켜세웠다. 순결한 지성이 불결한 권력을 금방이라도 후려칠 기세였다. 하지만 그것은 계란과 바위였다.
　단 한 줄기의 희망도 꿈도 없이 하염없이 시간만 꾹꾹 밟으며 교육제도의 미아가 되어 떠돌아다니던 어느 날 갑자기 박정희가 죽었다. 10월 유신이 10월에 사라졌다. 신의 가호였다. 얼어붙어 있던 희망에 움이 텄다.
　영어, 수학을 포기하고도 어리석게 명문대 가려고 했었는데 독재가 사라진 나라, 그 어느 대학인들 명문대 아니겠는가 싶었다.
　미술은 언제나 '수'를 받았다. 미술반이 아니었는데도 중학교 3

학년 때 미술 선생님이 내 작품을 전국미술대회에 출품하겠다며 한 번도 사용해 보지 못한 4절 도화지에다가 한 번도 해본 적이 없는 색종이 모자이크를 만들어오라고 하셨다. 철학이나 사회학을 공부하고 싶었지만, 공부하지 않아도 이미 잘할 수 있는 미술은 공부를 거저 할 수도 있을 것 같았다. 일단 대학에 적이라도 두고자 계명대 응용미술학과에 응시하였는데 수험번호와 이름을 연필로 적었다. 그래서 그랬는지 떨어져서 영남대 조소과에 응시하였다. 면접관이 실기시험장에 한번 가서 보라고 했다. 짚에다가 물을 묻혀서 하라고 했지만, 그렇게 추운 날씨에 난로 하나 피어주지 않는 학교에 다니고 싶은 생각이 없어서 그냥 했더니 작품이 무너져 내린 듯하였다.

경안중·고등학교처럼 계명전문대 응용미술학과에 들어가게 된 것도 다 신의 뜻인 듯하였다. 내 눈높이와 나의 실체에 대한 간극이 까마득하게 벌어졌다. 그 간극을 감당하지 못해 학력을 숨기거나 속인 적도 있었지만, 준거집단이 아닌 집단에서도 준거할 수 있는 능력을 기를 수 있었다.

계명전문대 응용미술학과는 공부하러 들어간 대학이 아니라 또다시 제수할 목적으로 들어간 대학이었다. 어영부영 빈손으로 투덜투덜 가면 누군가가 준비물을 대주었다. 특히 상숙이가 내 준비물까지 많이 챙겨주었다.

미스코리아도 있고 모델이 된 아이도 있었지만, 상숙이도 그렇고 모두 하나같이 예뻤다. 다른 어느 대학교 어느 학과에 들어간 것 보다가 만족스러웠다.

경북대 법학과에 들어간 외사촌 동생이 축제 파트너를 좀 구해달라고 해서 김선희한테 얘기했더니 자기 남자 친구 동생을 소개해 주겠다고 했다. 최루탄 터트릴 때 숨어들었던 계대 정문 앞 그 커피숍에서 네 명이 만났다. 놀랄 만큼 예뻤다. 그런데 자기는 지금 대학생이 아니라서 파트너가 되어줄 수 없다고 하였다. 상관없다고 했는데도 그녀는 기어코 대학생인 자기 친구를 소개해 주겠다고 했다. 그렇다면 자기는 굳이 나오지 않아도 될 터인데 나온 것은 선희와 그녀의 통화에서 답을 찾을 수 있을 것 같았다.

그녀가 소개해 준 그 친구가 축제에서 퀸으로 뽑혔다고 했다. 개보다 더 예쁘더냐고 물어봤더니 아니라고, 그 애가 훨씬 더 예쁘다고 했다. 선희가 나에게 그 아이에 대해 슬쩍 떠보았다. 그녀와 선희가 나에 대해 나눈 이야기가 어느 책 속에 한 대목으로 새겨져 있었다. 나는 무소의 뿔처럼 혼자서 그 책을 찾아 나섰다.

학부와 함께 사용하는 새로 지은 대학도서관은 거대하고 으리으리하였다. 여기에서 심혈을 다 쏟아부어 볼 생각으로 새 가방과 새 참고서를 사서 도서관 한쪽 귀퉁이에 자리 잡았다. 첫날이었다. 밥 먹으러 갔다가 온 사이에 가방과 펼쳐놓은 책까지 온데간데없이 싹 사라졌다. 신께선 늘 되고 되지 않을 일을 미리 알려주셨다. 신께서 직접 훔쳐 갔을 수도 있겠구나 싶었다. 공부하는 습성이 몸에 베 있지 않은 데다가 목표의 노예로 살 뻔했는데 그 도난은 오히려 은인과도 같았다.

졸업까지 할 생각은 아니었지만, 갈 데까지 간 김에 졸업하려고 하니 졸업작품이 걸렸다. 다른 건 다 어영부영 넘어갔는데 이건 피할 길이 없었다. 이웃집에 살던 현규가 산업디자인과 여학생 두 명을 졸업작품 같이하자고 꾀어서 데리고 왔다. 그들과 밤샘 작업을 한 덕에 졸업작품을 완성할 수 있었다. 나는 노끈으로 창문을 연출해 보았다. 그것이 가장 간단할 것 같아 시작하였는데 그것도 예삿일이 아니었다.

둘 다 반반한 아이였는데 그중에서 이혜지가 수시로 나를 매혹적인 눈으로 바라보았다. 작업하면서도 드러누우면서도 그 강렬한 눈빛 속으로 내 몸을 끌어당겼다. 눈빛 한번 주지 않던 장서영이는 아침이 되자마자 인사도 받지 않고 가버렸다. 눈꼴사나웠었나 보았다. 현규도 학교 갈 준비하러 집에 갔다. 라면에 밥 말아 먹을 건데 같이 먹겠냐고 하니까 싫다고 해서 혼자서 먹고 있었다.

"여기 와 봐예."

아직도 작업 중인 그녀 앞에 가서 앉았다.

"왜요?"

아무런 대답도 없이 고개를 들지 못한 채, 하던 일을 하는 척하였다. 내가 고개를 숙여 그녀 얼굴을 보려고 하니까 그녀가 일어나 화장실로 도망갔다.

"문 잠그세요."

문 잠그는 소리가 들려왔다. 그리고 현관문 열리는 소리가 났다. 현규가 학교 갈 준비해서 돌아왔다. 나는 그들 둘을 학교로 먼저 보냈다.

집 정리하고 나서 학교에 가보니 현규가 혜지한테 삿대질에다가 소리 지르며 난리 치고 있었다. 무슨 일인가 싶어 어정쩡하게 바라보고 있는 나한테까지 와서 씩씩거리면서 삿대질에다가 소리까지 질러댔다. 다른 아이들이 지켜보는 앞에서 이 무슨 해괴망측한 짓인지 놀라웠다. 혜지가 나를 좋아한다고 했었던가 보았다. 혜지는 현규가 작업 같이하자고 츄라이 해서 만난 사이인 걸로 알고 있는데 왜 저렇게 오만방자하게 구는 것인지 의아스럽기가 그지없었다. 그렇더라도 내가 잘못한 건 없는데 왜 이 지랄 염병인가 싶었다. 종강이었다. 현규하고도 쫑났다. 그 이후 혜지하고도 만날 기회가 없었다. 나의 독신 전선은 여전히 '이상 무'였다.

수년이 지난 어느 날, 광고 모델하고 있다는 안민지를 우연히 만났는데 만나자마자 그 얘기였다. 혜지가 자기 친구라며 그 얘기가 온 동네 자자하게 퍼져있었다고 했다. 당사자인 나는 그런지 저런지 아무것도 모르고 있었다. 민지 얘기를 듣고 생각해 보니 여자와 남자, 그리고 사랑, 그 복잡하고도 미묘한 함수관계가 그 짤막한 이야기 속에 다 들어있는 듯하였다.

공부를 본격적으로 하던 아이들은 대기업에 취직해서 잘나갔다. 나도 몇 군데 넣어봤더니 중견기업에서 1차 합격 통지를 몇 번 받아 보았지만, 2차에서 응시 부서를 잘못 쓰는가 하면 연락처가 일정하지 않아 합격 여부도 모르고 지나친 적도 있었다.

그나저나 4년제는 나와야 하지 않을까 싶었지만, 편입은 영어가 되지 않아 포기하였다. 대입에 영어 대신 중국어를 선택해도 된다고 하는 사실을 그때 처음 알았다. 한자는 신문을 열심히 본 덕에 웬만한 글자는 알 수 있었다. 발음기호는 처음부터 포기하고 딱 두 달, 그것도 학원 수강만으로 50문항 중에서 38개나 맞췄다. 수학은 계산해서 푼 문제가 여전히 하나도 없었다.

  상지대학교는 학교 이미지가 좋지 않아 망설여졌지만, 서울에 있는 것 보다가 안동과 서울 사이에 있어서 오히려 더 좋겠다고 생각하였다. 시를 짓기 위해, 문학을 하기 위해서는 국문학보다 경제학이 세상을 이해하는 데 도움이 더 많이 될 것으로 생각하였다. 직장 다니는 것보다 삼류대학일망정 대학에 다니고 있다는 것이 좋았다. 영원히 대학에만 다닐 수 있다면 얼마나 좋을까 싶었다.

  나는 이 세상에서 나를 바로 세울 수 없었다. 설사 이 세상에서 나를 바로 세운들 이 세상이 바르지 않으니, 그것은 모두 허사가 될 것이다. 내가 목표로 하던 대학에 들어가서 내가 목표로 하던 직장생활을 한들, 준거집단에 속하게 된들 그것이 나를 바로 세우지 못한다는 사실을 깨달았다. 내가 정립하는 방법은 나를 정립시킬 것이 아니라 이 세상을 바로 세우는 것이었다.

어린 왕자의 스펙

　일주일에 시 한 편씩 지으며 시 창작 공부할 때가 참 좋았다. 시와 시를 짓는 이들과 어울리며 지내는 일이 참 행복하였다. 다른 곳에서는 나를 무시하고 쳐주지 않았지만, 시 공부하는 곳만큼은 왕 노릇을 하는 기분이었다. 시동인도 내가 나서면 얼마든지 결성할 수 있었다.
　전업 시인들도 있지만, 아무나 할 수 있는 건 아니라서 먹고살 돈 정도 벌며 살아야 부모님 뵐 면목도 있을 것 같아 구해지는 대로 몇 군데 다녀봤지만, 직장생활은 자유를 옭아매는 사슬이었다. 빵이냐, 자유냐. 개인사업을 한다면 빵을 얻기가 안정적이지는 않겠지만, 어느 정도 자유로울 수 있을 것 같아 출판사를 차려야겠다고 마음먹었다. 몇 군데 다닌 직장도 모두 출판과 관련 있었던지라 거창한 계획도 없이 내 책이라도 내가 만들 수 있지 않을까 싶어서였다. 출판사 하려면 아무래도 도움이 되지 않을까 싶어서 중앙대 신문방

송대학원 출판잡지 전공 연구 과정으로 들어갔다.

　한 학기 선배이던 재일교포 김희숙 씨와 술을 한잔하였는데 그러고 나서 나는 우리 전공 내에서 '어린 왕자'로 통하였다. 내가 한 얘기를 다른 아이들에게 고스란히, 거기에다가 더 보태고 각색까지 해서 퍼트린 모양이었다. 그녀는 경북대 학군단 교관들과 같은 역할을 해주었다.

　종강 파티 때 그렇지 않아도 늦었는데 뒤에서 음주 운전자가 추돌하였다. 문제 삼으면 한 사람의 인생이 중대한 위기에 봉착하게 될 것 같아 수리비만 받아서 모임 장소에 들어서니까 여자아이들이 일제히 일어나서 환호하였다. 나도 놀랐지만, 저작권을 가르치던 신승현 교수는 더 놀랐다. 평생을 여자한테 인기 얻으려고 노력하며 살았는데 안 되더라고 했다. 무슨 비결이라도 있냐며 자기한테 좀 가르쳐달라고 졸랐다.

　신승현 교수는 얼마 가지 않아서 군사독재에 투쟁한 공로로 감사원장이 되었다. 그 축하연에 초대받았지만, 오현 스님 행사가 겹쳐 가지 못했다. 그 이후에도 한 번 더 초대받았지만, 내가 그런 자리에 낀다는 것이 어색할 것 같아 가지 않았다. 동문회 행사 전날 학교에서 전화가 왔다. 나만 이력서 한 장 써오라는 것이었다. 스펙이 좋으면 쓰지 말래도 쓰겠지만, 원체 좋지 않은 데다가 이유도 몰라서 써 가지 않으려다 나를 자꾸 초대해 주신 신승현 감사원장이 부탁하신 것 같아서 써 주었더니, 가타부타 아무런 대꾸가 없었다. 가만있다가 난데없이 까인 기분이었다. 내가 치욕스러운 것은 아니었다. 그들이 치욕스러운 짓을 한 것이었다. 그 이력서가 신승현 감사원장과 관련이 없을 수도 있겠지만, 당에서 누구 추천해달라고 하니까 내가 떠올라 동문회 통해 부탁한 것은 아니었을까 싶었다. 당에 올렸는데 당에서 거절했을 수도 있겠지만, 내가 생각해도 그런 스펙을 어디에 다 내밀기 수월하지 않았을 것이다. 스펙으로 늙은 왕자 노릇을 하는 사람들이 스펙으로 어린 왕자가 될 수 있을 것으로 생각한 천치들이 벌린 쇼였다.

나의 스펙은 알곡과 가라지를 가려내기 위해 최적화되어 있는 장치였다. 권력과 돈, 명예 같은 선악과를 따먹는 가라지들에게 무시당하기 딱 좋은 스펙이었다.

친하지는 않았지만, 우리집에 놀러 온 적도 있었던 동문이 그 정당 국회의원이 되었다. 언제나 나서서 설친 덕인지, 나 대신이었는지 여하튼 처음에는 잘해 나가는가 싶어서 후원금을 요청하기에 보내주기도 하였는데 결과는 참담하였다. 그가 주동이 되어 진행하던 기념품 추첨을 보니 등수가 감투 순서하고 일치하였다. 부정선거에서 나타난 확률보다 더 심하였다. 나는 감투 쓴 사람 투표권을 대신 갖고 있었던 지라 어부지리로 상품을 탈 수 있었다. 그 사유와 그 친구의 인생 경로가 너무 일맥상통하였다. 속이 어떤지도 모르고 겉만 보고 살아가는 인간들의 실체가 그 친구의 말로와같이 비참하지 않을까 싶었다.

선거 관련 시민단체에 속해 있었던 터라 외부 인사로 몇 명이 그 정당 시장 후보 선거관리위원으로 추대받아 활동한 적이 있었다. 비서관, 보좌관, 무슨 국장들과 함께 활동하였는데 보니 그들의 표정은 사람의 얼굴이 아니었다. 사람의 몸에다가 철공소에서 짐승의 얼굴을 용접해 놓은 듯하였다. 몇 센티만 더 가까이 가도 물어버릴 것만 같았다. 투표소에 내가 소장으로 임명되었는데 나가 보니까 내자리에 다른 놈이 앉아 있었다. 소장인데 끄트머리에 앉아 있어야만 했다.

투표 안내 표지라고 해서 써 붙여놓은 걸 보니 기가 찰 노릇이었다. 이런 무지렁이들이 나라를 다스리겠다고 설치다니 이러다 정말 나라 꼴이 말이 아니겠구나 싶었다. 그런 거 하나 바로 잡아준 걸 갖고 무슨 대단한 사람이라도 되는 양 쳐다보던 국회의원들을 보고 있으니, 나라가 그 동문과 같은 꼴이 나지 않을까 싶어 섬찟하였다. 이력서로 당한 그 수모가 그 대목에 이르러서 보니 그것은 수모가 아니라 아이스크림처럼 달콤하고 부드럽기 짝이 없을 지경이었다.

마침, 그때 보수당 후보 재선거가 있어서 우리는 거기에도 참여하게 된 덕에 진보 보수의 실체를 한눈에 느껴볼 수 있었다. 어린 왕자의 시선으로, 시각으로 진보와 보수를 훑어보니 공기부터 달랐다. 거기에도 가식이 없지 않았겠지만, 그런 걸 감안하더라도 피부에서 느껴지는 촉감부터 달랐다. 그나저나 보수당이 어째서 재선거하게 되었을까. 나에게 그 실체를 보여주기 위한 신의 섭리가 아니었을까.

한류와 국한문혼용

　교육대학원은 영어 시험이 없어서 마음먹으면 얼마든지 들어갈 수 있을 거 같았지만, 학위가 딱히 필요한 것도 아니어서 연구 과정으로 들어갔다. 문학을 하며 살고자 했으니 국문학 공부도 한번 해 봐야 하지 않을까 싶기도 하였지만, 존경하는 홍일식 교수님도 만나 뵐 수 있을 것 같아서였다. 그리고 학부에 못 들어간 대학 이렇게라도 한번 다녀보고자 했다.

　가장 자신 있던 '시론' 과목에서 논문을 다시 정리해서 제출해야 했는데 시간을 놓쳐 B+ 받은 거 말고 전부 A 학점 이상이었다. 더 공부하고 말고 하지도 않았는데 고등학교 성적하고 비교해 보니 어딘가에는 오류가 있는 것이 분명하였다. 그동안 부정선거 같은 교육제도 속에서 자라온 듯하였다.

　'한글 전용과 국한문혼용'에 대해 리포트를 써오라고 했다. 연대와 고대가 고연전처럼 치열하게 논쟁하고 있을 때였다. 우리가 지금

쓰고 있는 말이나 글은 선조들이 고래로부터 다지고 다듬어온 우리의 정신이자 우리의 실체이다. 한자 문화는 우리의 고유 언어와 접목이 되어 이미지와 감성을 다채롭게 표현할 수 있을 뿐만 아니라 사고를 풍성하게 하는 바탕이었다. 시어를 한글 전용으로 한정한다면 시가 너무 조이는 옷을 입은 듯하지 않을까. 한글 전용은 언어의 독재나 다를 바 없을 것이다. 사고가 경직되어 우리의 정서는 반쪽이 되고 말 것이다.

그다음부터 한글 전용 논쟁이 거짓말처럼 사라졌다.

한글 전용이 채택되었더라도 한류가 형성될 수 있었을까. 한자도 원래 우리 동이족이 만든 언어라기도 하고 성경을 토대로 만들어졌다고 주장하는 사람도 있었다. 그나저나 한자는 한글이 생기기 전에도 생기고 난 후에도 한글과 더불어 우리 민족이 함께하여온 언어다, 한자 말도 우리 말이다. '민족', '언어'가 우리 말이 아니라고 할 수 있겠는가. 국한문혼용이란 말이 맞는 말은 아니지만, 중국어를 쓸 필요는 없겠지만, 특별한 경우는 제외하고 한자로 적을 필요도 없겠지만, 한자 말이 있어서 우리 언어는 더욱 풍부하고 풍요로울 수 있었다. 그것이 한류를 가능하게 하였던 것은 아닌지 생각해 볼 만한 대목이지 않을까.

내 리포트 때문인지는 모르겠지만, 오탁번 교수님께서는 학위를 취득하면 지방 대학에 2년 정도 가 있다고 본교로 불러들이겠다고 하셨다. 5분이 늦어도 조교를 통해 알려주시던 홍일식 교수님은 아이들이 월드컵 봐야 한다며 휴강하자고 졸라대니까 어찌해야 할지 모르고 당황하시다가 나를 바라보았다. 또 나를 바라보았다. 고개를 끄떡였더니만, 바로 휴강을 허락해 주셨다. 나는 그 시각에 월드컵을 하는지 어떤지도 모르고 있었지만, 수업을 강행했다면 수업 시간 내내 교수님께서 욕 얻어먹으셨을 것이다. 그걸 두고 볼 수 없었다. 나는 그 월드컵을 하는지, 않는지도 몰랐던 것처럼 보지도 않았다.

따로 만나거나 얘기 나눠본 적이 한 번도 없었는데 교수님께서 나를 어떻게 생각하는지 핏줄로 느껴지는 듯이 따뜻하였다. 새 아버지가 생긴 듯한 기분이었다. 우리나라에서 내가 마음속으로나마 존경하는 사람을 한 분 갖고 싶어서 찾아보았는데 그분이 홍일식 교수님이셨다. 대대로 내려온 가훈이 '우리집안 후손들은 정치하지 말라'라는 것이라고 했다. 국회의원이 아니고 국무총리를 제안받았음에도 거절하셨다고 하였다.

학부에서도 그분의 제자였던 서은영 씨가 '연구실로 한번 찾아오라시더라.'라고 전해주었지만, 가지 않았다. 교수가 되더라도 스펙이 어느 정도는 되어야 명문대 위신을 깎지 않을 텐데 내 스펙으로는 빠져주는 것이 도리인 듯도 하였지만, 공부에 매달리며 살고 싶지 않았다.

하회마을 사진첩 출간 기념으로 관계자분들을 따라 관광 겸 하회마을에 간 적이 있었다. 하룻밤 자고 충효당에 들렀더니 종부께서 '우리집안 사람 아닌 사람한테 내놓은 적이 한 번도 없었다.' 시며 냉장고에서 재주로 쓰는 술이라며 파르스름한 경주법주를 내어주셨다. 빛깔도 그렇지만, 맛과 향이 일품이었다. 시집인 경주 최부자집에서 대대로 빚어오던 술이라고 하시며 나에게 중매를 서겠다고 하셨다. 아무리 마음에 든다고 하기로서니 처음 보는 사람에게 중매를 서겠다니 이 나라 최고 가문 중의 한 종부로서 너무 가벼운 처사 아닌가 싶었다. 그 제주를 준 의미는 아마도 이미 우리집안 사람이라는 뜻이 아닐까 싶기도 하였다. 누가 이 집안을 거절하겠는가. 그 자부심의 발로였던 것으로 여겨졌다.

고향에 왔으니, 집에 들러 부침개에다가 막국수까지 바리바리 싸주던 족발을 사 와서 안동소주와 술자리를 마련하였다. 서울대 사학과 나와서 무슨 역사연구소 소장이라고 하는 사람과 마지막까지 단 둘이 남아서 임진왜란 얘기를 하였다. 그런데 지독한 좌파라서 그런 것인지, 노론 계열이라서 그런 것인지 이순신 장군을 디스하였다. 그런 놈들이 종종 있긴 했지만, 역사를 공부하고 연구한다는 자가 그러하다니 납득이 되지 않았다. 나는 13척의 배를 몰고 그자를 향해 돌진하였다. 무참하게 때려잡았다. 도망가는 말꼬리까지 잡아서 박살 내 버렸다.

그 집은 충효당 유사 댁이었는데 내가 하는 얘기를 고스란히 듣고서는 종부한테 가서 그 얘기를 고스란히 전해주었던가 보았다. 아마도 서애 선생이 오신 듯하다고 했을 것 같았다. 그래서 중매 얘기가 나오지 않았을까 싶었다.

그 유사 분께서 우리 집안에 관해 묻기에 '우리 집안은 통정대부, 가선대부 하신 분들이 몇 분 계시지만, 교지로만 받은 벼슬이라서 돈 주고 산 것이 아닌가 싶더군요.'라고 했더니 돈 주고 산 벼슬은 족

보에 절대 못 올린다고 하셨다. 그런 벼슬이야말로 덕망과 학식이 높은 사람한테 내려주는 벼슬이라며, 과거 봐서 벼슬하는 것보다 가치도 명예도 훨씬 더 높다고 하셨다. 집안에서 학문이 끊기면 가문의 내력까지 끊어지는 그런 집안이 안동에 너무 많다고 하시며 안타까워하셨다. 그분은 우리 문중에 대해서도 자기 문중처럼 꿰차고 계셨다. 집안은 설사 괜찮다고 하더라도 초라하기 이를 데 없는 스펙을 내미는 일은 보통 일이 아니었다. 그러면서도 눈은 하늘 높은 줄 몰랐다.

시집이 나오면 시집 한 권 전해드릴 겸 찾아뵐 생각이었다. 홍일식 교수님도, 오현 스님도 시집이 나오면 찾아뵐 생각이었다. 그런데 일 년이 지나고 십 년이 몇 차례나 지나고 있는데도 나의 시집은 감감무소식이다.

시집을 내어 유명해진다면 초빙받아 교수가 될 수도 있겠다 싶었으면서도 왜? 그 많은 시집을 만들면서도 내 시집 한 권 만들지 못했는지, 만들 생각을 하지 않았는지 나도 모를 일이었다.

몇 년 전 어떤 문학강연에서 오탁번 교수님이 무슨 생각에 골똘히 빠져 계시다가 내가 나타나니까 손을 번쩍 들며 소리를 버럭 지르셨다. 주변에 계시던 분들이 놀라서 다들 쳐다볼 정도였다. 그런 자리에 참석하실 분이 아닌데 참석하신 걸 보면 내가 올 것을 예견하고 일부러 오신 듯하였다. 쟁쟁한 사람들이 눈독 들이고 있던 오현 스님의 그 재단을 교수시켜주려고 했던 아이가 물려받는다고 하니 나에 대해 생각이 많으셨던가 보았다.

홍일식 교수님 같은 분이야말로 그 재단에서 제정한 그런 상을 이 세상 누구보다 더 받을 자격이 있는 분이 아니겠는가 싶었다. 정치, 곧 권력을 꺼리신 것만으로도 그 자격은 차고 넘쳤다. 그런 의미에서도 재단을 빨리 물려받고 싶었다. 하지만 신께서는 재단을 물려받기 이전에 사명을 먼저 다하라고 하셨다.

오현 스님

설악산에 두 개의 절이 앞뒤로 나란히 있었다. 앞에 있는 절에서 오라고 해서 갔더니 그 절에 일자리를 하나 맡겨주셨다. 뒤에 있는 절에서도 오라고 해서 가보았더니 오현 스님이 계셨다. 설악산에 있는 등산로 실태를 파악해서 새로 정비해 보라고 하셨다. 앞 절에서 이미 일을 맡아놓은 상태라 퇴근하고 나서 짬짬이 해보면 어떻겠냐고 했더니 아무런 대답도 없이 자유의 여신상과도 같은 석상과 폭포수에서 놀고 계셨다.

사월에 비가 폭포수처럼 쏟아지던 날 그 재단을 찾아 백담사로 가던 며칠 전날에 꾼 꿈이었다. 앞의 절은 신이 계시던 절이었고 뒤의 절에는 오현 스님이 계시던 절이었다. 문예지 지원금 문제를 애기해야만 할 것 같아 마음먹은 김에 길을 나섰다.

스님께서 열악한 문예지를 도와주고 계셨는데 내가 만드는 ≪경의선문학≫에도 경의선문학회 총무 계좌로 5백만 원씩 지원해 주신 듯하였다. 통장을 보자고 해도 보여주지 않고 잡지 만드는 데 그 돈을 보태주지도 않았다. 그래서 폐간해 버렸는데 그래도 돈이 자꾸 들어오는 듯하여 그런 얘기라도 해야겠다 싶어서 찾아가려던 참이었다.

백담사에는 젊은 스님이 계셨는데 내가 찾아올 것을 이미 알고 있는 듯하였다. 재단에 볼일 보러 가는 것이라 예전처럼 차를 몰고 들어가도 되겠거니 했는데 안 된다고 하였다. 동네 사람들이 맡아서 관리하고 있었는데 나를 바로 알아보고는 전화로 알려주었었나 보았다. 스님으로부터 많은 은혜를 입은 분들이라고 들었다.

재단 이름을 바꿨다고 했다. 사무실을 서울로 이전했는데 가르쳐 주기 곤란하다고 했다. 석상과 놀고 있던 오현 스님의 침묵은 신의 일이 우선이라는 뜻이기도 하지만, 그런 인간들에 대한 천상에서의 회고인 듯도 하였다. 승복을 무슨 연고로 입고 있었던 것일까. 자신의 정신머리를 숨기기 위한 방법으로서는 그것이 제격인 듯하였다.

스님 곁에 붙어서 나를 떼놓으려고 기를 쓰던 어떤 사람한테 '나는 아담, 노아의 후손이다.'라고 하였더니 어찌나 좋아하던지 그 모습이 그 표정 밖으로까지 다 삐져나왔다. 재단을 내게 넘겨주자고 하는 사람들도 있었던 것 같았는데 그런 사람들한테 가서 '걔는 불교가 아니고 기독교더라.'라고, 아무리 스님의 유지라도 불교 재단을 기독교인에게 넘겨줄 수야 없지 않겠냐고 했던 것 같았다. 그분들을 만나고 온 그 사람은 무슨 어마어마한 대업이라도 이루어낸 양

내 앞에서 위세를 떨치며 의기양양하게 구는 꼴이 가관이었다. 지극 정성으로 선물 갖다 바치던 그 지저분한 속내를 끝내 성취해 낸 듯한 표정이었다. 인간이 지을 수 있는 표정 중에서 가장 추악하고 더러운 표정을 나는 거기에서 볼 수 있었다.

예수가 어디에서 왔고 부처가 어디에서 왔겠는가. 다 신으로부터다. 우리도 신이 아니면 어떻게 여기에 올 수 있었겠는가. 그런 것도 모르고 살아가는 자들, 천하고 무식한 자들이 생각할 수 있는 건 돈하고 권력밖에 없다는 사실도 거기에서 깨달을 수 있었다.

스님께선 내가 하나님을 믿는 사람인 줄 알고 '뭘 믿든지 상관없다.'라고 말씀하셨기 때문에 그 사람한테 그런 말을 하였었다. 우리는 모두 신으로부터 왔다는 걸 얘기하고 싶었다. 그 사람도 스님께서 나에게 그런 말씀을 하신 걸 알고 있었음에도 그걸 자기 목적을 위해 이용해 먹은 비열한 자였다.

빵을 잔뜩 사 와서 자기가 직접 뜯어 자기는 입에는 대지도 않으면서 내 입에 자꾸 넣어주었다. 몇 번 당했지만, 배가 고픈데도 배가 너무 불러 먹을 수 없다고 하며 모으고 모아서 실온에 계속 두고 지켜봤더니 석 달이 지나도 검은 반점 하나 생기지 않고 말짱하였다. 어디서 그런 빵을 구할 수 있었는지, 그런 빵을 얼마나 많이 처먹이고 싶었으면 매번 그렇게 잔뜩 사 왔던 것인지 그런 인간과 같은 세상에서 살고 있다는 것이 너무나 서글펐다. 그 빵을 먹고 잠을 설치고 있던 나를 지켜보던 그놈의 심정을 내가 되레 지켜보았더니 그건 바로 악마 체험이었다. 악마와 한방에서 자고 있다니, 방부제 때문이 아니라 소름이 돋아서 잠을 잘 수가 없었다.
　지방에 갔다가 돌아오던 길에 들은 라디오에서 '아파트 공사 현장에서 포대기에 곱게 싼 유아 유골이 발견되었다.'라고 하는 뉴스가 흘러나왔다. 내가 아는 사람이 요직에 출마해서 개표하던 그 시각이었다. 30년 정도 된 것 같다고 하는 걸 보고 나는 '아! 그 사람이 당선되겠구나.' 싶었다. 운전 중에는 거의 음악만 들었는데 어떻게 뉴스를 틀었는지, 그 시각에 그 뉴스를, 모두 신께서 하신 역사였다.
　스님의 일도 다 신께서 계획하신 일이 분명하였다. 스님과 관련 있던 사람 중에서 아무것도 모르는 사람을 뺀 나머지는 모두 그자와 한 패거리였다.
　아무런 관련도, 이유도 없이 나를 생각하는 스님의 그 마음이 간절하고 그리운 것은 그 배후에 신이 계시기 때문이었다. 신께서 나에게 보내주신 분이 분명하였다. 유턴하다가 경찰에 걸렸는데 신원을 확인하고 나더니 다음부턴 주의하라면서 그냥 보내주었다. 또 유턴하다가 걸렸는데 '전에 한번 봐줬었네요. 이번에도 한 번 더 봐줄 테니 다음부턴 조심하세요.'라고 했다.
　덤프트럭 뒤에서 신호를 확인하지 못해 채 가다가 그 트럭과 함께 신호위반으로 걸렸는데 매형이 시킨 대로 돈 만 원 줬다가 벌금 이십만 원 먹은 적이 있었다. 스님께서 그걸 보시고 거기까지 신경 써 주신 듯하였다.
　내 생각으로는 나를 위해서라면 뭐든지 하실 수 있는 분으로 생각하였다. 집에 혼자 있을 때도, 길이 꽉꽉 막히던 강변북로에서도 스님께서 나를 생각하시는 것보다 열 배를 더 생각하느라 바빴다. 그럴수록 그자는 스님 곁에 가지 못하게 기를 쓰며 가로막았다. 심지어 소리까지 질러댔다. 손으로 새 쫓듯이 훠이훠이 하며 쫓아내기도 하였다. 기분 더러웠지만, 기분 나쁘지만은 않았다. 보고 자료였으니 말이다.

인간으로서 최소한의 수치심마저 내던져가며 아득바득 매달리는 괴상망측한 풍경을 나에게 보여주려고 신께서 그런 자를 만나게 하신 듯하였다. 틀 자체가 인간의 틀이 아니었다.

우리 형과 그 심리나 그 정신머리가 완벽하게 일치하였다. 그러고 보니 키나 생김새도 비슷하였다. 같은 사탄의 씨라서 그럴 수도 있겠지만, 만약에 그분의 부친이 북한 괴뢰군으로 참전한 적이 있었다면 이건 실제로 이복형제일 수도 있겠다고 생각하니 상상과 사실 사이에 어떤 함수관계가 성립하였다.

방해하는 자들도 있었지만, 남들이 탐한다고 여길 것 같아 스님을 멀찍이서 바라보기만 하고 지냈다. 저들을 보고 있자니 저들은 그들의 속내를 어쩌면 저리도 발라당 까 젖혀놓고 지내는지 놀라울 따름이었다. 그런 놀라움을 지니고 있던 자들이니 스님의 유지를 헌신짝 취급할 수 있었던 것으로 보였다.

어느 유명 작사가의 행사장 만찬 시간이었다. 베테랑 여기자가 그 행사 강연자이던 여자분한테 귓속말로 나를 미래의 지도자라고 말하였다. 테이블 바로 앞에 앉아 있던 그 강연자는 갑자기 태도를 바꿔 나를 무시하였다. '말 같은 소리를 해야지.'라고 속으로 내뱉은 말이 내 귀에는 다 들렸다. 소설 '두 증인'을 조롱하는 사람들과 일맥상통하였다.

만해시인학교 첫 회가 백담사에서 열렸는데 오현 스님은 내가 거기에 찾아올 줄 미리 알고 계신 듯하였다. 만약에 내가 미륵이라면 스님은 가섭존자임이 틀림없었다. 몇몇 사람들한테 나를 그렇게 말했던 것으로 보였다. 그 기자는 산책을 같이하던 시인한테서 그런 말을 들은 듯하였다. 해맑게 인사하는 품새로 봐서 그 강연자와 달리 그 말을 믿는 듯하였다.

다른 사람들도 스님의 영성은 하나 같이 보통이 아니라고 하였다. 험악하기 짝이 없는 이 세상에서 홀로 살아내기란 여간 버거운 일이 아닐 수 없었다. 사기 치는 의사 놈들, 자동차정비기사 놈들, 자해공갈범과 협작한 경찰관 놈들 이런 자들을 스님께 얘기하면 그 영성으로라도 모조리 처리해 주실 것 같았다. 하지만 스님을 번거롭게 해드리고 싶지 않아서 모두 참고 견디며 살았다. 스님이 내 곁에 계시는 것만으로 그 어떤 악당이나 악마도 전혀 두렵지 않았다. 게다가 나에게는 신이 계셨다. 거기에 더해서 스님까지 계셨다.

오현 스님께서 흥천사로 책을 가져다 달라고 해서 가져가니까 점심 먹고 가라고 하셨다.

"예, 그럼 공양간에 가서 한술 뜨고 가겠습니다."

"여기 차리고 있으니 여기서 먹거라."

으리으리한 밥상이 차려졌다. 미리 와 계시던 문예지를 발간하고 계시는 시조 시인 외 몇 분과 함께 식사하게 되었다. 내 앞에 앉으셔서 내 밥술에 반찬을 하나하나 올려놓아 주셨다. 스님의 피가 내 혈관 속으로 흐르는 듯하였다. 그냥 부자지간도 아니고 애틋한 부자지간 같아 울컥하였다.

나보고도 문예지 지원 신청하라는 뜻인 듯도 하였다. 여기도 앞으로 내가 관리해야 하는 곳이란 뜻이기도 하였다. 나에게 이런 메시지를 전달하기 위해 나를 여기로 부르신 듯하였다.

그때 신근선 시인이 내가 아직 스님 곁에 있는 줄도 모르고 전화해서 다짜고짜 물었다.

"오현 스님이 얼마 줬어요?"

"이십만 원 주시던데요."

옆에서 듣고 계시던 스님이 한마디 하셨다.

"그걸 뭐 할라꼬 곧이곧대로 얘기하노. 그냥 팔만 원만 받았다고 그라지."

어느 정월대보름, 그 시인이 방해해서 나는 세배도 못 드리고 세뱃돈도 못 받고 처량한 신세였는데 "모두 대명콘도에서 차 한잔하고 가자."라고 하셨다. 다들 콘도 커피숍에 모였는데 그러고 나서 기어코 우리 보고 "먼저 가라."시며 배웅까지 나오셔서는 내게 세뱃돈을 세 장이나 주셨다. "세배도 안 하고…." 하시면서……. 스님의 마음이 내 혈관 속으로 백담계곡 그 물줄기처럼 흐르고 있었다.

그런데 그 시인이 중간에서 가로채 두 장은 스님께 되돌려주고 한 잔만 내게 주었다. 자기가 더 중한 사람인데 자기는 한 잔 주면서 왜 그러느냐는 심보였다. 내 돈 두 장을 눈앞에서 강탈해 간 자였다.

그 시인 때문에 세 차례나 스님 행사에 참석하지 못했다.
"그동안 왜 안 왔느냐?"
부드럽게 그렇게 말 한마디 던져놓고는 내가 머뭇거리자 홱 하며 지나쳐 가셨다. 주차장에서 두리번거리며 나를 찾아보던 스님과 눈이 마주치면 '니가 온 걸 봤으니 됐구나.' 하시는 것 같았는데 아무리 찾아봐도 없고, 없고 하니 속이 타신 모양이었다.
'이유를 알고 싶은 게 아니라, 내가 얼마나 기다리고 있었는지 알라라는 말이다.'
그 포근한 표정으로 그렇게 속삭이시는 듯하였다.
스님께서는 치료받기를 거절하고 스스로 죽음을 선택하셨다고 하였다. 내게 '다 정리해 놓았다.'라고 말씀하신 지 얼마 지나지 않아서였다. 스님의 유산으로 내가 내 할 일을, 하늘의 일을 하루라도 빨리할 수 있게 하시려고 그리하신 듯하였다. 그렇게까지 숭고한 정신으로 살고 계신 줄 몰랐다. 신의 사자였음이 분명하였다.
오탁번 교수님께서 돌아가셨다. 그해 홍일식 박사님도 돌아가셨다. 그 두 분의 귀천은 내가 우선으로 해야 할 일은 스님의 재단 운영이 아니라 신의 일이라는 뜻이었다. '두 증인'을 빨리 쓰라는, 세 번의 설법을 빨리하라는, 사명을 완수하라는 신의 지시였다. 꿈속에서 나의 질문에 아무런 대꾸도 하지 않으시던 스님의 모습은 영계와 육계가 어떻게 결부되어 있는지 알 수 있는 척도였다.

하루살이 결혼식

내가 인간으로 태어나서 할 일이 무엇일까? 돈 벌기 위해 산다는 것은 인간이기를 포기하는 일이었다. 권력을 잡기 위해 산다는 것은 짐승이 되기 위해 산다는 뜻이었다. 이 땅에 인간으로 태어나서 인간으로 살아가지 못하고 짐승으로 살아가는 인간들을 조사하여 그 실체를 하늘에다 보고하는 일이 내가 태어난 이유라고 생각하였다. 시라는 장르로서는 쉽지 않은 일이었다. 영화라면 좋겠다고 생각하고 있을 무렵 때마침 시나리오협회에서 시나리오 창작 강좌를 개설하였다.

시나리오 작가이신 강사님께서 한 편도 써 보지 않은 나에게 한 편 써오면 오백만 원 주겠다고 하였다. 단, 끔찍하고 징그러운 내용으로 써오라고 하셨다. 자기는 안 되냐며 군침 흘리는 자들도 있었지만, 글을 쓰고 싶은 마음이 싹 사라졌다. 사라진 그 마음속으로 한 여자가 나타났다. 중급반 첫 시간에 그 어떤 여자보다도 더 아름다운 여자가 꿈결같이 나에게 나타났다. 시나리오 작가가 주인공 배우보다 더 아름다운 건 모순이 아니라 진실이라는 것을 나에게 확인시켜 주고 있었다. 시나리오 강좌를 듣기 위해 찾아온 것이 아니라 나를 찾아온 여자 같았다. 처음부터 내 옆에 바짝 다가와 앉은 그녀는 한 편의 시였다. 일 분, 일 분이 한 달, 한 달이 지난 것처럼 우리는 순간적으로 서로에게 익숙해졌다. 처음 만난 사람이라는, 남이라고 하는 느낌이 전혀 들지 않았다. 술자리에 갔을 때 우리는 이미 애인이었다. '아! 이 여자였구나!' 행복이라고 하는 실체가 모든 감각을 동원해서 느껴졌다. 너무 행복해서 술을 너무 마셨다. 우리가 마치 결혼하는 날이라도 된 것 같았다.

"잘 들어가세요."

"담 주에 봬요."

그녀를 배웅하고 나서 결혼식 뒤풀이를 해야겠다 싶어서 몇몇과 함께 2차를 하였다. 너무 마셨다.

그런데 우리에게는 다음 주가 없었다. 신은 우리에게 단 하루만 허락하였다.

그다음 날 아침, 내 귀에서 폭탄이 터졌다. 그러고 나서 이명이 들렸다. 예언가 바바 반가도 어느 시대, 어디에선가에서 그 소리를 듣고 있었다. 그로부터 나는 그녀를 두 번 다시 만날 수 없었다. 나타나지 않는 내가 얼마나 황당했을까? 강의 시간 내내 두리번거렸을 것 같은 그녀의 모습이 내 가슴을 쥐어짰다. 정말 폭탄에 맞은 듯이 몸을 꿈쩍할 수가 없었다.

독신을 벗어나기 바로 직전에 생긴 사고였다. 독신을 벗어날 수 없다는 뜻이었다. 내 뜻과 신의 뜻이 너무나 다른 데서 생긴 현상이었다.

나는 혼자서 살아가는 방법에 대한 오리엔테이션을 받아본 적이 없다. 무턱대고 혼자서 살고 있었다. 나에 대한 관리는 제로상태였다. 우유와 사우나를 통해 건강을 버티고 나갔었는데 무직 상태가 되고부터 그런 것들도 끊었더니만, 터진 일인 듯하였다. 영양실조에다가 지방간, 고지혈 등으로 내 몸은 망가질 대로 망가지고 있었다. 그런 것도 모르고 부어라 마셔라 했으니, 그나저나 어떻게 그 시점에서 귀에서 폭탄이 터지다니, 일반적이지가 않았다. 신의 일이라고 생각하지 않을 수 없었다.

맞선을 거의 백 번 정도 봤는데 마음에 드는 사람은 단 한 명도 없었다. 내가 손을 뻗으면 얼마든지 닿을 수 있었던 여자들과 비교가 되어 아무도 눈에 차지 않았다. 일말의 기대를 하지 않은 것은 아니지만, 선은 어머니에 대한 예우로 거의 거절하지 않았다. 두 시간 정도 막 떠들다가 보내주곤 하였다. 나보다가 월등히 뛰어나고 좋은 조건을 가진 분도 많았지만, 눈이 너무 높기도 하였지만, 대부분 내 스펙이나 위상이 고스란히 반영된 듯하였다.

결혼할 마음만 굳힌다면 도시락 싸 들고 하루만 돌아다녀 봐도 마음에 드는 여자를 구할 수 있을 것으로 생각하였다. 어머니 성화에 '아무나 하고 결혼할까.'라고 생각한 적은 있었지만, 내 인생에 있어서 결혼을 꼭 해야만 하는 것으로 생각하지 않았다. 시나리오 그녀처럼 나를 혹하게 만드는 사람이 나에게 그렇게 나타난다면 모를까 그렇지 않다면 혼자 살아가는 것도 나쁘지 않다고 생각하였다.

나는 오늘도 어제처럼 운명이나 사주에 따라 독신으로 살아간다. 결혼했다고 해서 행복했을까? 어떤 친구는 "그 좋은 결혼을 왜 안 하는데?"라고 하더니 나이 들어서는 "네가 부러워 미치겠다."라고 하였다. 나는 고적한 분위기, 쓸쓸한 분위기를 좋아한다. 그래서 고적한 것이 고적하지 않고 쓸쓸한 것이 쓸쓸하지 않다. 그 누구나 팔자대로 살 수밖에 없겠지만, 팔자대로 사는 것이 가장 잘 사는 것이 아닐까.

내가 독신으로 살 수밖에 없는 건, 더 나아가 혈혈단신으로 살아갈 수밖에 없는 건 신의 저주가 아니다. 아무런 이유도 없이 그런 것은 아니었음이 분명하다. 신의 목적과 단단하게 결부되어 있음이 분명하였다.

나에겐 그 어떤 사람보다도 소중한 고양이 '별이'와 강아지 '커피'가 있었다. 지금은 고양이 '엘라'와 살고 있다. 신께서 보내주신 나의 반려자이다. 나의 무료가 엘라의 무료이고, 엘라의 활력이 나의 활력이 되어 살고 있다.

마귀들과 장대

1994년, 여느 때와 달리 그날은 몸 상태가 구름처럼 둥둥 떠다닐 정도로 완벽하게 좋던 어느 봄날 아침이었다.

중고등학교 모교 예배당이던 서부교회였다. 의자가 다 치워진 마룻바닥 좌측 뒤편 귀퉁이에 원탁 테이블이 놓여 있고 거기에 정장을 한 대여섯 명과 함께 캐주얼하게 입은 내가 그 둘레에 앉아 있었다. 어떤 사안에 대하여 차례대로 의견을 개진하고 있었는데 참으로 가관이었다. 가지가지 하고 있었다. 정의와 정당성은 안중에도 없이 하나같이 자기들한테 유리하고 이득이 되는 쪽으로 주장하고 있었다. 부당하더라도 수치스러운 줄도 모르고 저마다 강변을 토해내고 있었다. 교단을 뒤로 하고 앉아 있던 나는 고개를 떨구었다. 다음이 내 차례였지만, 저런 마귀들과 말을 섞는다는 것 자체가 수치스러운 일이었다. 아무 말도 하지 않을 참이었다.

그때 신께서 우측 창밖으로 내려오셨다. 키는 나만 하였고 승복, 신부복, 목사 가운을 혼합해 놓은 듯한 짙은 회색 옷을 입고 있으셨다. 얼굴빛은 백인, 황인, 흑인을 혼합해 놓은 듯하였다. 수염은 천 원 지폐에 나오는 퇴계 선생 같았는데 우리 할아버지처럼 풍성하지가 않았다. 공중에 서서 오른손을 나를 향해 뻗으시니 손바닥에서 빛이 뿜어져 나왔다. 그 빛이 둥그런 덩어리가 되어 내 가슴속으로 들어와 박혔다.

"네 멋대로 하라."

신의 말씀이 빛 덩어리와 함께 내 영혼을 두들겨 팼다.

입 닥치고 가만히 두고 본다는 것은 세상에 대한 기만이었다. 인류에 대한 기만이었다. 초등학교 때 고등학생인 형이 한 야비한 짓거리에 뿔이 나서 장대를 들고 도망가는 형을 뒤쫓아가듯이 그들을 향해 장대를 휘둘러댔다. 자기 이익을 위해 부당한 처사를 감행하려고 설쳐대던 저 마귀들을 무차별적으로 두들겨 팼다.

예배당 안에서 청산유수가 끝도 없이 범람하였다.

꿈이었다. 천주교 신자이던 친구한테 얘기하니 그런 꿈은 세계적으로도, 역사적으로도 흔치 않은 꿈이라고 했다. 그 청산유수는 어떤 것이었을까. 내가 생각해도 내가 말을 너무 잘하는 것 같았다. 하지만 너무나 뚜렷하고 명확했었는데 하나도 떠오르지 않았다. 생각해 내려고 아무리 애써봐도 소용없었다. 아마도 미륵의 설법 같은 것이 아니었을까. 두 증인의 증언 같은 것은 아니었을까.

학교에서 경건회, 채플 시간 말고 예배드려본 적이 없었다. 사회에서 처음 예배드려본 곳이 낙성대교회였다. 거기에는 서울대, 이대 출신들이 바글거린다고 하였다. 누가 구원해 주겠다고 해서 따라가 본 건데 가서 보니 일류대 프레임을 짜놓은 것도 하나의 전략이었다. 목사가 초등학교 나왔는데 부목사가 서울대 나왔다고 했다. 그런 얄팍하고도 얄량한 수에 모든 이들이 걸려들어 열광하고 있었다. 목사는 목소리 자체도 초등학교 수준인 데다가 설교도 더할 나위가 없었다. 몇 번 나가보지 않고도 삼류대 출신인 나는 다 알겠던데 일류대 출신이라고 하는 것들은 도대체 어떻게 그런 잡놈들이 하는 짓거리에 놀아나고 있는 건지 아연실색할 정도였다. 이 나라의 주요한 자리가 저런 자들 앞에 놓여 있다는 것이 더 소름 끼치게 하였다. 엘리트란 무식한 자들을 가리키는 말이었다. 나를 데리고 간 그 이대 출신을, 교육부장을 빼냈음에도 그 교회는 세계로 뻗어나갔다. 이런 일이 발생할 수 있었던 것은 인간들의 실체와 관련이 있었다. 무식하고 무지하다 못해 불쌍한 그 실체!

　머저리들이 매달릴 수 있는 건 신이 아니라 사탄이었다. 아무나 신에게 매달릴 수 있는 건 아니었다. 엘리트가 머저리 수준인데 그 누가 신에게 매달릴 수 있겠는가. 그것이 요한계시록에서 말한 그 '두 증인'이 인류에게 필요한 이유였다.

　창문 밖 저 하늘, 거기에 신이 계신다고 나는 확신하였다. 그래서 모교 교회 창문 밖으로 해서 나타나신 듯하였다. 어떤 철학자처럼 신은 우리에게 있어 주어야, 있어 주기를 바라는 존재가 아니라 나에게 있어서는 분명하게 존재하는 분이셨다. 미션스쿨에 다니면서 신을 엘리트도 아니고 머저리도 아닌 순수의지로 바라보았기 때문인 듯하였다. 이미 예정되어 있던 일이었겠지만, 그래서 나를 찾아왔고 찾아오실 수 있었을 것이다.

신께서 찾아오셨으니까 내가 신을 찾아가지 않을 수 없었다. 우선 성경 공부를 통해 신께 다가가기로 했다. 그런 기색을 내비치자마자 가끔 놀러 오시던 1101호 아저씨의 부인이 교회 사람 몇 분과 함께 바로 찾아오셨다. 하지만 곧바로 일산으로 이사하게 되었다. 건강 상태가 엉망이라서 공기가 조금이라도 더 좋을 것 같은 곳이라서 고른 지역이었다.

태어나서부터 육체와 건강에 대해 별다르게 생각하며 살아본 적이 없었다. 고등학교까지만 해도 조회 시간에 맨손체조도 하고 그랬지만, 손가락 하나 까딱하지 않고 정지된 상태로 살아가고 있었다. '이렇게 살아도 되는 건가.' 싶었지만, 건강에 관한 관심은 나에게 있어서 사치스러운 일이었다. 초등학교까지는 타고난 체력으로 남들보다 뛰어났지만, 중학교부터 차츰 떨어지기 시작하여 군에 들어가서 포복할 때 보니 완전히 뒤처지는 신세였다. 체력이 바닥인 데다가 영양 관리도 전혀 하지 않고 데고말고 살다가 신의 저주와 맞물려 터질 것이 터진 듯하였다.

그 무렵 왼쪽 무릎 안쪽 위에 파란 반점이 하나 생겼다. 그 반점이 짙어지면 건강 상태가 나빴고 옅어지면 좋아졌다. 그 반점은 나의 건강 상태에 대한 바로미터였다. 발목에 헌데가 낫질 않고 코로나

팬데믹과 맞물려 3년 반이나 갔다. 쇼핑하면서 술 한 병 샀는데 집에 와서 보니 사라지고 없었다. 신께서 이 미련곰탱이를 지켜보고 염려해 주고 계시다는 증거였다.

일산에서 강남까지 예배보러 간다는 건 부담스러웠지만, 시 창작 동문이던 신은주 씨에 이끌려 강남에 있는 교회에 다니게 되었다. 설교만으로도 좋았지만, 소모임 리더의 인간성이 너무 좋아 설교보다 그 사람 만나는 재미로 거리의 부담도 마다치 않았다. 일요일이라 차 몰고 가면 크게 부담되는 시간도 아니었다.

하나님께서 '네 멋대로 하라.'라고 하셨다니까 어떤 여신도가 '그건 저주하는 말씀'이라고 하였다. 멋대로 살아온 건 맞지만, 그것이 저주받을 만큼 심각한 것인지 이해되지 않았다. 전생에서 무슨 심각한 죄악을 저질렀던 것인가 싶기도 하였다. 나는 내가 생각해도 선한 사마리아인 같은 사람인데 저주라니, 그것이 신의 뜻이라면 달게 받아야지 어쩔 도리가 있겠는가 싶었다. 시나리오 그녀와 이어지지 못한 것도 보니 바로 그 저주 때문인 듯하였다.

그 교회 목사라고 하면서 방문하여서는 사람을 다짜고짜 죄인으로 몰아붙였다. 처음 보는 사람한테 그렇게 단정 짓는 걸 보니 사람들은 대부분 죄로부터 자유롭지 못한 상태에 놓여 있는 것으로 보였다. 그걸 이용해서 교회에서 벗어나지 못하게 하려는 술책인 듯 싶었다. 사이비에서 하던 술책을 여기에서 쓰다니 오싹하였다. 그 오싹하던 느낌은 소모임의 리더를 통해 드러났다. 조폭이었지만 회개해서 그렇게 좋은 사람이 되었다고 했는데 그 모임에서 내가 두각을 나타내기 시작하니까 그렇게 좋던 사람이 나를 살벌하게 찍어 눌렀다. 양의 탈을 쓴 이리 앞에 있던 양인 것 같아서 깜짝 놀랐다.

인간의 실체란 보면 볼수록 깜짝 놀라운 일이었다.

가라지의 형태

　신을 찾으러 가는 길을 잃고 헤매고 있으니, 6개월 과정으로 성경을 무료로 가르쳐주는 데가 있다고 누가 바로 소개해 주었다. 성경을 피상적으로 접해오다가 전반적으로 접해 볼 수 있을 것 같아 기대가 컸다. 인기 드라마를 보듯이 빠져들게 하였다. 낙성대교회에서 하던 30개 개론, 60개 개론과 일맥상통하였다. 그런데 마지막에 어이없게도 삼천포로 빠지고 말았다. 진도는 안 나가고 맨날 같은 얘기만 되풀이하다가 마지막에 한다는 얘기가 모든 교회는 망하고 자기들만 살아남는다는 것이었다. 그것이 마지막 때이고 종말이라고 했다.
　성직자들의 욕망을 얘기하고 있었다. 성직자들의 야망 나부랭이를 적어놓은 것이 성경이라니 기가 차지도 않을 노릇이었다. 이미 공부를 다 마쳤다고 하면서도 나와서 늘 옆에 앉아서 친구처럼 지내주는 사람이 있었는데 그것 또한 그들이 쳐놓은 장치였다. 낙성대교회보다 전략을 더 촘촘하게 짜놓은 듯하였다.

　그 친구한테 말하였다. 완전 사이비라고, 빠져나오라고, 그것이 오히려 회개하는 길이라고 그러면 어떻게든 반박하려고 기를 썼지만, 반박하지 못하는 지점에서 그는 친구가 아니고 적으로 돌변하였다. 몇 년생이냐고 물어보는가 하면 나에 대해 뭔가를 캐내려고 애를 썼다. 위기감이 들었지만, 내가 밥 살 차례인 데다가 성경 구절에 관해 물어볼 것도 있고 해서 연락하였더니 자기 몸에 갑자기 큰일이 생겼다며 두려움에 떨고 있었다. 대신 얘기했던 장로와 둘만 만나보라고 했다. 그 장로도 다짜고짜 우리집에 가자고 하질 않나 사진을 찍자고 하며 내 사생활과 정보를 캐내려고 주접을 떨고 있었다. 의심을 뿌리치려고 다른 사이비종교에 절친이 있어서 거기에서 신앙생활을 열심히 하고 있다고 하니까 회심의 미소를 지으며 의심을 푸는 듯하였다. 그리고 얼마 후 그 장로로부터 연락이 왔는데 그 친구가 죽었다고 하였다. 마귀를 쫓다가 마귀가 된 사람의 말로였다.

　자기 종교가 자기들이 그렇게 저주하던 그 사탄·마귀라는 사실을 알면서도 상관하지 않는 걸 보면 그들의 신앙생활은 할 일이 없어 돈 주고 직장생활 하는 사람들과 다를 바가 없는 자들처럼 여겨졌다. 거기에다가 한 번 걸려들면 빠져나가지 못하게 인간들의 심리를 잘 이용해서 틀을 교묘하게 짜놓았기 때문인 듯하였다. 그 장로라고 하는 사람은 조상으로부터 물려받은 어마어마한 땅이 이제는 하나도 남아있지 않다고 했다. 밥 사준다고 해놓고서는 얻어먹기만 하고 입을 닦아버린 것만 봐도 그 사람 신세가 어떤지 알고도 남았다. 그의 죽음은 세상을 바로 세우기 위한 신의 역사임에도 인간 중에서 가장 비참한, 잊혀진 자보다 더 비참한 인간이라는 생각에 눈물이 찔끔 나왔다. 그렇든 저렇든 그것은 악이었다. 그것은 월급 받고 일하는 것이 아니라 월급 주고 일하고 있는, 사탄에게 이용당하고 있는 한심한 자들에 대한 신의 심판이었다.

한 번도 연락을 주고받은 적이 없던 이종사촌 동생이 전화가 왔길래 무척 반가워서 없는 돈에 한우 등심을 사주었다. 외제차 영업하고 있다고 했는데 눈물겨울 정도였다. 그 치열함은 인간의 정도를 벗어난 듯하였다. 무엇이 그를 그렇게 살게 하는 것인지, 어떤 사이비종교의 광신자와 똑같았다. 돈과 사이비종교는 같은 말이었다. 자기가 영업하는 방법을 책으로 펴내기 위해 하나하나 기록하고 있다고 했다. 영업이라고 하는, 돈이라고 하는 경전을 펴내고 싶다는 얘기였다. 핏대 올리며 하고 있던 얘기는 자본주의, 물질문명이라는 신흥종교 얘기였다. 그 표정에서 어떤 사이비종교의 교주 같은 모습이 떠올라 섬뜩하였다.

나는 출판사를 운영하면서 영업을 단 한 번도 해본 적이 없었다. 신께서 도와주시기도 하였지만, 필요해서 찾아오는 사람들 일만 해주었어도 충분히 먹고 살 수 있었다. 우리는 광고 홍수 속에서 살고 있다. 광고란 호객 행위와 다르지 않다. 영업이란 정치와 다르지 않았다. 총선 때 보면 인간을 갖고 전국 각지에서 호객 행위가 벌어진다. 인간을, 자신을 파는 물건으로 취급하고 있는 자들을 보고 있으면 눈물이 났다. 가게 앞에서 호객 행위 아줌마를, 아저씨를 보고 있으면 눈물이 났다. 무엇을 위한, 정의를 위한, 나라를 위한, 인류를 위한 행위란 말인가.

유튜브에서 안경이 말도 안 되는 기능을 말도 안 되는 가격으로 하도 광고를 해대기에 광고와 실제가 무엇이 얼마나 다른지 확인도 해볼 겸 중국이어서 의심하면서도 제품은 보내주겠지 싶어서 주문 한번 해보았다. 완전한 날치기였다. 자기 잘났다고 막 떠들어대다가 나중에 입 싹 닦아버리는 정치인들과 완벽하게 일치하였다.

"주변에 소개해 줄 만한 사람 있으면 좀 부탁할게요."

외제 차 몰고 다니는 사람이 몇몇 떠올랐지만, 사이비종교를 포교하는 것으로 들렸다.

"내 주변에는 외제 차 살 만한 사람들이 별로 없어."

내 말이 끝나기도 전에 태도와 표정이 전광석화처럼 싹 바뀌는 모습을 전광석화처럼 포착하였다.

며칠 후에 신차발표회가 있으니까 애인하고 꼭 참석해달라며 초대권을 주었다. 애인은 없지만 친하게 지내는 여자한테 얘기는 해보겠다고 했다. 그런 곳에 따라갈 여자가 아니었는데 따라와 주었다. 사진신문에 다닐 때 카메라 신제품발표회장에 많이 가보았지만, 거기는 주로 기자간담회 자리였다. 구석구석 훑어보았지만, 보이지 않길래 다른 중요한 일이 있겠거니 하였다.

설날에 만나서 그때 맛있게 잘 먹었다고 했더니, 다짜고짜 "왔으면 전화했어야지, 왜 안 했냐?"라며 인상을 쓰며 언성을 높였다. 그 다음 설날에 만났을 때는 심지어 막말까지 해대면서 그걸 다시 끄집어내어 나를 깔아뭉개려고 작정한 놈 같았다. 그동안 나를 어떻게 짓밟을까 그것만 생각하며 살아온 놈 같았다. 내가 생각하고 있던 애랑 완전히 다른 아이였다. 자기 형제끼리 정도가 지나칠 정도로 다툰다는 얘기를 들어보긴 했지만, 아무것도 아닌 걸 갖고 감히 나한테, 이게 무슨 해괴망측한 일인가 싶어 한참이나 먹먹했다. 남들이 1, 2백 벌 때 자기는 1, 2천 번다고 떠벌리더니만, 눈에 뵈는 게 없었나 보았다. 돈의 위력을 나한테 떨쳐보려는 유치한 마귀의 속성이 아무런 여과 장치도 없이 직접적으로 발산하고만 사건이었다. 한 번도 눈여겨보지도 않던 놈이었는데 너무도 충격적이었다. 돈의 실체와 인간의 실체가 어떻게 연결되어 있는지 잘 드러난 하나의 현상이었다. 돈과 마귀가 결탁하게 되면 이런 일도 발생할 수 있는가 싶어서 경악스러웠다.

그놈뿐만 아니라 우리 형이나 정치한다고 돌아다니는 그런 인간들이 득실거리는 이런 세상에서 정서적이고 서정적인 삶을 어찌 누리며 살아갈 수 있을지 난감하였다.

어느 날 갑자기 그가 죽었다고 하였다.

'이게 무슨 일이지!'

그는 내게 이미 죽은 자였기 때문에 별다른 감정이 생기지도 않았지만, 가라지나 쭉정이가 불타버린 일이라고 생각하니 예삿일이 아니었다. 나와 관계된 일이 틀림없는 것 같았다.

고향에 내려왔다가 질녀와 시골길에서 차를 몰고 가다가 사고가 났다고 하였다. 그 질녀는 털끝 하나 다치지 않았다고 하였다. 그런 시골길에서도 사고는 날 수 있겠지만, 인사 사고라니 말도 되지 않았다. 신께서 하신 일임이 분명하였다. 지금도 내 곁에서 내가 글을 어떻게 쓰고 있는지 하나하나 지켜보고 계시는 성령님께서 하신 일이 분명하였다. 처음에는 몰랐지만, 신께서 내게 보여주신 여러 가지 일들로 미루어보니 너무나 명확하였다. 심판의 때에 그런 가라지들은 그렇게 불살라질 것이라는 걸 나에게 알려주시려는 뜻이었다. 우리 위에 늘 운행하고 계시는 신의 의지가 이처럼 단호하다는 걸 세상에 보여주고자 함이 분명하였다.

양장제본만 맡겨서 하던 제본소에서 행사가 잡혀있던 책을 담당자가 차일피일 미루기만 하였다. 내가 쫓아다니면서 하려고 했더니 위에서 지시가 없어서 할 수 없다는 것이었다. 양장제본은 일 년에 한두 번 할까 말까였다. 내 일이야 떨어져 나가도 그만이라고 여긴 그 담당자가 일정에 갈급한 나를 갖고 놀려고 작정한 듯하였다. 나에게 그 알량한 위세를 이종사촌처럼 휘둘러보려는 심산인 것 같았다. 행사고 뭐고 일정이고 뭐고 다 때려치우고 욕을 바가지로 해대고 돌아왔다.

그다음 날 오후도 아니고 오전에 책이 다돼 있다고 전화가 왔다. 어제 그 담당자가 지게차에 발목이 부러져 입원했다고 했다. 전무가 인계받아 바로 해주었다고 했다. 나에게 현관문을 열어주시던 성령님께서 하신 일이 분명하였다.

코로나로 입은 피해를 국가가 보상해 준다기에 나는 손해 본 것도 별로 없는데 보상받게 되었다고 하니까 이놈이 펄쩍 날뛰더니

"네가 그랬다는 게 아니고……." 하면서 길길이 게거품을 물었다. 돈 한 푼에도 눈알이 팽팽 돌아가는 살벌한 놈한테 한 푼이 아니라고 하였더니 회까닥하였던가 보았다. 연락 좀 그만하라고 했는데도 자존심도 없이 계속 연락하기에 측은해서 만나주었는데 어떻게 된 영문인지 나는 해당 보상금만은 받지 못하였다. 그러고 나서 연락이 끊어졌다가 일 년이 다 되어서 전화가 왔다. 뇌출혈이 와서 병원에 입원해 있어서 연락하지 못했다고 했다.

나는 그놈이 한 짓을 알고 있었다. 너랑 나랑은 맞지 않으니까 연락하지 말고 지내자고 했는데도 계속 연락하기에 "모르는 척하고 지내자."라고 한마디 했더니 연락이 뚝 끊어졌다. 내가 신통력으로 자기를 그렇게 한 것으로 인식하고 있는 듯하였다. 나는 알고 있었다. 신께서 그리하셨다는 것을, 때때로 현관문을 열어주시던 성령님께서 그러하신 것이 분명하였다.

투표는 한 다리라도 걸린 사람 찍어주면 된다고 자식들에게 훈계했다고 자랑하던 사람을 바로 죽이신 것도 모두 신께서 하신 역사였다.

"신이 어디 있어. 있으면 나와보라고 해."

자기 마누라 따라 열심히 교회 다니고 있다고 하는 자가 계곡물에 발 담그고 서 있다가 내뱉었다. 그 말이 끝나자마자 앞으로 꼬꾸라지더니 돌부리에 이마를 정통으로 콕 찧었다. 피가 났다. 심각한 부상은 아니어서 다행이었지만, 신은 어디에 있는 것이 아니라 어디에도 있다. 나와보라고 해서 나오셨을 뿐이었다. 그런데도 또 나와

보라고 하면 그다음에는 어떻게 나오실까.

유튜브에서 보니까 이를 빼지 않아도 된다고 하였는데 가는 곳곳마다, 심지어 대학병원까지 모두 빼야만 한다고 해서 그 유튜버 치과나 착한 치과를 찾아가기 전에 동네 치과부터 가보기로 하였는데 그 병원 엘리베이터 문이 저절로 열렸다. 시원하게 열리는 것 같지 않아 신의 표정이 아주 마뜩하게 느껴지지는 않았지만, 아! 드디어 되는구나 싶었다. 그런데 정말 빼지 않고도 치료가 되었다. 바가지 왕창 뒤덮어 쓰기는 했지만, 치과 보험 들어놓은 것이 있어서 문제되지는 않았다. 다른 의사들은 돈 때문에 빼려고 했는데 이 의사도 돈 때문에 치료해 준 의사였다. 다른 이빨 치료를 놓치지 않기 위해서였다. 의사한테 돈을 미끼로 유효적절하게 쓰면 좋은 치료를 받을 수 있다는 교훈을 얻게 되었다. 1년 동안, 이 병원 저 병원 돌아다니게 하신 것은 의사라는 자들의 실체를 파악할 수 있게 하려던 의도였던 것으로 보였다.

치통 때문에 찾아간 병원에서 이를 빼야 한다기에 다른 데 가서 한 번 더 알아보겠다고 하였더니 치통약도 처방해 주지 않은 의사놈 때문에 그날 밤, 고통이 끔찍하였다. 다른 의사도 어떻게 그런 놈이 있냐며 욕을 퍼부어대기도 하였다. 또 다른 의사한테 다른 의사를 비난하였더니 별다른 이유도 없이 핑계를 대며 방사선을 연거푸 3방이나 쐈다. 방사선을 너무 많이 쐬는 것 같아 노이로제이던 내게 노골적으로 위해를 가한 범죄 행위였다.

'네깟 것이 감히 의사를 비방해.'

조선 시대 같으면 중인이었다. 돈 많이 번다고 최고 직업이 되어 버린 걸 보면 이 세상은 사탄·마귀 세상이 분명하였다. 입 안쪽에 미처 발견하지 못한 이빨 두 개가 겹쳐서 썩어 있다며 그림까지 그려 가며 설명해 주었다. 방사선도 찍고 했으면서 의사라는 게 그거 하나 발견하지 못했단 말인가. 완전 미친년이었다. 집에 와서 치과 거울로 확인해 보니 멀쩡하였다. 이런 것들한테 우리 몸을 맡기고 살아야 한다니, 이 세상을 완전히 뒤엎어버리지 않고서는 해결할 수 있는 문제가 아닌 듯하였다.

마지막 때를 만들어 놓으신 신의 심정이 내 심정으로 오롯이 전해지고 있었다.

신의 의지와 나의 사명

산 산등성이로 기어 올라갔다. 그곳에서 내려다보니 사막이 광막하게 펼쳐져 있었다. 그 지평선 위에 거대한 도시가 있었다. 거기에 커다란 두 개의 빌딩이 폭발하였다.

꿈이었다. 정신이 멍할 정도로 경악스러웠다. 그로부터 얼마 지나지 않아 911테러가 발생하였다. 신께서도 얼마나 놀랐으면 나한테까지 알려주셨을까. 프랑스 축구 경기장에서 테러가 발생하기 하루 전날에도 꿈을 꾸었다.

축구 경기장 옆에 있던 빌딩은 상층부에 다보탑 같은 탑이 세워져 있었다. 거기에서 창문으로 내려다보니 황폐해진 도시, 미친 바람이 한바탕 휩쓸고 지나간 황량하기 이를 데가 없는 풍경이었다. 경기장 앞 광장에서 한 아가씨가 옷이 흘러내린 채 땅을 보며 초췌하게 걸어오는 모습은 종말의 한 장면 같았다.

  국제적인 인식이나 의식이 별로 없던 내가 이런 꿈을 꾼다는 건 내 의지가 아니라 신의 의지였다. 인간에 대해 글을 쓰겠다고 한 나에게 인간의 그 악마적인 실체를 보여주시려는 신의 배려였다. 그때까지도 나는 사명을 제대로 인식하지 못하였다.
  "아이고, 우리 유선이는 어쩌면 이렇게도 잘 생겼을꼬!"
  맨날 봐왔으면서도 7촌 아지매가 소파에 앉아 있는 나를 보고 새삼스럽게 한마디 던지셨다. 어릴 때부터 아버지와 앞뒷집에 살았었는데 결혼해서도 쭉 같은 동네에, 지금은 200미터도 안 되는 거리에서 살고 계시던 분이셨다.
  "광대뼈가 툭 튀어나온 게 뭐가 잘 생겼어요?"
  누나가 그러니까 내 옆에 앉아 있던 미야네 엄마도 한마디 던지셨다.
  "야 아바이에 대면 턱도 없다. 젊었을 때 보면 얼굴에 빛이 나서 우리 같은 거는 쳐다보지도 못했다 까이."
  광대뼈가 튀어나온 줄 모르고 지냈는데 그때 처음 인식하였다. 어떻게 보면 잘생긴 것 같기도 하고 어떻게 보면 못생긴 것 같기도 하였는데 그 광대뼈 때문인 듯하였다. 여고생 세 명이 전철 건너편에 앉아서 나를 스마트폰으로 찍기도 한 것으로 보아 젊었을 때는 매력적으로 보인 부분도 있기는 하였던 것 같았다.
  광대뼈도 그렇지만, 이런저런 것들이 예언에 나오는 말들과 부합

된다는 의식을 갖고 살아갔다.

　아침에 세수하려고 세면대에 물을 받으려고 수도를 트니까 "너는 나의 뜻이다."라는 음성이 분명하고도 또렷하게 들려왔다. 잠시 후 멀리서 가느다랗게 들려오던 "세에탁" 하는 소리가 점점 크게 들려왔다. 잘못 들은 것일까. 잘못 들었다기에는 너무나 분명하고 또렷하였다. 세탁소 아저씨 목소리와 물소리를 이용해서 신께서 내게 전해주신 말이라고 여겼다.

　나는 예언에 나오는 그 사람일까?

　그 사람이든 아니든 그것은 중요하지 않았다. 단지 신의 숙제, 그것을 해야 한다는 생각은 나를 한시도 떠나지 않았다. 그렇지만 무엇을 어떻게 해야 할지 갈피가 잡히지 않아 흐르는 물에 나를 띄워놓은 채 떠내려가고 있었다. 나이가 인생을 갉아먹듯이 삶이 삶을 갉아먹으며 무료하고 무의미하게 나는 시간을 훼손하며 지내고 있었다.

　인간에 대한 보고서를 써야 한다는 건 알겠지만, 너무 막연하였다. 뭘 어떻게 해야 할지 갈피를 종잡지 못하고 나이만 들어갔다. 젊었더라면 개똥철학 하듯이 글을 쓸 수 있었겠지만, 늙고 병드니까 모든 것이 흐리터분해졌다. 무의미가 내 인생을 거의 다 메꾸어가던 그 어느 시점에서 결단을 내리지 않을 수 없었다.

　모교 예배당 원탁 테이블에서 발언을 포기하려고 했을 때와 같았다. 세상이 굴러가든지 말든지 케세라세라. 이대로 여느 사람들과 다르지 않게 그냥 살다가 그냥 죽으면 그만이겠지 생각하였다.

그런데 그때였다. 현관문이 저절로 쓱 하며 열렸다.
'이게 뭐지!'
비밀번호나 카드가 있어야 열리는 현관문이 내 걸음걸이에 맞춰 스르륵 열렸다.
'경비실에서, 방제실에서 열어준 것인가?'
엘리베이터 로스 타임이 상당히 길던 지인의 집에 갔다가 볼일이 있어 밖에 나갔는데 거기에서는 엘리베이터 문이 바로 저절로 열렸다. 돌아올 때도 바로 쓱 하고 열렸다. 경비실, 방제실이 아니라는 뜻이었다.
그것은 또 다른 신의 말씀이었다.
"네 멋대로 하라."
강남 어느 골목길에서 차를 몰고 가는데 "딱"하는 소리가 들렸다. 이게 무슨 소리지 하였는데 그 순간 우측 뒷펜더가 벽 모서리에 부딪혀 아까하고 똑같은 소리가 났다. 단체버스 출발시간에 도저히 도착할 수 없었는데 제시간에 도착하니까 같이 타고 간 사람이 한 번도 아니고 두 번씩이나 그러니까 나보고 시간 맞추는 데는 신이라고 치켜세웠다. 그 모든 것은 다 현관문을 열어주신 성령께서 하신 일인 듯하였다.

하나님께서 우리집에 방문하시겠다고 하셨다. 형은 음식을 장만하고 나와 여동생은 하나님께 드릴 선물을 사러 CD 가게에 갔다. 우리가 골라잡은 것은 '흐르는 강물처럼'이라는 CD였다. 하나님께서는 배가 남산만 한 산타클로스로 나타나셨다.

꿈이었다. '흐르는 강물처럼' 들어는 보았지만, 그것이 영화인지 음악인지는 몰랐다. 산타클로스는 선물을 주는 사람이지 받는 사람은 아니라서 그런 건지 선물을 건네주기 전에 꿈에서 깨어났다. '흐르는 강물처럼'은 다 아니까 '흐르는 강물처럼' 속편을 선물해 달라는 뜻이었다. 이러지도 저러지도 못하고 있던 나는 신으로부터 엄청난 동력을 선물 받았다. 그래서 산타클로스로 나타나신 듯하였다.

두 증인

 지구 종말 이야기가 무성하던 2012년 12월 21일, 그 일이 년 전 쯤에 꿈을 꾸었다.

 미시령터널 안에서 열댓 명의 사람과 터널 밖을 내다보니 연기가 천지를 하얗게 뒤덮고 있었다. 어머니가 누운 채로 안동에서 하늘로 치솟아 올랐다.

 2012년 종말에 관한 꿈이라고 확신하였다. 그 종말을 1년여 앞둔 시점에서 다시 꿈을 꾸었다. 나는 두 손을 모아 하나님께 간절히 기도하고 있었다. '인간에 대한 보고서를 꼭 써서 받치겠습니다.' 그때 두 손을 모으고 있던 내 손바닥 사이에서 불빛이 폭발하였다.
 그 기간 안에 책 한 권 읽기라도 할 수 있을까. 읽기도 버거운데 쓰다니, 뭘 어떻게 시작해야 할지도 모르는 막막한 상태에서, 그건 불

가능하였다. 신의 명령이라도 어쩔 수 없었다. 그렇더라도 염치 불고하고 우선은 살아남아야 하지 않을까 싶어서 몇 명한테 얘기해 보았지만, 아무도 내 말을 믿고 따르려 하지 않았다.

종말은 오지 않았다. 꿈을 무한히 신뢰하며 살아왔는데 이게 뭐람. 그런데 그 꿈은 종말에 관한 꿈이 아니라 어머니의 죽음에 관한 꿈이었다. 어머니가 돌아가신 딱 한 달 만에 안동 주변과 경상남도, 지리산 일대에 초유의 산불이 발생하였다. 꿈에서 본 그 연기가 바로 그 산불을 가리키고 있었다. 어머니의 죽음과 그 산불은 무관하지 않다는 뜻이었다.

산불이 발발하던 그때 고양이 엘라를 안고 무인택배함에 갔다가 우편물까지 꺼내 들고 오는데 원래 골바람이 심하게 불던 곳이지만, 한 번도 겪어보지 못한 바람이 불었다. 우편물이 날아가서 주우려다 고양이까지 놓쳤다. 바람이 보이스피싱처럼 나를 마음껏 후려치며 갖고 놀았다. 엘라가 보이지 않았다. 정신이 혼미해지던 그때 현관문 안을 다시 살펴보니까 거기에 얌전하게 앉아 있었다. 아까는 없었는데, 내가 난리 치는 사이 신께서 엘라를 문 안에 들여보내 주신 듯하였다.

강아지 커피가 엘리베이터를 혼자서 타고 가버렸다. 현관에도 현관 밖에도 아무리 난리 쳐봐도 없었다. 관리실 여직원하고 층층 아무리 찾아봐도 찾을 수 없었는데 그 여직원이 갑자기 소리쳤다.

"저기 선생님 집 맞죠? 와! 온몸에 소름이 쫙 끼치네요."

커피는 우리집 문 앞에 쪼그리고 앉아 있었다. 커피는 무척 똑똑한 아이였다. 그렇지만 자기가 엘리베이터 안에서 찾아왔을 리 없었다. 엘라처럼 성령님께서 그러하신 것이 틀림없었다.

나를 정신 못 차리게 한 그 바람은 어머니의 꿈과 그 산불로 이어져 있었다. 그 바람으로 산불은 바다까지 번져갔다. 바다가 아니었더라면 그렇지 않아도 불이나 난리 치던 미국 서해안까지 번져갔을 것이다.

위탁 장소를 문 앞으로 지정했는데도 무인택배함으로 온 거며 유달리 엘라를 데리고 간 걸 보면 그 해프닝은 그냥 해프닝이 아니라 신의 메시지임이 틀림없었다. 그 산불은 그냥 산불이 아니라 종말과 결부되어 있다는 사실을 나에게 각인시켜 주시려던 것이 틀림없었다.

2012년은 오지 않았다. 그것은 완료형이 아니라 진행형이라는 사실을 산타클로스로 나타나신 하나님을 뵙기 전까지는 자각하지 못하였다.

'흐르는 강물처럼'에서 처음에는 글을 반으로 줄이고 줄여 쓰라는 가르침을 주시려는 것으로 알았다. 그러나 나는 신과 두 증인을 곧장 인식할 수 있었다. 목사와 두 아들, 서로 다른 두 사람, 보수와 진보 그 대비를 통해 인간의 실체를 드러내 보이라는 뜻이라고 여겨졌다. 그러려고 했는데 소설가도 아닌 내가 셸리 리드처럼 그런 재간이 있을 리 만무하였다. 처음에는 진보 보수로 잡았다가 페이지가 넘어가지를 않아 노만과 노만, 보수와 보수로 변경하였다. 좌파하고는 말이 통하지 않아 글로 집어낼 만한 기억들이 별로 없었기 때문이기도 하였다.

나는 우선 나에 대하여 먼저 쓰기 시작하였다. 코로나가 잡혀가던 2022년 2월부터였다. 연말까지 쓰다가 중지하고 2023년 새해부터는 '두 증인'을 쓰기 시작하였다. 꾸준히 쓴다면 못 쓸 것도 없겠다 싶어 다른 일들을 접어가면서 꾸준히 써 내려갔다. 최선을 다하고 싶었지만, 습성이나 건강이 받쳐주지 않아서 그러지는 못하였다. 플롯도 구조도 짜지 않고 무턱대고 시작하였다. 하나하나 알아보고 찾아보면서 한 쪽 한 쪽 써 내려갔다.

500여 쪽을 써 내려가고 있던 2024년 12월 3일 윤석열 대통령께서 느닷없이 비상계엄을 선포하였다. 이러고 있을 때가 아니었다. 윤석열 대통령을 돕기 위해서라도 하루바삐 책을 출간해야만 했다. 글의 완성도가 중요한 것이 아니라 출간이 중요하였다. 내 몸과 정신을 풀가동시켰다. 그야말로 최선을 다해야 하는 시간이었다.

320쪽으로 줄여 본문 편집을 완료한 순간 한 통의 전화가 왔다. 무심결에 받았는데 씨티은행 카드 배달왔다면서 다른 주소를 불러주었다. 직접 찾아가서 확인하려고 했지만, 더군다나 씨티은행이라니, 그런데 신경 쓸 여유가 없었다. 담당 부서로 전화 연결해 주겠다고 해서 받았더니 은행 여직원과 같은 목소리로 잘 세팅이 되어 있어서 믿음이 갔다. 그런데 배송은 단독으로 하는데 뒤에서 배송하러 왔다고 떠들어대며 바람 잡지를 않나 핸드폰을 입에 가까이 대고 말하라고 해서 보니 스크린이 번개처럼 움직이는 걸 보고 완전하게 의심하였지만, 최면에 걸린 듯이 나도 모르게 지문인식을 해주고 있었다. 다시 해야 한다고 해서 계속 다시 해주면서 다른 전화로 씨티은

행에 전화를 걸어봤더니 그런 부서는 없다고 했다. 그 소리를 들었는지 전화는 바로 끊어져 버렸다. 112에 신고하였더니 소용없다고 했다. 중국에서 한 거라 방법이 없다고 했다. 다시 전화를 걸어 그 전화번호를 알려주었다. 그러니까 깜짝 놀란 듯이 긴장하더니 전화 끊지 말고 기다리라고 해서 기다렸는데 아무런 말도 없이 그쪽에서 끊어버렸다. 이런 데서 살고 있다고 생각하니 그 보이스피싱만큼이나 소름 돋는 경찰이었다.

영혼을 난타당하였다. 피해 본 정황이 드러나지 않아 다행이었지만, 아무리 멍청해도 멍청한 사람도 편히 살 수 있게 대비도 하고 방비도 해주어야 하는 것이 나라이고 경찰일 텐데, 이런 나라에서 살고 있었다니 보이스피싱보다 더 끔찍스러웠다.

그런데 그렇게 지문인식 했음에도 어떻게 하나도 털리지 않을 수 있었던 것일까. 현관문을 열어주신 그 성령께서 도와주신 것임이 틀림없었다. 원고 정리가 끝난 그 시점에 그런 일을 당하게 한 것으로 보아 그것도 신의 계산으로 이루어진 일임이 분명하였다. 앞으로 닥치게 될 일에 대해 나를 단련시켜 주려는 의도도 있었겠지만, 그 원고가 신의 심사를 통과하였다는 의미이기도 한 것 같아 그런 와중에서도 행복하였다. 다 털리게 내버려두지 않고 다 막아주신 이유, 나의 '인간에 대한 보고서'에 대한 합격통지문 같은 것이라고 여겨졌다.

'그만하면 되었다.'

그걸 알려주기 위한 일인 듯하였다.

12·3계엄도 윤석열 대통령이 한 것이 아니라 신께서 하신 일임이 분명하였다. 신의 뜻에 저항하는 자들을 가려내기 위한 또 하나의 역사이면서도 신의 뜻을 이루기 위한 장치였음이 틀림없었다.

  언론이나 국민이 먼저 계엄을 하든 먼저 들고 일어나야 했거늘 잘못된 것을 바로잡으려고 하는 대통령의 의지를 따르기는커녕 비난하다니, 심지어 감옥에 가두기까지 하다니 대한민국, 이거 완전히 미친 나라였다.

  언론이라는 것은 잘못된 것을 비판하라고 있는 것인데 잘못된 것을 비판하는 대통령을 비판하다니 이런 대명천지에 이런 해괴망측한 일이 어떻게 벌어질 수 있단 말인가. 그 배후에 중국이나 북한이 있었다면 계엄 반대 세력들은 을사오적보다 더한 놈들이 아니라고 어찌 말할 수 있겠는가. 이를 통해 3·1운동의 33인과 을사오적은 확실하게 가려졌다. 12·3계엄은 알곡과 가라지를 가려내기 위한 신의 역사였다.

  계엄을 앞장서서 지지하고 있던 어떤 언론사에 책을 부쳤더니 반송이 되었다. 계엄을 찬성하는 일곱 교회에 '두 증인'을 부쳐주었더니 감감무소식이었다. 가리고 가려 몇몇 사람에게 전해주었지만, 역시 무반응이었다. 예언가들이 한 말 그대로 철저하게 무시당했다.

  신께서 나타나셨던 그 교회, 내 모교 교회에 보내봐야겠다고 생각하였다. 그 참에 고향 성직자분들에게도 편지를 써서 책을 부치려 현관문을 나서서 가던 순간 지갑을 두고 온 걸 알고 몸을 돌리려는 순간 현관문이 스르륵 다시 열렸다. 성령께서는 지갑을 두고 온 것도, 어느 시점에서 돌아설 것도 이미 다 알고 계셨다. 당연하겠지만, 성령께서는 나보다 나를 더 잘 알고 계셨다. 당연하겠지만, 나의 과거도 나의 미래도 훤히 알고 계시는 분이시다. 나는 그런 분을 마주하고 있었다.

세 번의 거절

'두 증인'을 완성하려면 몇 달이 더 필요했지만, 윤석열 대통령의 계엄으로 졸속 출간하게 되었다. 그 계엄은 소설 '두 증인'의 마중물이었다.

우선 윤석열 대통령의 계엄을 지지하는 일곱 교회에 책을 부쳐주었다. 몇몇 지인들에게도 "이 책은 요한계시록에 나오는 그 두 증인이다."라고 하면서 전해주었지만, 아무도 관심을 내비치지 않았다. 그리고 고향에서 활동하는 종교인들에게도 편지와 함께 부쳐주었다. 신께서 반응해 주셨는데도 아직 아무런 징조가 나타나지 않았다. 요한계시록에서도 그렇고 모든 예언서에서도 그렇게 얘기하고 있기는 하였지만 씁쓰레하였다.

두 증인의 죽음이었다.

그건 그렇다고 쳐도 책을 부쳐주겠다고 하였는데 그것까지 거절 당하였다. 어떤 친척한테 주소 좀 불러달라고 했더니 명함을 찍어서 보내주겠다고 했으면서 완전히 씹어버렸다. 연락하고 지내는 사이는 아니었지만 충격적이었다. 나를 얼마나 우습게 여기고 있었는지, 우습게 여기고 있었더라도 인간에 대한 기본적인 예의도 갖추고 있지 않았던 자라는 사실이 더 큰 충격적이었다. 하지만 그런 자를 가려낼 수 있어서, 내 마음에서 지워버릴 수 있어서 개운하였다. 가라지들과 알곡은 이런 식으로 가려지겠구나 싶었다.

대구에서 학교 다닐 때 신세를 많이 진 정호 형이 꿈에 나타나서 나에게 옷을 선물로 주겠다고 하셨다. 그런데 내가 앞에 있는데 직접 주지 않고 옆에 있는 사람을 통해서 두 벌이나 주셨다. 독실한 크리스천이시니까 이 형은 내 책을 받아주시겠구나 싶어서 전화번호를 수소문하였다. 형이나 누나한테 물어보면 되겠지만, 연락을 끊고 지내는지라서 전화번호를 알고 있던 다른 친척한테 물어봤더니 그 형의 동생 전화번호를 알려주었다. 전화 건 김에 내가 지은 책 한 권 보내주겠다고 했더니 역시 주소를 알려주지 않았다. 아무리 책하고 담쌓고 사는 사람이어도 궁금하지 않았을까. 이해할 수 없는 반응이었다.

정호 형의 동생한테 전화 걸어서 자기 주소와 다른 분들 전화번호까지 좀 부탁했더니 역시 씹어버렸다. 어떻게 이런 일이 발생할 수 있는지 황당무계하였다. 그래서 '사실 책이 책 같지도 않은 책이라서 남한테 읽어보라고 하기에도 창피한 일이었는데, 정호 형한테는 신세 진 것도 있고 해서 한번 찾아뵙고 싶어서 그러니 정호 형 전화번호라도 좀 알려줄 수 없겠느냐.'라고 문자를 보내봤지만, 역시 개무시당하였다. 세 명으로부터 세 번 거절당하였다.

'니까짓 게 책은 무슨 책······.'

거절이나 무시당할 것도 내가 나서면 해결되는 경우가 많았는데 이런 거절, 이런 무시를 당할 줄이야! 충격적이었다. 아무리 연락 한 번 하지 않고 지낸 사이라도 그렇지 친척지간인데 정말 치욕스러운 일이었다. 나에 대한 나의 인식과 그들 간의 괴리가 정말 무서울 정도였다. 그들이 살고 있는 세상은 근본이, 상식이, 예의가 파괴된 정말이지 끔찍스러운 괴물이었다. 어떻게 그런 곳에서 숨 쉬며 살 수 있는 것인지 신기하였다. 그러니 구원의 손길을 썹을 수밖에 없지 않았을까 싶었다. 그 '두 증인의 죽음' 바로 이것을 두고 이르는 말인 듯하였다.

정호 형 꿈 때문에 그들의 실체를 확인할 수 있어서 정말 다행스러웠다. 그런 실체를 모르고 지나갔더라면 생각만 해도 끔찍스러웠다. 정호 형의 꿈에서 그 두 벌의 옷은 한 번의 거절에서 세 번의 거절을 채우기 위한 것인 듯하였다.

세 번의 거절은 나의 수모가 아니라 그들의 수모였다. 두 증인의 죽음은 인간들의 실체를 드러내 보이는 사건이었다. 내가 사회적으로 성공한 사람이었어도 거절당할 수 있었을까. 그랬다면 그런 인간들의 실체를 절대로 겉으로 끄집어내어 볼 수 없었을 것이다. 나의 스펙은 이처럼 중요하고도 확실한 쓰임새를 지니고 있었다.

나에 대한 저주는 그 쓰임새를 만들기 위한 신의 수단이었다.

춘양살이

아버지는 안동농림학교를 나와서 철도공무원으로 지내셨다. 10·26을 일으킨 김재규가 나온 안동농림학교는 그 당시 지금의 경북고등학교와 쌍벽을 이루는 학교였다고 했다. 아마도 양반들이 많은 곳이어서 그러하지 않았을까 싶었다. 마침, 권 참사네 집에 얹혀서 살고 있을 때라 학교가 가까워서 다니기는 참 편하고 좋았을 것 같았다. 할아버지가 그래서 권 참사네 집에 들어가셨는지도 모를 일이었다. 아버지는 머리도 좋으셨지만, 그 덕에 반에서 늘 1등도 하고, 급장도 했다고 했다. 서울에 있는 일류대학교에 들어가서 출세하실 수도 있지 않았을까 싶었지만, 집안 형편이 말이 아니었으니 꿈도 못 꿨을 것이다.

아버지는 주로 중앙선과 영동선 쪽에서 근무하셨다. 내가 세 살 무렵 아버지는 춘양역에 근무하고 계셨다. 역사에서 철길 건너편에 있는 사택에서 역장과 아버지 두 가구가 살았다.

대문 앞 양쪽으로 꽃밭이 있었고, 마당 좌측 구석에 펌프가, 그 옆에 곳간이 있었다. 안방에는 역장네가, 갓방에 우리가 살았다. 그 사이에 대청마루가 툇마루와 연결되어 있었다.

할머니가 아들 집에 한 번 들르러 왔을 때 기차 소리만 나면 할머니랑 툇마루에 나가서 구경하였다. 조그마한 기차가 점점 커졌다. 마침내 위압적으로 커지더니 다시 점점 작아지기 시작했다. 끝내는 꼬리까지 완전히 사라졌다. 내가 "먹는다. 먹는다. 다 먹었다." 하면 할머니는 손뼉까지 치며 "에고, 저 산은 배불러 터지겠네." 하며 나보다도 더 신이 났었다고 할머니가 들려주셨다. 상상에 잔뜩 끼어있던 안개를 하나하나 걷어내니까 기억이 하나하나 살아나는 듯하였다. 특히 우리를 덮칠 듯이 역내로 진입하는 기차의 위압은 지금도 눈앞에서 보는 듯 생생하다.

왼쪽 팔목에 흉터가 있었다. 두 살 무렵 등잔불을 넘어트려서 생긴 것이라고 했다. 미래에 좌파들로부터, 무신론자들로부터 그렇게 공격받게 될 것이라고 뜻이었다. 신께서 깔아놓은 복선이었다. 비료도 집어먹어서 병원에 쫓아간 적이 있었다고 하였다. 말썽꾸러기였었던가 보았다.

한번은 어머니가 나를 혼자 두고 시장에 다녀온 사이 내가 사라졌다고 했다. 철도 전 직원들을 다 동원하여 온 동네를 다 뒤지며 야단법석을 떨었다고 했다. 그때 나는 초등학교 1학년 옆집 누나 등에 업혀 춘양초등학교 운동장 모래밭에서 그 아이와 놀고 있었다고 했다. 그때부터 나는 줄곧 어머니 속은 새카맣게 태우면서 살아온 듯하였다.

명절이나 제사 때마다 어머니는 나를 데리고 잿골까지 다녀와야 했다. 기차를 타고 갈 때마다 아기가 너무 귀엽다고 이 사람, 저 사람들이 한 번씩 안아보자고 야단들이었다고 했다. 한번은 먼 데 있던 사람까지 와서 안아보자고 해서 아이를 안고 도망칠까 봐 가슴이 철렁 내려앉았다고 했다.

"그렇게 예쁘고 귀엽던 아이였는데 공부도 안 하고 에미 속을 이렇게 썩이고 있으니 어쩌면 좋노?"

나에 대한 어머니의 꿈이 물거품이 되어 가는 걸 느낄 때마다 꺼내놓고 한탄하시던 말씀이었다.

적산가옥

아버지가 안동역에 근무하면서 안동 시내에 처음 살게 된 집은 성냥공장 뒤편 언덕길 위에 있는 기와집이었다. 언덕길 끝에서 다시 계단을 올라가야 대문이 나왔다. 춘향 집처럼 우측에 붙어 있던 단칸방에 세 들어 살았다. 그러고 나서 안동영림서와 붙어 있던 집으로 이사하였다. 도로변에 있는 적산가옥이었다. 사람들은 우리집을 일컬어 '함석집'이라고 했다.

높다란 판자로 쌓은 담장이 대문간하고 이어져 있었다. 대문간 좌측에는 화장실, 우측에 식당으로 된 별채였다. 방 한 칸과 테이블 서너 개 놓을 수 있는 조그마한 식당은 부부가 술도 팔며 내 또래의 딸과 함께 살고 있었다. 여름에는 아이스크림 장사도 하였다. 리어카에 실려 있는 원통에 아이스크림 재료를 넣고 그 바깥에 있는 통에 소금과 얼음을 채우고 끊임없이 돌리니까 아이스크림이 되었다. 그러면 리어카를 끌고 나가 종일 팔고 나서 들어왔는데, 어떨 때는 어두컴컴해서 들어오기도 했다.

　화장실 옆으로 텃밭과 장독대가 있었다. 그 사이에 부엌에서 사용한 물이 흘러가는 하수구가 있었다. 수도는 부엌에도 있었지만, 장독대 앞에도 있었다.

　대문 정면에는 유리와 창호지로 된 곁방 창문이 돌출되어 있었고 그 우측으로 갓방 현관문과 부엌문이 나란히 붙어 있었다. 그 현관에는 작은 마루가 있었는데 좌측에는 곁방 문이, 전면에는 갓방 문이 있었다.

　갓방은 우리가 사용해 본 적이 한 번도 없었는데 안방과 크기가 같았다. 우측 벽 쪽으로 미닫이문이 달린 붙박이와 얕으막한 마루가 깔려 있어서 안방보다 더 크게 보였다. 처음엔 7촌 정희 아지매가 시집가서 첫 살림집으로 들어와 살았다. 예쁘장하던 아지매는 신랑도 배우 이병헌처럼 생겼는데 요즘 신세대 부부 같은 느낌이었다. 그래서 커피도 초등학교 들어가기 전에 그 집에서 처음 마셔봤다. 시큼하면서도 달콤한 커피를 마실 때면 활기차고 유쾌하던 그 부부의 모습들이 떠오르곤 하였다.

　다음으로 들어와서 살던 사람은 신아일보 안동 주재기자였다. 그래서 우리집에 신문이라는 신문은 다 들어왔다. 그 집에는 녹음기가 있어서 생전 처음 내 목소리를 녹음해 봤는데 완전히 다른 사람 목소리였다.

　그다음으로 양호네가 들어와서 살았다. 영양 석보에서 자녀 교육 때문에 안동에 나와서 사는 가족이었다. 소설가 이문열과 같은 집안 사람이라고 했다. 양호는 나랑 동갑내기였다. 그의 어머니하고 누나 두 명과 함께 살았다. 원래는 큰어머니였는데 양자로 들어간 어머니라고 했다. 누나들이 졸업해서 가니까 남동생이 들어와서 살았다. 도로 확장공사로 인해 함석집이 헐리게 되어 길 건너 한옥으로 이사 갔을 때도 걔 동생이 대학 졸업할 때까지 바로 옆집에 붙어서 살았다.

안방은 부엌 통해 들어가게 되어 있었다. 미닫이로 된 안방 문을 열고 들어가면 좌측에 2단으로 된 붙박이장이 있었고, 찬장 위에 깊숙한 다락이 있었다. 그곳에는 땅콩버터, 꿀 같은 것들이 있던 곳이었다. 안방과 곁방은 벽지로 바른 두툼한 미닫이문으로 구분하고 있었다. 어렸을 때는 주로 아버지와 그 미닫이문 사이에서 잤다. 그 방에는 책상과 재봉틀, 그리고 세 칸짜리 전축이 놓여 있었다. 한 칸짜리 전축이었을 때는 안방 자개장 옆에 있었다. 겨울이면 불을 때지 않아 냉골인 곁방에 혼자 이불을 덮어쓰고 들어가 <길 잃은 사슴> 같은 연속극을 들었다. 나중에 TV가 전축 자리를 차지하였다.

잠에서 깨어나니 아버지가 퇴근해서 내 옆에 앉아계셨다. TV에서는 '폭풍의 언덕'이 방영되고 있었다. 눈을 털고 들어오는 장면이 너무나 포근하고 감미로웠던 건 아버지 때문이었다. 지금 춥고 힘들어도 너무나 포근하고 감미로운 건 성령님께서 계시기 때문이다.

곁방은 나중에 내 동생이 주로 사용하던 방이었다.

창호지로 된 안방문을 열고 나가면 마루가 갓방하고 연결되어 있었고, 유리창 앞에는 걸터앉을 수 있는 턱이 깔려 있었다. 갓방 복도 바깥쪽은 전체가 미닫이로 된 유리창 문이었다. 그 바로 앞에는 방 한 칸짜리 별채가 있었다. 형이 결혼할 때까지 지내던 곳으로 그곳에는 책상 하나, 책장 하나, 접이식 옷장이 있었다. 결혼하고 나서는 나랑 바꿔서 형 부부가 건넛방에, 내가 그곳에서 지냈다. 형은 초등학교 교사였다. 주로 외지에서 근무했기 때문에 나는 거의 건넛방에서 생활했다.

건넛방 마루에 서서 내다보면 담장 너머로 영남산이 한눈에 들어왔다. 그리고 지나가는 사람들이 조금 보였다. 좌측 벽면은 쌀가마니로 채워져 있었고, 우측으로는 부엌 위에 있는 다락문이 나 있었다.

다락 쪽창으로 내다보면 건널목으로 올라가는 오르막길이 다 내다보였다. 오르막 중간쯤에 이발관과 미장원이, 만홧가게, 그리고 떡방앗간이 있었다. 그 밑에 잔디가 깔린 널따란 수원지 뜰에는 하늘로 올라가는 계단이 있었다. 어느 날 나는 큰맘 먹고 하늘로 한번 올라가 보았다. 거기에는 하늘이 없었다. 거대한 수조가 있었다. 그 수조 안에 하늘이 한가득 담겨 있었다. 하늘로 가려면 다시 내려가야만 했다. 내려가던 산 중턱에 거대한 바위가 하나 있었다.

그 쪽창에서 그 바위를 미니까 산속이 훤히 들여다보였다. 꽃들과 황금빛이 출렁거리는 화려하고도 환상적인 곳이었다. 성서에 나오는 무슨 장막 같은 곳이기도 하였다. 알 수 없는 어떤 그리움 같은 것이 생기면, 나는 그 쪽창으로 가서 그 바위문을 열곤 하였다. 어느덧 새 하늘 새 땅 같은 장막 안으로 들어가서 이곳저곳 돌아다니며 그리움을 풀풀 풀어내곤 하였다.

내가 어렸을 때는 건넛방도 세를 놓았다. 처음 들어와서 사신 분은 아버지의 철도 후배 부부였다. 낚시를 무척 좋아해서 민물고기 매운탕을 자주 얻어먹었다. 나중에 어머니를 따라 이사 간 그 부부 집에 가보니 조치장역 부근 강변에 있는 외딴집에서 살고 있었다. 그날도 물고기를 잔뜩 잡아 왔다며 매운탕을 맛있게 끓여주었다. 뀌준 돈을 받아내느라고 어머니는 그 집에 여러 차례 들락날락하셨다.

두 번째로 들어와 사신 분은 영림서 운전기사 부부였다. 아직 아이가 없는 신혼부부였다. 나중에 다른 곳으로 이사 가서 딸을 낳았는데 '안나'라고 했다. 어머니랑은 연락을 계속 취하면서 지냈던 것 같았다. 아줌마는 무척 예쁘기도 하였지만, 서울에서 대학교까지 나왔다고 했다. 신랑이 멋있어서 그러기도 하였겠지만, 그 당시 운전기사의 위상이 대단하였다고 한다. 생전 처음 본 귤을 그때 그 아줌마한테서 처음 얻어 먹어보았다.

그 부부는 차를 몰고 여행을 자주 다녔는데 나를 가끔 데리고 갔다. 차를 강변에 세워놓고 모래사장에 돗자리를 깔고 앉아 과일이며 빵, 사이다를 마시며 놀다가 반도로 고기를 잡았다. 물 가장자리에 모래로 둑을 쌓고 그 안에 무슨 풀잎을 비벼서 푸니까 뱀장어가 기어 나왔다. 지금 안동댐이 들어서 있는 자리였다. 1960년대에 나는 벌써 자동차 캠핑을 경험하였다.

갓방에 세 번째로 들어와 사신 분은 의성 탑리에서 온 안동여고, 안동고 다니는 남매였다. 우리와 같은 안동 권씨 36대손이어서 서로 일가친척처럼 대해주었다. 혁도 형은 저녁 먹고 나면 나를 데리고 강둑으로 산책을 자주 하였다. 엿방집에서 좌측으로 꺾어서 철길 건너가면 수원지 사무소가 나왔다. 들어가는 입구가 직선으로 길게 뻗어있는 그 양쪽 길가에는 흰줄무늬억새가 삽화처럼 피어 있었다. 그 옆 골목길을 지나서 올라가면 강변 둑길이 나왔다. 토끼풀로 시계도 만들며 놀고 있으면 말없이 흐르고 있던 강물이 자꾸 말을 걸어왔다.

'나도 같이 놀면 안 돼? 나도 같이 놀면 안 돼?'

그래서 여름방학 때 다른 아이들이랑 강물에 들어가서 신나게 같이 놀았다.

형은 토요일마다 자기 집에 다녀왔는데, 한번은 나보고 같이 가자고 했다. 증기기관차를 타고 가는 데 가다가 객차를 떼놓고 자기만 혼자 꽥꽥거리며 열심히 달려가고 있었다. 어이가 없었다. 사람들이 언덕으로 올라가서 소리쳤다. 들릴 리 만무하였다. 한참을 가서야 알아차리고 열심히 후진해서 달려왔다. 그런데 가다가 또 우리를 떼놓고 자기 혼자만 열심히 달려갔다. 가만히 보니까 다른 손님들도 재미있다고 웃어대는 걸로 봐서는 그것은 사고가 아니고 무슨 이벤트 같은 것이 아니었을까 싶었다.

형 집은 탑리에서 과자 대리점을 하고 있었다. 지천에 과자여서 형네 아버지가 나보고 발에 밟히는 것은 그냥 먹으라고 그러셨다. 그 집에는 큰누나가 있었는데 나를 태어날 때부터 알고 지낸 사람처럼 지나칠 정도로 귀여워해 주셨다.

한번은 가을에 따라갔다가 혁도 형 동생인 중학생 형이 오층 석

탑 옆에서 밤을 따려고 던진 쇠꼬챙이가 내 머리에 떨어졌다. 큰 부상은 아니었지만, 상당히 위험하였다. 그 형은 그의 아버지와 가족들로부터 끔찍스럽게 혼이 났다. 저러시면 안 되는데, 내가 혼나는 것 같았다. 저 형이 나를 많이 원망하겠구나 싶었다. 내가 아팠던 기억은 하나도 없고, 그 형이 과도하게 혼나는 기억만 뚜렷하였다.

내가 중학교 2학년 무렵 건넛방에서 낮잠 자고 있는데 찾아왔다. 혁도 형이 찾아왔다. 어제 셋방에 사는 양호가 난데없이 샴페인을 사 와서 생전 처음 마셨는데, 머리가 너무 아파 계속 자고 있을 때였다. 안동에 왔다가 인사할 겸 들렀다고 했다. 잠결인 데다가 집에 아무도 없어서 내가 어떻게 맞아주어야 할지 몰라 어물쩍거리니까 "다음에 기회 있을 때 또 들릴 게." 하며 그냥 돌아갔다. 멍하게 돌아가는 뒷모습을 바라보고 있는 내 머리에서 어떤 생각이 하나 떠올랐다.

'나와 남과의 관계를 상황에 맞춰 조절할 수 있는 볼륨 같은 것이 있었으면 참 좋겠다.'

그 형이 쓰던 방을 내가 쓰고 있었다. 북향집이어서 뒤뜰이 앞마당 같았다. 갓방 앞에는 석류나무가, 별채 앞에는 감나무가 한 그루씩 서 있었다. 그 사이에는 달리아와 튤립, 장미, 가장자리에는 채송화가 심겨 있는 화단이었다. 전 주인이 정성 들여 가꾸어놓은 꽃밭이었다. 처음에는 달리아 뿌리를 캐서 옮겨 심고 하더니만, 얼마 가지 못해 꽃밭은 자연스럽게 채소밭으로 변했다.

꽃밭 건너편 한옥은 용상초등학교 김정현 선생님 댁이었다. 그

집 사모님과 우리 어머니는 친자매보다 더 가깝고 친한 사이였다. 담장도 없어서 한 집안 같았다. 그런데 돈 문제로 조금씩 싸우는가 싶었는데 어느 날 완전히 틀어졌다. 그러고 나서 벽돌로 담장까지 쌓아버렸다.

감나무와 함께 거대한 사각형 굴뚝이 뒤뜰 우편을 차지하고 있었다. 튼튼해서 공 던지며 놀기 좋았다. 겨울에는 곁방 아궁이에 있던 들마루를 그 앞으로 옮겨와서 주로 고추나 고사리, 투란 같은 것을 말리는 용도로 사용하였다.

내 방안에는 책상과 책꽂이, 책장만 있었고 벽에는 유화 사진이 몇 장 액자도 없이 벽에 붙어 있었다.

미닫이와 여닫이로 된 이중문 앞에는 툇마루가 있었다. 거기에 앉아서 멍하니 바라보는 곳에서는 석류가 익어가고 있었다. 터질 것 같던 저 석류를 지금 따먹을까 말까 고심하고 있을 때 주희가 옷을 화사하게 차려입고 화사하게 웃으며 내 옆에 와서 앉았다. 이주희는 양호 이종사촌이다. 서울에서 학교 다니다가 부모들이 일본에 출장 다녀올 동안 양호네 집에서 지내게 된 초등학교 5학년 여자아이였다. 귀엽고 깜찍하게 생긴 도시적인 아이였다. 나는 중학교 1학년이었다. 이성으로 느껴지기는 했지만, 초등학생인데 싶기도 하였고, 그런 쪽으로는 숙맥이어서 그랬던 것인지, 우리집에 온 지도 며칠 되지도 않아 낯설었던 것인지 살갑게 대해주질 못하였다. 걔는 나에게 단단히 마음먹고 접근하였던 것 같았는데 실망과 상심이 무척 컸었던 모양이었다. 그다음부터는 내게 폭풍 한설같이 굴었다. 그 화사하게 웃던 아이가, 아이가 아니었다. 여자였다. 그냥 지냈으면 가깝게 지낼 수도 있었는데 그 아이의 의도가 오히려 그럴 기회를 박탈해 버린 꼴이었다.

별일 별이 별삼 별사 별오 별육 별칠

마당에는 곁방 아궁이가 있었는데 여름철에는 들마루를 그 위에 갖다 놓았다. 모기장치고 거기에서 자기도 하였다. 그 옆으로 부엌 문이 있었다. 그 문 안쪽은 건넛방 옆문이 있고, 우측에 수도가 있었다. 건넛방 마루 밑은 연탄광이었다. 찬장은 방안에서도 열 수 있는 벽걸이식이었다. 안방문 앞 쪽마루는 부엌 뒷문까지 삼각형으로 연결된 마루가 있었다. 주로 상 차릴 때나 혼자 또는 둘이 간단하게 식사할 때 사용하던 공간이었다. 그곳에는 알록달록한 밥상보로 덮어 놓은 밥상이 늘 차려져 있었다. 점심때가 되면 햇살이 부엌 창문으로 들어와서 밥 먹을 때를 알려주었다. 어머니가 계시지 않아도 언제든지 밥을 챙겨 먹을 수 있었다. 그렇지 않으면 김치볶음밥을 많이 해서 먹었다.

그 마루 밑에는 '엑스' 집이 있었다. 엑스는 회색 계통의 진돗개였다. 아시는 분께서 우리에게 준 개였다. 평소에는 부엌문 바깥에 집이 있었는데 겨울에는 부엌 마루 밑에서 지냈다. 개 이름은 다른 집 개들처럼 영어로 지어야 할 것 같아서 떠오르는 영어 중에서 '엑스'가 괜찮을 것 같았다. 초등학교 5학년 때였다.

'엑스[X]!'

'너는 아니야! 나쁜 것이 아니야! 슬픈 것이 아니야! 너는 X야. 틀렸으니까 O가 되기 위해 노력해야 해!'

'엑스'라는 이름이 마음에 들었다. 그런데 봄이 되려고 하니까 자꾸 시름시름 앓았다. 잿골에 며칠 갔다 오니까 다 죽어갈 지경이었다. 연탄가스 때문이었다. 아버지와 어머니가 하는 수 없이 도투마일 이모네 집에 보냈다. 개를 키울 생각이 별로 없었던 이모네가 떠맡아 키우게 되었다. 그래서 그런지 이름을 가르쳐 줬지만, 한 번도 불러본 적이 없다고 했다. 그러나 밥은 꼬박꼬박 주었는데 그때마다 꼬박꼬박 와서 먹고는 어디론가 사라지고 사라지고 하였다고 했다. 3년이 지난 어느 날 이모네 집에 가게 되었는데, 가자마자 한번 불러보았다.

"엑스!"

저 멀리, 밭둑 넘어 어디쯤에서 개 한 마리가 순식간에 달려와 나를 덮쳤다. 엑스였다. 너무나 건강하였다. 이름을 잊어버렸겠다고 생각했는데, 나를 잊어버렸을 것으로 생각했는데, 엑스의 반가움보다 더 큰 감동이 내 몸속으로 휘몰아쳤다.

아무도 자기를 불러주지 않고, 아무도 자기를 쓰다듬어주지 않는 곳에서 엑스는 무슨 생각 하며 지냈을까? 온전히 자기를 사랑해 주던 그 손길이 사무치게 그리웠을까? 온 들판에 온 산등성이에 그 그리움을 게워 내느라 밥만 먹고는 그렇게 뒤도 돌아보지 않고 사라졌던 것일까? 그날도 내 그 손길을 생각하며 밭고랑을 그렇게 거닐고 있었던 것일까? 아니면, 나와의 약속을 지키기 위해 그 'X'를 'O'로 만들기 위해 수행하던 중이었을까? 엑스에게 있어서 나의 비중은 어느 정도였을까? 고작 1년 남짓 이름을 불러주고, 쓰다듬어주고, 안아주고 했을 뿐인데……. 그에게는 그게 전부였을까? 그에게는 나의 그 '마음 하나'가 전부였을까?

아무도 나를 불러주지 않고, 아무도 나를 쓰다듬어주지 않는 곳에서 나는 무슨 생각 하며 살아가고 있는 걸까? 온전히 나를 사랑해 주시던 스님의 그 '마음 하나'를 사무치게 그리워하며 살아가는 것은 아닐까? 차를 몰고 가면서도, 영화를 보고 있으면서도 그 그리움을 게워 내느라 세상인심과는 그렇게도 담을 쌓고 살아왔던 것일까? 그 누구도 나를 생각해 주지 않는데, 스님만이 나를 생각하고 생각해 주었다. 오직 그 '마음 하나'를 움켜잡고 계셨다. 적멸마저도 그러하시었다. 설사 다른 어떤 이가 나를 생각한다고 하더라도 스님에 비하면 그것은 결단코 생각하지 않는 것이다. 내 마음은 엑스처럼 스님한테로 달려갔다.

엑스 눈빛과 내 눈빛이 마주치는 지점을 유심히 들여다보니 그곳에서 새로운 세상이 새싹처럼 파릇파릇하게 돋아나고 있었다. 신과 스님께서 열어줄 세상이었다.

동물보호에 진심이던 어느 시동인이 유기견을 데리고 와서 같이 한번 살아보면 어떻겠냐고 해서 맘에 들기도 하고 엑스 생각이 나기도 해서 키우게 된 강아지가 '커피'였다. 혼자 사는 나에게 엄청난 위안이 되어주었다. 옛 주인한테서 훈련을 다 받은 너무나 똑똑한 개였다. 개으르지 않으면 바쁘고 바쁘지 않으면 개으른 사람이었는데 커피로 인해 조금은 개선되어 나갔다. 일 보러 갈 때도 늘 데리고 다니는 편이었는데 한번은 들길에 풀어 놓았더니 노화가 많이 진행했을 때여서 그런지 어기적거리며 계속 걷기만 했다. 한참 지나고 나서 "커피야! 이젠 돌아가자." 하니까 수시를 나를 확인하던 아이가 들은 체 만 체하였다. 내 말을 거역한 적이 한 번도 없었는데……. 싱그런 풀냄새, 꽃향기, 흙냄새, '이 봄나들이가 얼마나 좋으면 저럴까.' '집에 갇혀 지내는 것이 얼마나 싫었으면 저럴까.' 창가에서 자다가 일어나 커튼 틈으로 1시간 2시간 끝없이 창밖을 내다보는 모습이 떠올라 가슴이 뜨거워졌다. 목줄을 채우려니까 물려고까지 했다. 여기에 그냥 풀어놓고 가고 싶었다. 그러면 얘가 내일도 모레도 쭉 행복할 수 있을까? 나도 없고 별이도 없고 그 좋아하는 밥도 없을 텐데…….

고양이와 까불며 신나게 놀기도 하였지만, 인간도 그러한데 강아지로 살아가는 것은, 특히 독신 남자랑 살아간다는 것은 불행을 감내할 수밖에 없다고 생각하니 삶이란 무게가 가슴을 짓누르는 듯하였다. 하지만 나에게는 커피가 있고 커피에게는 내가 있어서 그런 무게 같은 거 십수 년 동안 전혀 느끼지 못하였다. 일어서지도 못하는 아이를 자기가 좋아하던 창가 침대에 눕혀주었다. 잠자기 전에 한번 가봤더니 아이가 사라지고 없었다. 아무리 찾아봐도 없었다. 움직이지도 못하는 아이가 이 무슨 해괴한 일인가 싶어 정신이 혼미해지던 그때 보니 내 침대 바로 밑에 와서 누워 있었다. 창가에서 여기까지 어떻게 올 수 있었는지 미스터리 하였다. 죽어도 내 옆에서 죽으려고 기를 써서 창가에서, 만들어준 계단이 있었지만 굴러떨어지면서 여기까지 온 모양이었다. 내게는 소중한 사람이 한 명도 없었다. 내게 소중한 존재는 '커피'와 '별이'밖에 없었다. 커피도 자기 삶에서 오직 나만이 자기한테 가장 소중한 존재라는 뜻이었다. 서로의 삶이 서로를 받쳐주고 있었다는 사실을 깨달을 수 있었다.

"커피야! 사랑해!"

아마도 처음 해본 말인 듯하였다. 몸에서 기운이 다 빠져버린 줄 알았는데 고개를 빳빳하게 들고 나를 빤히 쳐다봤다.

"하늘나라에 가면 하늘나라 문지기라도 시켜달라고 부탁드려, 알았지!"

다음날 일어나자마자 살펴보니 커피는 떠났었다. 낯선 사람, 특히 남자를 보면 으르렁거리던 그런 표정이었다. 저승사자 보고 놀랐나 보았다. 커피의 그 표정이 저승사자가 있다는 증거였다. 내 속에 있는 질량이 모두 헬륨으로 바뀐 듯하였다. 몸이 공간으로 떠다녔다. 냉장고에도 부딪히고 천장에도 부딪혔다.

커피는 눈에 보이는 것은 다 먹어 치웠다. 자기 먹이에 손이 가면 나까지 물려고 했다. 먹이에 비하면 나는 아무것도 아니라는 뜻이었다. 내 마음에 벽이 생겼다. 그렇지만 너무 요란스럽게 반겨주는가 하면 그 귀여운 표정이며 순한 눈동자를 보면 도저히 벽을 허물지 않을 수 없었다. 이웃에 있는 사람이 무척 탐을 냈지만, 어림도 없었다.

동물보호에 진심이던 어느 시동인이 커피숍 실외 테이블에서 커피와 빵을 먹고 있는데 찾아와서 쳐다보더라고 했다. 차에 타라고 하니까 넙죽 타더라고 했다. 커피 마실 때 만난 데다가 털색이 커피색이어서 이름을 그렇게 지었다고 했다.

젊은 남녀를 보거나 흰색 승용차를 보면 미친 듯이 쫓아가려고 했다. 신혼부부가 키우다가 아이를 낳았는데 너무 짖어대서 하는 수 없이 버린 듯하였다. 그 아기는 커피 때문에 잠을 잘 수 없었겠지만, 나는 커피 때문에 잠을 잘 잘 수 있었다.

커피가 나에게 온 지 2년 후에 '별이'가 왔다. 커피를 데려다준 그 친구의 이웃집에 사는 초등학교 5학년생이 키우던 고양이였다. 그 아이의 할머니가 못살게 해서 하는 수 없이 유기하였는데 자꾸 자기를 찾아오더라고 했다. 별이는 그 아이가 지은 이름이었다. 임보하고 있던 고양이를 입양하러 온 사람이 별이를 보더니 "와! 엄청 얼짱이다."라고 했다. 수의사는 "엄청나게 똑똑한 아이네요."라고 하였다.

그 초등학생이 별이 보고 싶다고 해서 찾아왔는데 눈도 한 번 맞추지 않고 계속 딴 데 쳐다보았다. 유기당했을 때 그렇게 찾아다녔음에도 자기를 데려갈까 봐 그러는 것 같았다. 할머니 때문에 쌀만 먹고 자랐다고 했다. 그 아이는 엄청난 상처를 받고 돌아가야만 했다.

문밖 복도에서 커피와 달리기도 하면서 뒹굴고 놀았는데 안고서 엘리베이터를 타려고 하면 기겁을 하였다. 나를 떠나지 않으려는 몸부림이었다. 우리집에 누가 오면 반가워하기도 하지만, 가만있는 사람한테도 하악질하기도 하였다. 나도 가려내지 못한 좋고 나쁜 사람을 별이는 단번에 가려냈다. 그 어떤 선비인들 별이만큼 예의가 바를까. 묵묵히 내 곁을 지켜준 별이는 같이 한세상 살아가는 데 있어서 나의 완벽한 반려였다. 별이가 내 곁에 와 준 건, 나와 살아준 건 축복이었다.

　일 보고 들어와서 별이 앞에서 춤을 추었다. 이어폰에서 흘러나오는 팝송에 맞춰 신나게 춤을 추면 앞발로 눈을 가리며 열없어서 도저히 못 봐주겠으니 제발 그러지 말라고 몸을 비틀었다. 그 모습은 춤추는 할머니 치마폭을 잡아당기던 어릴 적 내 모습이었다. 심정으로 저며 드는 유년의 감정을 주체하지 못하고 할머니처럼 막무가내로, 더 열정적으로 춤을 추었다.

　아버지 죽음에 어머니도 가담되어 있다는 사실을 알고부터는 제사나 명절 때도 내려갈 수가 없었다. 완전 혈혈단신이 되어버렸다. 마음이 허할 때마다 어머니 대신에 비어 있는 동창 농장에 내려갔다가 오곤 하였다. 처음엔 그랬지만, 나중에는 '별사' 때문에 일주일에 한 번씩 내려가기도 하였다.

　별사는 거기에 살고 있는 고양이였다. 나한테 찰싹 달라붙어서 지냈다. 산책 가는데도 따라다녔다. 아침에 일어나보면 문밖에서 계속 지키고 있었다. 한번은 내 백을 믿고 진돗개한테 덤벼드는 시늉을 하였다. 진돗개 음악이는 약이 바짝 올라 미칠 지경이었다.

　별이도 그렇지만, 별사도 한 편의 시였다. 모든 동물은 한 편의 시이다. 그들은 인간이라는 시를 다 읽을 줄 안다. 인간들은 그들의 시를 한 줄도 읽을 줄 모른다. 이해하지 못한다. 동물들은 인간들이 자기들의 시 한 줄도 읽을 줄 모르는 자들이라는 걸 아니까 인간들을 보면 도망친다. 인간들을 잡아먹으려고 한다. 사자가 사자를 잡아먹지 않는 것은 자기들의 시를 서로 알기 때문이다. 인간이 왜 싸우고 전쟁하겠는가. 인간들이 자기들의 시를 서로 모르고 살아가기 때문에 벌어지는 현상이다. 무식하기 때문이다. 고양이라는 시를, 까치라는 시를, 사자라는 시를 우리가 읽을 수 있다면, 이해한다면 까치가 도망가겠는가. 그런데도 사자가 잡아먹으려고 하겠는가.

입시, 고시 공부를 해서 그 시를 읽을 수 있는 자가 있었던가. 고양이, 까치, 사자가 언어라는 사실도 모르는데 그것을 어떻게 시라고 읽을 수 있겠는가. 설사 읽는다 쳐도 그것을 어떻게 이해하겠는가. 회개하고 해탈하여야만, 그 시를 읽고 이해할 수 있을 터인데 입시, 고시 공부를 해서 회개하고 해탈한 사람 보았던가. 전쟁이 끊어지는 걸 보았던가.

멀리 이웃 동네에 가 있어도 내가 나타나면 귀신같이 나타났었는데 몇 번을 내려갔어도 나타나지 않았다. 언어들이 흩어지더니 견고하게 쌓아 놓은 한 편의 시가 무너져 내렸다. 시를 모르는 자들의 소행이 분명하였다. 내 가슴 한쪽이 와르르 무너져 내렸다. 사고 차량을 몰고 다니듯이 돌아다니고 있었는데 그가, 별사가 나타났다. 똑같았다. 꼬리 끝이 꼬부라진 거 하며, 얼굴 하며, 나를 따르는 거 하며 그런데 사료나 간식을 주면 별사는 다른 고양이들과 사이좋게 나

뭐 먹었는데 애는 자기 혼자 독식하였다. 별사와 같이 밥 먹던 고양이가 마을 초입부터 내 차인 줄 알고 따라와 그 아이한테 갖은 애교를 다 부려도 안 되었다. 그리고 누런색이 별사보다가 조금 옅었다. 별사의 2세였다. 별오였다.

별오도 오래 가지 않아서 나타나지 않았다. 그곳에 내려갈 사유가 사라져서 오랫동안 내려가지 않다가 내려가 보니 또 별오와 똑같은 아이가 있었다. 그런데 나를 별다르게 따르지도 않았다. 색도 확연하게 옅었다. 나도 그가 별다르게 여겨지지 않았다. 별육이었다.

커피가 죽은 지 2년 후 아무리 맛있는 거 사줘도 먹질 않았다. 병원에 입원했었는데 별이는 그곳에서 하늘나라로 갔다. 살아있을 때 그 모습 그대로, 내 옆에서 앞발에 얼굴을 괴고 누워 있던 그 모습 그대로였다. 고양이는 원래 그러는지는 모르겠지만, 살결도 그대로 너무 부드러웠다. 저승사자가 커피와는 다르게 내 모습으로 나타나서 데리고 간 듯하였다. 별이로 인해 나는 이 세상에 완벽하게 존재할 수 있었는데 그 완벽한 벽이 무너져 내렸다. 선산에 있는 커다란 전나무 밑에 그의 유골함을 묻어주었다. 그 옆 나무 밑에서 커피가 별이를 맞이해 주었다.

이젠 내 곁에 아무도 없다는 것이 슬픔을 극치로 치닫게 하였다. 내가 독신이라는 사실을 그때까지 전혀 몰랐었다. 끈이 끊어져 나간 연과 같았다. 집을 나가면 굳이 집에 돌아갈 이유가 없어졌다.

게다가 13년째 타고 다니던 차도 소음이 너무 심해져서 폐차해야만 했었다. 그런데 식당 주차장에서 앞차가 갑자기 후진하더니 내

차를 들이받았다. 어쩌다가 그러셨냐고 했더니 자기도 모르겠다고 했다. 좀 찌그러진 건데 나중에 수리 내역을 받아보니 엄청났다. 보험 담당자와 정비소가 어떻게 밀착되어 있는지 알고는 있었지만, 이 정도일 줄은 몰랐다. 그 덕에 덜렁덜렁하는 범퍼에 나사를 박아 놓고 지내던 내 차는 겉만큼은 새 차나 다름없었다.

 나의 상심을 지켜보고 계시던 성령님께서 하신 일이 분명하다고 생각하였다. 그렇다면 폐차하지 않아도 된다는 뜻이겠구나 싶어서 견적을 받아보았더니 중고차 한 대 사는 것이 더 나을 것 같았다. 폐차하겠다고 둘러대고 나와서 다음에 다시 가보니 폐차 대상이라고 적혀있었다. 젊은 놈이 아니라 나이 든 사람이라서 그런지 허브 베어링이 깨어져서 그렇다고 금방 알아보았다. 그 수리비가 그렇게 비싸냐고 캐물으니 대답하지 못하였다. 동네 카센터에 가서 물어보았더니 42만 원이면 된다고 하였다. 수리가 끝난 후 그 기사가 타보더니 새 차 같다고 했다. 별이가 떠난 후 차까지 떠날 줄 알고 전전긍긍했었는데 신께서 그런 나를 생각하여 주신 듯하였다. 37만 Km 정도 타던 SUV였다.

 "50만도 거뜬히 타겠는데요."

 별이로부터 많이 벗어나 살고 있던 7개월 후 커피와 별이를 데리고 왔던 그 친구가 다시 '엘라'라고 하는 고양이를 데리고 와서 입양 갈 때까지 좀 맡아달라고 했다. 아비시니안이었는데 깃털같이 가벼웠다. 얼마나 오래 아무것도 먹지 않았으면 무게가 전혀 느껴지지 않을 정도일까. 머리가 오른쪽으로 약간 기울어져 있고 틈만 나면 오른쪽으로 뱅뱅 돌았다. 그리고 오른쪽 눈에 항상 눈물이 고여 있었다. 태어난 지 7개월 정도 되었다고 했다.

별이가 나를 찾아서 온 것이 아닐까 싶었다. 내 나이에도 불구하고 눈독 들이는 아줌마가 있었지만, 무조건 내가 맡기로 하였다. 한두 번만 반복해도 바로 습득하는 천재였다. 그래서 성미가 좀 까탈스럽고 소신이 확실한 아이이다. 뱅뱅 돌던 것도 그런 성미 때문인 듯하였다. 병이네 뭐네 하였지만, 안정이 되니까 바로 사라졌다. 별이는 문밖에 나갔다가 잠시 뒹굴며 놀다가 들어왔었는데 얘는 문밖에 나갔다가 금방 들어와서는 내가 있는지 확인하고는 또 나가곤 하였다. 문 말고는 다른 데로 내가 나갈 수 없다는 사실을 몰랐다. 엘라 때문에 나도 내가 문 말고 다른 데로 사라질 수도 있을 것으로 생각하였다. 그렇더라도 나는 절대로 그러지 않을 참이었다.

눈물 때문에 햇볕을 많이 쬐어야 한다고 해서 옥상에 데려갔었는데 계속 나를 확인하기 때문에 하네스가 필요하지 않았다. 호기심 천국인 데다가 생각이 나보다 더 많은 아이였다. 끊임없이 자기랑 놀자고 옆구리 콕콕, 아니 다리를 콕콕 질러대는 통에 글을 제대로 쓸 수가 없었다. 어떨 때는 종일 한 줄도 못 쓴 적도 있었다. 글을 쓰는데 방해가 많이 되긴 하였지만, 나에게 휴식 시간을 알려준 종소리 같은 아이였다. 다른 고양이와 친하게 지내라고 가까이 데리고 갔더니 자기한테 왜 그러느냐며 나한테 야단치는 녀석이었다. 그것이 야단맞을 짓인지 알지 못하였다.

컴퓨터로 '두 증인'을 작업하면서 '정통성을 갖고 있는 기독교, 불교 같은 종교도 넓은 의미에서 보면 사이비라고도 볼 수 있지 않겠느냐.'라고 쓰고 있을 때 키보드에서 뱅뱅 돌고 있던 엘라가 뭔가에 놀라 갑자기 내 오른쪽 손목을 확 할퀴었다. 상처가 상당히 깊었다. 신께서 엘라를 통해 '그건 아니다.'라고 나에게 하신 말씀이었다. 가톨릭도, 개신교도, 불교도 다 신의 종교라는 선언이었다. 나는 상처를 부여안고 그 대목을 바로 지워버렸다. 엘라는 신의 전령이었다.

나는 사람보다 고양이와 개하고 더 가깝게 지낸 사람이다. 그들은 보고 또 봐도 우리와 똑같았다. 그들에게도 눈이 있고, 뇌가 있다. 그런데, 똑같은데 우리에게만 마음이 있고 사랑이 있겠는가. 다만, 그들은 신을 알지 못한다. 그러므로 짐승들은 유물론자들이다. 그러므로 유물론자들은 짐승이다. 니체, 마르크스는 짐승이었다.

엑스의 별명은 별일이고 커피는 별삼, 엘라는 별칠이다. 별이, 별사, 별오, 별육이와 함께 그들은 별이 되어 내 가슴속에 아로새겨져 있다. 내 마음속에는 언제나 북두칠성이 반짝인다.

고향

고향길

호적으로 나이가 한 살 적어서 또래 아이들과 같이 학교에 다니려면 별도로 입학 신청을 해야만 했다. 어머니께서 오늘이 신청 마감 날이라며 입학신청서를 성곡동사무소에 꼭 갖다주어야 한다고 했다. 혼자서는 초행길이어서 좀 두려웠지만, 용기를 냈다. 법흥동 집에서 5.5㎞ 정도 되는 길이었다.

법흥교를 건너 내리막길이 끝나는 왼편 길섶에는 물레로 짚을 꼬아 새끼줄과 망태기, 멍석 같은 것을 만드시는 할아버지가 계셨다. 하얀 머리에 정자관을 쓰시고 짚 더미에 묻혀 일하시는 중간중간 통소를 부셨다. 거기는 아직도 조선 시대였다. 그 통소 소리를 손아귀에 움켜잡고 조선 시대로 걸어갔다. 얼마나 걸어갔을까. 손아귀를

펴보니 스마트폰에서 흘러나오는 퉁소 소리가 들려있었다. 조선 시대가 과거가 아니고 미래라니 이상하였다.

이상하지 않은 퉁소 소리로 새끼줄을 꼬면서 골목으로 접어들면 시골집 옆에서 흘러온 시냇물을 만날 수 있다. 시내가 제법 계곡 느낌이 나는 개천이 되어 있었다. 용상초등학교와 형무소 농장 옆으로 해서 낙동강으로 합쳐지는 반변천 끝자락으로 초대받은 적도, 부탁받은 적도 없으면서 감쪽같이 스며든다. 그 개천을 거슬러 올라가기만 하면 고향 집에 갈 수 있었다.

용상동과 성곡동 경계 지점에 있던 자그마한 대장간을 지나면 채석장이 있었다. 어머니랑 할아버지 집에 갈 때면 이곳에서 다이너마이트를 터트리곤 했다. 그때마다 대장간에 어머니랑 한참 숨어있어야 했다. 바위 조각이 대장간 앞까지 날아왔다. 가슴을 쓸어내리며 산산이 흩어져 있는 바위 조각 틈으로 재빨리 그곳을 벗어났다. 채석장 언덕을 지나 다리를 건너 또 언덕을 지나면 의자 바위가 나온다. 하교할 때 한 번씩 앉아서 놀다가 가는 곳이었다. 그런데 언젠가는 누가 뱀을 잡아서 거기에 올려놓은 걸 보고 난 후로는, 그곳은 피해 다니는 곳이 되어버렸다.

의자 바위는 우리에게 언제나 선이었다. 그런데 그 선에 하나의 인간 행위가 개입하니까 악으로 변질하였다. 그런 인간 행위는 어떻게 만들어졌고, 어디에서 온 것일까? 사탄, 그의 씨로 만들어진 것이고, 그로부터 온 것이 틀림없었다. 현대 사회는 그런 자들이 살아가기에 조건이 너무나 좋아서 선한 물질도, 선한 정신도 그 인간 행위로 빠르게 악으로 변질하여 버린다. 그 의자 바위에 앉아서 놀던 그 상태로 회복할 수 없는 것일까. 거기에 꽃을 갖다 놓는다든가 새롭게 좀 다듬는다면 어떨까. 악으로 변질된 사회현상을 어떻게 하면 음흉스러운 그 기운과 불쾌한 기분을 떨쳐버릴 수 있을까.

의자 바위에서 조금 더 올라가면 우리 논과 밭이 나온다. 할아버지가 잿골에 계실 때에는 이 논밭과 우리 동네 가까이 있던 용상 사람 논밭과 바꿔 붙이셨다. 그곳을 지나 모퉁이를 하나 돌아드니 갑자기 두려움이 엄습하였다. 일곱 살 아이 홀로 산과 들과 개천과 길 속에 덩그러니 갇혀버렸다. 아무도 없는데 누가 자꾸 따라오고 있었다. "저벅저벅" 아무리 돌아보면 아무도 없다. 공포에 휩싸여 있는데 우측 산골짜기에서 거대한 호랑이가 어슬렁거리면서 내게로 다가오고 있었다.

'아! 나는 이제 죽었구나!'

후들거리는 다리를 가다듬어 호랑이를 뚫어지게 쳐다봤다. 그랬더니 호랑이가 감쪽같이 사라졌다. 덤불이 호랑이처럼 보였는데 각도가 변해서 그 모양이 없어진 현상이었다.

'와! 내가 호랑이를 물리쳤네!'

겁이 사라지고 힘이 용솟음쳤다. 용기가 나니까 동사무소가 바로 나타났다. 입학신청서를 접수하고 나니 초등학교 입학에 수석으로 합격한 기분이었다.

동사무소 옆에는 주막이 있었는데, 어머니와 지날 때마다 주모가 불러 떡도 주고 과자도 주며 며느리처럼 손자처럼 대해주었다. 어머니가 그러시기를 저분은 중조부의 첩실이셨다고 하였다. 내 인식의 영역 밖에 있던 중조부의 이미지가 이 주모를 통해 미세하게나마 내 인식의 영역 안으로 소환되었다.

그곳에서 좌측으로 가면 서릿골과 음달골이 나오고, 우측으로 가면 잿골이 나왔다. 거기서는 잿골 집까지 한달음에 가 버렸다.

"아이고, 내 새끼, 용하기도 하지! 무섭지 않트나?"

"무섭기는, 내가 호랑이도 쫓아버렸는걸."

재사

고향 집에는 할아버지와 할머니가 살고 계셨다. 내가 태어난 사랑방 윗목에는 다락이 있었는데 주로 병풍과 제사용품을 보관하던 곳이었다. 제사는 의관을 정제하신 세 분의 할아버지와 아제들, 그리고 8촌 형들이 모여 자정이 지나기를 기다렸다가 대청마루에서 지냈다.

예닐곱 살쯤, 제사가 다 끝나고 나서야 잠에서 깬 나는 너무 허망했다. "내가 안 지냈으니까 다 무효"라고 울며불며 "빨리 다시 지내…!"라고 생떼를 썼다. 안동사범학교를 나와서 중학교 교사로 있다가 그의 아버지가 빨갱이였다고 쫓겨난 팔촌 혁수 형은 제사 때마다 그 일을 들춰내며 나를 놀려먹었다.

　사촌 중에서 우리 할아버지가 제일 어렸지만, 맏집이어서 한 해에 제사를 열한 번이나 지냈다. 제사가 끝나면 음복하고 돌아갔다가 아침에 여자들까지 불러 다시 음복하고 나서 이 집 저 집에 음식을 나눠주었다.

　사랑방 앞문을 열고 내다보면, 옆집 연분 네 뒤뜰하고도 연결된 울타리 앞에는 피마자가 이중 울타리처럼 쳐져 있고, 그 너머로는 미루나무 대여섯 그루가 까마득하게 높이 솟아 있었다. 우리집 뒤편, 우물가 길섶에도 미루나무가 이 마을 울타리처럼 하늘 높이 처져 있었다. 앞집 마당과 밭뙈기 하나를 지나면 다랑논이 부채꼴로 마을을 떠받쳐주고 있었다. 가끔 백로가 날아와 논 한 뙈기를 차지하고 있는가 하면, 어느 때는 황새가 서 있던 그 너머 약국집 뒤쪽 산마루에는 남송이 우두커니 이 마을 수문장처럼 서 있었다.

지붕 위의 소년

　동구 밖을 내다보려면 볏짚단 더미나 헛간 지붕 위로 올라가야 했다. 웬만한 배앓이는 할머니가 "내 손이 약손이다. 내 손이 약손이다." 하며 그 껄끄럽고 굽은 손으로 내 배를 문지르면 금세 나았는데 토사곽란은 그렇지 않았다. 내 약과 열병에 시달리던 누나 약을 사러 간 할머니가 기다리고 기다려도 오질 않았다.

   외양간과 헛간 사이에 있는 토담을 밟고 헛간 지붕으로 올라갈 수 있었다. 기력이 다 빠져나가 어질거려서 가누기조차 힘든 몸으로 헛간 지붕 위로 기어올랐다. 이제나저제나 하며 훵하게 용마름에 쪼그리고 앉아 동구 밖을 애처롭게 내다보고 있었다. 밀레가 그 모습을 허공에다가 그리고 있었다. 마을 풍경이 병든 아이를 치료하고 있는 듯한 폭의 유화였다.

   이 동네 할머니들은 대부분 꼬부랑 할머니였다. 우리 할머니도 남달리 굽은 허리를 지탱하시느라 늘 지팡이를 짚고 다니셨다. 동네 약국집에 약이 없어 시내까지 가서 사 오느라 늦었다고 했다. 지팡이를 내려놓고 기단에 걸터앉아 몰아쉬던 할머니의 숨소리가 끊이질 않고 이어지자, 할머니의 인생이 한 토막 한 토막 마당 가운데로 슬금슬금 기어 나온다. 시시각각으로 닥쳐오는 삶의 무게를 짊어지고 꼿꼿하게 버텨내야 했던 고난들이 중모리장단을 타고 시시각각 몰려든다. 그 구체적이고도 세세한 이야기들과 켜켜이 쌓이고 쌓인 세월이 우리집 마당에서 판을 연다. 그중에서 고수가 "퉁기둥 퉁 딱!" "얼쑤!" 하니까, 판소리 '할미전' 한마당이 펼쳐진다. "보소, 보소, 이내 심정 들어보소!"

   할머니의 진정성으로 약을 한 번만 먹고 다 나아 버렸다.

독방

세월이 까맣고 반질반질하게 다듬어 놓은 대청마루는 통나무를 그대로 깎아서 이어놓은 것이라 움푹 파이고 틈이 난 곳도 있어서 겨울에는 한데와 다를 바가 없었다. 요강이 거기 있어서 한밤중에 소피 한번 보기 위해서는 이를 부딪칠 정도로 떨어야 했다. 여름엔 바닥에서 바람이 숭숭 불어와서 에어컨 같았다. 낮잠 자기도 하고 동네 아이들과 방학 숙제도, 종이접기도, 연도 만들며 뒹굴고 놀던 곳이었다.

대들보에는 성주가 모셔져 있고, 구석으로는 뒤주와 각종 생활 도구가 놓여 있었다. 뒷문을 열고 바라보면, 매미가 가끔 와서 울어대던 앵두나무가 울타리보다 더 높게 서 있고, 담쟁이와 나팔꽃이 군데군데 타고 오르던 높다란 울타리가 뒤뜰을 품어 안듯이 빙 둘러싸고 있었다. 서릿골로 넘어가는 뒷산 마루 정면에 북송이 우뚝 솟아 있었다.

안방에는 윗목에 앉은뱅이책상과 농장, 그리고 화로와 콩나물시루가 있었다. 그 위로 메주가 주렁주렁 매달려 있기도 했다. 농장 옆으로 등잔과 담배쌈지, 담뱃대, 재떨이와 반짇고리가 놓여 있고, 부엌 벽 쪽으로 선반이, 뒤란 벽 쪽으로 시렁이 걸려있었다. 앞문 옆에는 갓 보관함이, 그 밑에는 손바닥만 한 면경이 벽에 붙어 있었다.

국정교과서에 다니시던 둘째 고모부는 설날이면 매번 화려한 달력을 여러 개 가져다주었는데, 그중에서 골라 걸어놓은 달력 옆으로 유리가 달린 봉창이 있었다. 맑은 날 아침이면 그 유리를 통해 어김없이 찾아오는 분이 계셨다. 그 유리 크기만큼 부엌문 문고리로 찾아들었다가 점점 방 안 깊숙이 침범하였다. 저녁에는 책상 있는 데까지 들어와선 길게 늘어졌다가 돌아가시곤 하였다. 뭇국에다가 된장찌개로 저녁을 먹고 나면, 할아버지는 곰방대로 담배 한 대 태우시고 부엌일 마치고 들어오신 할머니는 이부자리를 폈다.

나는 할머니를 졸라 옛날이야기를 듣다가 잠이 들거나, 마실 갔던 할아버지가 돌아오시면 할아버지 발등과 발바닥을 타고 놀다가 할아버지한테서도 옛날이야기 한편 기어코 더 듣고 나서 할머니와 할아버지 사이에서 잠이 들었다. 제사나 명절 때 시내 식구들이 다 오면 아버지와 어머니는 사랑방에, 우리는 안방에서 부채꼴로 누워서 잤다. 그럴 때면 나는 할아버지와 벽 사이에 잤다. 머리 위에는 시렁이 놓여 있어서 할아버지가 등을 보이고 주무실 때면 그곳은 완벽한 독방이었다. 그 독방은 나만의 자유였다. 평생 그런 독방에서 독신으로 살아야 한다는 내 인생의 복선이었다. 독신은 절대 자유였다.

콩 서리

내가 기억하는 일꾼은 두 분이었다. 한 분은 나이가 좀 드신 분으로 내가 너무 어렸을 때라 기억이 별로 없다. 한 분은 열대여섯쯤 되어 보이는 청소년으로 먼 일가친척이라고 했다. 오갈 데가 없는 고아가 되어서 우리집에서 할아버지 일을 도우며 살고 있었다. 일하러 갈 때마다 대여섯 된 나를 지게에 태워서 데리고 다녔다. 한번은 재산놋골 밭에 데리고 가서는 콩 서리를 해주었다. 우리집 콩이었지만, 새까맣게 탄 콩깍지를 벗기면 말캉말캉한 연둣빛 콩알이 너무 맛있어서 열심히 먹고 있는데 그가 내 눈에서 사라졌다. 날이 어둑어둑해지고 있었다. 주변을 한참 두리번거리며 찾아봤지만 없었다. 그런데 저 건너 언덕배기에서 할머니 옛날이야기 속에 나오던 호랑이가 내 쪽으로 어슬렁어슬렁 걸어오고 있었다. 너무 놀라서 자지러지게 울어 젖히니까 내 뒤쪽 구석에서 그가 후다닥 튀어나왔다.

"왜 그래? 왜?"

"저기 호랑이가……!"

그가 호랑이 쪽으로 가더니 "이거?" 그러더니 낫으로 호랑이를 내려치니까 호랑이가 사라졌다. 덤불이었다.

세월이 한참 지난 후 할아버지께서 그러셨다.

"영주에서 가구점을 크게 하는 집에 장가들어 그 가구점을 맡아서 일하고 있다더라. 똑똑하고 성실한 아이였는데 참 잘 풀렸어."

봄 홍시

부엌은 판문을 열고 들어가면 오른쪽으로 아궁이가 두 개 있고, 부뚜막과 가마솥이 있었다.

설 전날, 무슨 의식 같은 거라며 어머니와 할머니가 뒤집어 놓은 가마솥 뚜껑에 물을 끓여 그곳에 나를 집어넣으려고 했다. 나는 기겁을 하며 발버둥 쳤는데 서너 살 적 일인데도 너무도 생생하다. 설이라고 나를 목욕시키려고 했던 것 같은데, 하필 가마솥 뚜껑에……. 온수가 나오지 않던 시절의 풍경 그 이면에는 공포가 도사리고 있었다.

기단 폭만큼 뒤란 쪽으로 키운 붙박이에 수납장과 찬장이 있고, 거기에 조선백자 여러 점이 보관되어 있었다. 골동품 붐이 일기 시작할 무렵 동네에 나타난 수집상한테 할머니가 그 백자를 점당 500원씩 받고 다 팔아버렸다고 했다. 빵 한 개 십 원 했으니까, 할머니는 '이게 웬, 횡재냐.'라고 했을 것 같았다. 그 수입상은 할머니보다 열 배나 더 횡재했다고 좋아하는 풍경이 고샅길에 얼비친다.

왼쪽 구석에 수북이 쌓아 놓은 땔감 옆으로 곳간 문이 있었다. 어느 봄날, 할머니는 그 안에 있는 밀가루 단지에서 홍시 하나를 꺼내 주셨다. 지난가을에 딴 감이 4월인데도 아직 너무나 탱글탱글하였다.

"와~!"

손을 번쩍 들며 환호하였다. 할머니가 횡재한 그런 기분으로, 거기에서 가끔 엿이며 간식거리를 꺼내 주실 때마다 그 광 안에는 진기한 보물들이 가득할 것만 같았다. 그러나 그곳에 한 번도 들어가 보지는 않았다. 나중에 커서 한번 들어가 봤는데 어릴 때 상상했던 그런 곳하고는 거리가 멀었다.

할머니

할머니는 안동 장씨다. 친정 집안에서는 글 읽는 소리가 끊이질 않았다고 했다. 할머니 남동생이 우리집에 몇 번 오신 적이 있었는데 어릴 때였지만, 선비로서의 자태가 남다른 데가 있어 보였던 것 같았다. 할머니 외갓집에서는 이승만 정부 때 장관도 나온 집안이었다고 했다. 저녁나절쯤 아랫목에 누워있으면 언제나처럼 구성지고도 구슬픈 소리가 들려왔다. 할머니가 부엌에서 일하시며 부르는 노랫소리였다. 그 동생들이 글 읽는 소리 같기도 하고 무슨 시조창 같기도 한 그 노래는 안동지방에서 전해져 내려오는 내방가사였다. 줄

줄이 다 외우고 계신 건지, 아니면 생각나는 대로 부르는 것인지는 모르겠지만, 언젠가 어머니가 말씀하시기를 "네 할머니는 머리가 아주 비상하신 분"이라고 그러신 적이 있었다.

혁도네 삼촌 결혼식 날, 술을 한잔하신 할머니가 뜰 앞으로 나가 부엌에서 부르던 그 노래를 부르며 덩실덩실 춤을 추었다. 일곱 살이던 나는 할머니 치맛자락을 잡아당기면 춤을 추지 못하게 막았지만, 막무가내였다. 너무 창피하고 열없었는데 한 명 두 명 나가더니만, 마치 숨죽이고 숨어 있다가 일제히 공격하는 병사들처럼 아낙네들이 너나 할 것 없이 우르르 몰려나와 춤을 추는 통에 내 감정은 무색해지고 말았다.

처음엔 어깨를 들썩이며 제각기 추더니 누가 장구를 치니까 굿거리장단에 맞춰 앞으로 한 발짝, 반 발짝, 어깨를 들썩이는가 싶더니 뒤로 돌아 덩 기덕궁 덩! 덩실덩실 더덩실!

하산구에 있던 히산궁 말고는 영섭이 형 집만 유일하게 기와집인 데다가 대문이 있었다. 그의 삼촌은 안동여고 미술 교사였다. 안동여고 출신 동창들이 그래서 우리 마을에 온 적이 있었다고 했다. 그 대문 앞쪽에는 널따란 뜰이 있었다. 어른들은 윷놀이 같은 거, 우리는 사이방 같은 거 하면서 놀던 장소 중의 하나였다. 그 뜰 입구에는 동구 밖 느티나무와 쌍벽이던 회화나무가 혁구네 안뜰에서 펼쳐지는 이 마을 아낙네들의 군무를 바로 위에서 내려다보고 있었다.

'그네도 잘 타더니만, 춤도 그전 여자들에 비해 예사롭지 않구먼!'

그 이전 세대, 그, 그 이전 세대 아낙네들과 비교하며 빠져드는 모습이 이 마을의 역사였다. 조신하기만 하던 것이 내숭이었다는 사실이 들통나거나 말거나 신명에 겨워 무아지경으로 빠져드는 저 얼굴, 저 표정이야말로 이 마을의 생명력이었다.

할머니의 춤과 저 아이돌이나 무희들의 춤은 무엇이 다르고 무엇이 같을까. 할머니는 자기 자신이 감동하고, 아이돌은 남들이, 관객들이 감동하는 춤일까. 기분에 따라 추는 춤이 아니라 일하는 춤, 돈벌이하는 춤, 그런 고역을 보고 열광하는 사람들, 그들은 어떤 존재들일까. 할머니의 순수를 열없게 생각한 유년의 나는 또 어떤 존재일까. 순수를 추태로 치부한 일곱 살의 추태가 그리운 심사는 또 무슨 심사일까.

할머니는 부엌에서 노래만 부른 것이 아니라 반은 할아버지에게 바가지 긁는 소리였다. 중학교 2학년 때부터 시내 집으로 내려와 삼대가 같이 살면서부터는 의심할 요소가 더 많아져서 그런지 그 잔소리가 더 심해지셨다. 어디서 정보를 얻어들은 것인지 누구 집 여자하고 어디에서 술을 마셨다느니 하면서 바가지를 긁어댔다. 젊은 여자들과 조금도 다르지 않았다. 의부증까지는 아니었지만, 많이 지나치신 것 같았다. 그 잔소리는 며느리한테로 번져 하루도 조용하고 평온한 날이 없었다. 잔소리하는 것이 천성인 듯하였다. 정신이 한시라도 가만히 있지 못하는 스타일인 듯하였다. 어머니가 하루는 나한테 물으셨다.

"시에서 노부모 모시고 사는 것만으로도 효부상을 주겠다고 하는데 받아도 될까?"

"넙죽 받으시지! 상인데, 얼씨구나 좋다며. 나한테 물어볼 것 없이 양심한테 한 번 물어보시지?"

"그래야겠지……."

뒤돌아서는 모습이 너무 가엽고 측은해서 눈시울이 뜨거워졌다. 옛날 기준으로 봤을 때는 효부상 받을 자격이 못 되지만, 요즘 기준으로는 충분하지 않을까도 싶었다. 할아버지와 할머니를 모시는데 예나 도를 벗어나거나 소홀함이 있었다고는 한 번도 생각하지 못했다. 할머니의 잔소리에 일방적으로 당하고만 살아오셨다. 할머니로부터 잔소리를 유발하게 한 것이 잘못이라면 잘못이었다. 어머니는 늘 그러셨다.

"우리 시어머니는 별나도 너무 별나!"

어머니의 처신은 할머니나 아버지처럼 꼼꼼하고 치밀하지 못해서 아버지로부터도 잔소리를 늘 듣고 사셨다. 할머니나 아버지의 잔소리는 정도를 벗어날 정도로 심하였지만, 내가 봐서도 잔소리 들을 구석이 없지만은 않았던 것 같았다. 나쁘고 좋고 차이가 아니고 타고난 기질의 차이였던 것 같았다.

할머니의 잔소리는 기질도 기질이지만, '시월드'에 기인하고 있는 듯하였다. 태초로부터 인간이 갖고 이어져 내려온 구조적인 문제였다. 안동지방에는 예로부터 시집올 때 멀쩡한 항아리 주둥이 한 귀퉁이를 톡 깨서 그 안에 쌀을 담아오는 풍습이 있다. '두루미'라고 하는 것으로 '시어머니 주둥이를 깬다.'라고 하는 뜻을 품고 있다고 하였다. 예의 고장, 유교의 본향에서 이런 풍습이 있었다는 것은 충격적인 사실이다. 어느 시어머니나 할 거 없이 그 잔소리가 얼마나 지독하고 심각하였으면 예가 아니고, 도가 아닌 그런 풍습이, 그것도 안동이라고 하는 양반 고장에서 생겨났을까. 인간의 실체를 아는 곳이라서, 예가 있고 도가 있는 곳이라서 생길 수밖에 없었던 것은 아니었을까. 요즘도 아무런 대책을 세우지 못하고 있는 문제를 그 옛날에 들고나왔다는 것은 안동이라는 지방은 특별한 곳이 틀림없는 듯하였다. 예가 있고 도가 있었기에 인간의 구조적인 문제를 파악할 수 있었고, 그 문제를 해결까지 하려고 수단까지 강구하였던 고차원적인 풍습이 아니었을까.

해가 뜨기도 전에 철로 변에 일궈놓은 텃밭에 가신 어머니를 기다리고 기다리다가 밥을 다 먹고 나니까 돌아오셨다.

"왜 이렇게 늦었어요?"

"연지네 할머니랑 윗집에 세 들어 사는 할머니네 하고 몇 군데 나물 뜯은 거 나눠주고 오느라……. 착한 짓 좀 하고 왔다."

나물이 넘쳐나니까 그랬겠지 싶었다. 그런데 나물뿐만 아니라 평소에도 불쌍하게 사시는 이웃 할머니들을 많이 챙겨주며 지내시는 걸 보면, 어머니는 분명 착한 사람이었다. 그런데 착하다고 해서 사람이 다 좋은 것은 아니다.

질풍노도와도 같은 할머니의 잔소리에 할아버지는 표정 하나 변하지 않으셨다. "어험!" 헛기침 한번 하시고는 오히려 평온하기까지 하셨다. 그래서 할머니의 잔소리는 언제나 허공에다가 퍼부어대는 푸념이어서 할아버지와 할머니가 싸우시는 걸 본 적이 한 번도 없었다. 처음부터 그러셨는지 어쨌는지는 모르겠지만, 해탈의 경지에 들어선 것 같았다. 중풍으로 1년 정도 고생하시던 할아버지가 여든둘에 돌아가시자 할아버지보다 세 살 많던 할머니, 잔소리가 그렇게 심하시던 할머니가 단 한마디도 하지 않으시다가 열흘 만에 할아버지 뒤를 따르셨다. 할머니에게 있어서 할아버지가 어떤 존재였는지 알 수 있을 것도 같았다. 돌아가시기 하루 전날, 접시에 쌀을 조금 담아 툇마루에 올려놓고선 그 위에 숟가락을 세우셨다. 그 절실한 기원은 무엇이었을까?

할머니 상여가 잿골 고샅길을 돌아서 나갈 때 동네 아낙네들이 모두 나와서 우리보다도 더 크게 목 놓아 울부짖었다. 온 동네가 울음바다가 되었다. 고향을 떠나 살다가 죽어서 돌아왔으니까 그럴 법도 하겠지만, 동네에 베푼 인심과 인정이 남달랐다고 했다. 돈이 모이면 온갖 선물을 사 들고 수시로 잿골로 가서는 집집이 돌아다니며 선물을 하나씩 나눠줬다고 했다. 아무리 소소한 것일망정 누구한테 선물 한번 제대로 받아본 적 없던 시골 아낙네들은 어느 봄날 광에 있던 밀가루 단지에서 꺼내 준 홍시를 받아 든 나와 같은 심정이 아니었을까.

우리집에서는 잔소리꾼이었지만, 잿골에서는 산타클로스 할머니였다.

텃밭 옥수수

뒤란 기단에는 용단지와 소금단지, 내 썰매도 거기에 두었다. 연기가 종유석처럼 굳어서 시커멓게 덕지덕지 달라붙어 있는 굴뚝 두 개도 거기에 있었다. 커다란 앵두나무가 대청마루 뒷문 앞쪽 뒤뜰 담장 안쪽에 서 있었다. 그 밑에는 테이블 같은 너럭바위가 놓여 있었다. 할머니는 걸핏하면 그곳에서 정화수 떠 놓고 소지를 태워 올리며 기원을 하셨다. 그 바위 둘레는 뜯어도 뜯어도 나고 나는 부추밭이 텃밭과 이어져 있었다. 텃밭 가장자리에는 몸을 비틀며 땅을 뚫고 하늘로 뾰족하게 솟아오르는 옥수수가 담장과 마주하였다. 싹이 얼마나 더 돋았는지 매일 찾아가 주었더니 그것이 무척 고마웠던가 보았다. 여름이 되자 땅속에 있는 맛을 수염으로 포장해서 건네주었다. 나중에는 수수깡 안경까지 만들어주었다.

30대 무렵 이화령을 넘어가다 옥수수를 돈 주고 처음 사 먹어보았는데 그 맛이 아니었다. 만해축전에서, 동창네 텃밭에서, 중국 장백폭포 앞에서, 어디에도 그 맛은 없었다. 무언가에 홀린 듯이 아직도 그 맛을 정신없이 찾아 헤매는 것은 그것이 옥수수 맛이 아니기 때문이었다.

내 고향 집은 곳간 앞쪽 별채에 디딜방앗간과 외양간이 있고, 외양간 앞쪽으로 탈곡기와 풍구, 멍석 같은 각종 농기구와 생활용품을 두던 헛간과 뒷간이 있는 'ㄷ' 자형 남향집이었다.

할아버지의 과자 봉지

사랑방 앞에는 커다란 가마솥을 걸어놓은 아궁이가 있었다. 장에 가신 할아버지를 기다리다가 잠이 들었는데 잠자리에서 깨어나 보니 할아버지가 아직도 돌아오지 않으셨다. 이게 어찌 된 영문인가 싶어서 밖을 내다보니 벌써 일어나셔서 쇠죽을 끓이고 계셨다. 내복 차림으로 불을 지피고 계시는 할아버지 등 뒤에 쪼그리고 앉아서 눈을 비비며 "할아버지!" 하니까 마고자 주머니에서 과자 한 봉지를 꺼내 주셨다. 전혀 기대하지 못했던 행운이었다. 할아버지는 장에 가시면 늘 고주망태가 되어 돌아오셨다. 그런데 얼마나 소중하게 여겼으면 그 취중에도 잃어버리지 않았을까. 아니면 몇 번 잃어버리셨던 걸까. 하여튼 아침에 일어나서도 그 두툼한 과자 봉지를 몸에 지니고 계셨던 이유는 내가 일어나자마자 자기를 찾을 것이기 때문이었다. 나에 대한 할아버지의 그 이벤트는 내가 할아버지의 그 나이가 될 때까지도 나를 행복하게 만들어주었다. 어떤 원로 시인이 자기 할아버지가 무슨 학자였네, 어쨌다네 하면서 자랑을 너무 자주 하기에 우리 할아버지 얘기를 들려주었더니 자기는 그런 적이 한 번도 없었다며 한 방 먹은 듯이 벙쩌졌다.

잔머리

　사랑방 앞문 밑에는 쇠죽가마가 있고, 그 옆, 모서리에는 사시사철 주야장천 우리집을 지키고 있는 문지기가 있었다. 집안으로 드나드는 곳이었다. 외부의 빗물을 차단하기 위해 야트막하게 쌓은 둑이 대문인 셈이었다. 높게 쌓은 짚단 더미와 사랑방 외벽 사이로 집안으로 드나드는 통로가 널찍하게 나 있었다. 그 둑에서 빗물에 씻겨 내려온 모래와 마당 쪽 낙숫물에 파여 떠내려온 모래가 문지기 앞에서 만나 거기에 삼각주가 형성되었다. 모래사장 같은 곳이어서 장난감 차에 모래를 싣고 다니며 놀던 놀이터였다. 나는 그 문지기에게 명령을 내렸다.
　"윤희주가 오면 절대 들여보내지 마, 알았지?"
　문지기가 가로막고 있어서 윤희주는 늘 그 앞에 서서 자기 아버지를 불렀다. 농번기 때 우리집 일을 주로 맡아서 해주시던 외거노비 같은 분이셨다. 할아버지 혼자서 농사를 지으셨기 때문에 꼭 필요한 분이셨다.
　그날도 모심기하고 와서 저녁 드시고 있는데 윤희주가 "아부지, 아부지요!"하며 불렀다. 자기 아버지한테 무슨 일이 있어서 부르러

온 것이 아니었다. 밥 얻어먹으려는 꼼수였다. 그것은 분명히 부당한 짓이어서 나는 그냥 묵과할 수 없었다. 문지기와 힘을 합해 막아냈다. "가, 오지 마!" 그런데 꿈적도 하지 않았다. 그 아이 작은 오빠는 내 말이라면 무조건 복종하였는데 애는 완전 꼴통이었다. 한두 번이 아니어서 그런지 그 질기기가 '아꼼수' 저리가라였다. 안면몰수, 철면피는 더했으면 더했지 절대 밀리지 않았다. 보다 못한 할머니가 '대한민국 여론'과 같은 말을 했다.

"야야! 그카지 마라, 벌받는다."

코 찔찔 흘리고 배가 볼록 튀어나온 그 애는 이미 자기가 이길 거라는 걸 다 알고 있었다는 듯이 의기양양하게 우리집으로 쳐들어와선 배를 두 배로 볼록 키워서 갔다. 아꼼수가 윤희주한테 배운 것이 틀림없었다. 코찔찔이, 그 모습까지 어쩌면 그렇게 쏙 빼닮았는지 신통방통하였다. 20대 중반 어느 추석날에 보니까 어엿한 숙녀가 되어 있었다. 멋쟁이였다. 부산에서 자기 오빠들과 제과점을 하고 있다고 했는데, 어릴 적 그 철면피로 봐서는 앞으로 돈을 꽤 많이 벌 것 같았다. 이 사회 구조가 꼼수 부리는 자들의 속성에 딱 들어맞으니 보나마나였다. 운명이 장난만 치지 않았다면…….

그런데 나는 초등학교 들어가기 전부터 그 꼼수를 꿰뚫어 봤는데, 하물며 대놓고 자기들이 꼼수라고 하는데도 초등학생씩이나 되는 자들이 까맣게 모르고 있었다는 건 기가 찰 노릇이었다. 심지어 대학생도 박사도 몰랐다는 건 너무나 놀라운 사실이었다. 꼼수로 대통령도 되고 꼼수로 밥도 얻어먹는 일이 예사가 되어버린 건 인간들의 수준이 바닥이어서 그런 것이라서 그런 것이라서 너무 서글펐다. 너무 구슬펐다. 그런데 어디선가에서 '아니야! 난 다 알고 있었어.'라고 한다. 그러자 여기저기에서 '나도 다 알고 있었어.' 자세히 보니 대부분 좌파였다. 정의보다, 양심보다 자기들 파당이 더 소중한 그런 자들이 발 벗고 나서주니까 윤희주도 아꼼수도 그렇게 당당하게 버틸 수 있었던 것 같았다. 거기에다가 우리 할머니처럼 오지랖 넓은 사람들까지 받쳐주니까 기세가 하늘 높은 줄 모르고 치솟아 올랐던 모양이었다. 비정의, 비양심을 오히려 좋아하고 더 부추기고 나서는 저들의 모습, 그것은 서글픈 것이 아니었다. 그것은 구슬픈 것이 아니었다.

윤희주의 꼼수는 하나의 지혜라고 볼 수도 있겠으나 정치적인 꼼수나 그 꼼수에 맞장구치는 자들은 신께서 깔아놓은 복선에도 적혀 있듯이 그냥 가만히 두고만 보지 않을 것이다.

빗방울

우리집 문지기는 맷돌이었다.

장맛비나 소나기가 오면 그 맷돌과 장작 팰 때 사용하는 통나무 사이로 흘러온 빗물과 초가지붕에서 떨어진 낙숫물이 모이고 모여 마당 귀퉁이, 거름무지와 텃밭 앞으로 흘러갔다. 마당 가장자리에 작은 개울이 생겼다. 그 개울가에 우산을 쓰고 쪼그리고 앉은 유년의 내가 장대비 속에 파묻혀 밀고 밀리며 굴러가는 모래와 생겼다가 터지는 물방울을 구경하느라 여념이 없었다.

'으와, 왕방울이다.'

'에고, 금방 터져버렸네!'

'와! 드디어 쟤가 끝까지 갔어. 너무 커도 너무 작아도 안 되고 운도 좋아야 하나 봐!'

우리집 마당에 개울이 생긴 것에 고무되어 점점 고조되어 가는 기분을 할머니가 차단하고 말았다.

"야! 그만, 들어오니라. 밥 묵자."

'물방울이 생기거나 말거나, 터지거나 말거나, 크거나 말거나 개울물은 무심하기만 한데 나는 왜 유심할까?'

천지를 뒤덮어버린 빗줄기, 그 한 귀퉁이 속에서 물방울은 물방울대로, 모래는 모래대로, 초등학교 일 학년은 초등학교 일 학년대로 저마다 의미를 찾아가느라 분주하다. 찾아간 의미는 거대한 이치였다. 저 가지런한 모래, 봉긋봉긋 솟아나는 저 물방울, 그것을 쪼그리고 앉아 바라보는 내가 하나의 이치였다. 광막하게 쏟아지는 장대비 한켠을 들춰내니까 내 유년이 그곳으로 하나의 구상이 되어 들어찼다.

비가 오면 언제나 유년의 그 구상에 사무쳐 빗속을 꿈속처럼 떠돌아다녔다. 청년이 되었어도, 장년이 되었어도 빗줄기로 온통 메꾸어진 시간을 밟고 그 공간으로 가곤 하였다. 몸에는 빗줄기로 짠 옷을 입고 마음에는 그 유년의 이치로 엮은 정서를 걸치고 한 발짝, 한 발짝 인생 속으로 걸어갔다.

까마중과 엉겅퀴

앞 기단, 안방 앞에는 커다란 떡판이 세로로 벽에 세워져 있었다. 벽과 떡판 틈에는 홍두깨와 잡동사니들이 끼워져 있었다. 부엌과 곳간 앞쪽에는 장독과 물동이가 있었고, 그 앞으로는 숫돌, 세숫대야 등이 놓여 있는 생활용수 터였다.

우물은 문간에서 정면으로 50m 거리에 있었다. 할아버지가 물지게를 지고 길러오거나 할머니가 물동이에 이고 왔다. 간뎃골과 감성골 사람들은 우리집 뒤편과 혁수 형네와 무진 아재네 사이로 난 고샅길로 해서 우물가 앞으로 다녔다. 마루에 누워있으면 하교하는 아이들 걸음걸이와 말소리가 혈관을 타고 흐르듯이 들려왔다.

우측으로 정미소 옆 뜰과 밭둑 울타리, 무진 아재네 별채, 왕골논이 있고, 좌측으로는 토담이 야트막한 언덕 위에 세워져 있었다. 그 안쪽에 커다란 뽕나무가 있어서 오디가 열릴 때면 담장 밖에서 따먹다가 손이 닿지 않으면 안으로 들어가서 따먹곤 하였다. 우물로 가는 길섶에는 까마중과 엉겅퀴, 들국화, 수크령, 제비꽃, 나팔꽃들이 풀들과 함께 피었다 지곤 하였다.

　마을 뒤편은 다랑논이 마을 앞쪽과 대칭구조로 이어져 있었다. 산과 산 사이에 길이 개울을 따라 우물 앞 삼거리에서 좌우로 논밭을 감싸안듯이 나 있었다. 우물 앞 좌측으로는 우리집 앞 남동쪽에 높다랗게 서 있던 나무와 크기도 수량도 같은 미루나무가 혁수 형네 논 언덕배기에 서 있던 몇 그루의 감나무와 마주 보며 하늘 높이 솟아 있었다. 그 밑동에는 찔레나무 덤불이 길섶을 꾸고 있었다. 이 마을 울타리와도 같았다. 그 길 앞쪽 끝에는 윤병지네 집이 있고, 왼쪽으로 담장을 끼고 비스듬히 내려가면 좌측으로 할아버지 형수가 앞쪽 산 밑에는 우리 마을 이발소였던 서태하네 집이 있었다. 이 마을에서 최고 부자였다고 하는 큰할머니는 베틀이 거의 다 차지하고 있는 방 한 칸, 다락 한 칸, 부엌 한 칸짜리 집에서 인생의 절반을 과수댁으로 홀로 살고 계셨다.

북극성과 북두칠성

　큰할머니 집 뒤뜰 언덕배기 윤병지네 마당과 연결된 개울 앞 공터에는 여름밤이면 으레 둥근 멍석이 깔려 있었다. 할아버지는 저녁 드시고 나서 주로 그리로 가서 곰방대를 태우셨다.

　곰방대 태우시는 할아버지 무릎을 베고 누우니 바람이 옷 속으로 살살 들어와서 내 몸을 만지작거렸다. 눈을 번쩍 뜨고 하늘을 바라보니 북송과 동송 사이에 파노라마처럼 펼쳐져 있는 별들이 비가 되어 내 눈 속으로 마구 쏟아졌다.

　다른 별들과 함께 쏟아져 내리던 북두칠성이 북송 나뭇가지에 턱 걸렸다. 나는 내 기억의 언덕으로 올라갔다. 평평하고 널찍한 북송 자리에서 고개를 들고 쳐다보니 열매가 하나 달려 있었다. '대왕감' 같은 거대한 열매였다. 나무를 타고 올라가 조심스럽게 한발 두발 가지를 밟고 나아가 그 북송 열매를 따니까 북두칠성이 기우뚱거렸다. 그 바람에 나뭇가지에서 미끄러져 떨어지는 나를 북두칠성이 국자로 받아서 하늘 속으로 날아갔다.

　단옷날, 회화나무에 매단 그네를 아이들은 못 타게 했지만, 태모 아제가 나를 한번 태워줬다. 밧줄이 너무 굵어 한 손에 다 잡히지 않았다. 손목을 이용해서 잡고 밑싣개에 앉으니까 살짝 밀어주었다. 마을 위로 '슈웅' 날아갔다. 디딤돌이 언덕 위에 놓여 있어서 그네가 높이 날아갈수록 내 몸은 땅하고는 기하급수적으로 멀어졌다. 이제는 마을도 보이지 않았다. 하늘밖에 없었다. 땅에 의지할 기회는 완전히 사라졌다. 의지할 곳이라고는 오직 하늘밖에 없었다.

　눈을 꼭 감고 있는 힘을 다해 하늘에 매달리니까 북두칠성이 와서 나를 태우고 날아간다. 끝도 없이 날아가니까 끝이 없는 데가 나왔다. 그곳은 애초부터 시작도 없었다. 거기에 신께서 계셨다.

"나는 너를 저주한다."

"왜요?"

몸이 뒤로 날아가는 기분이더니 북두칠성이 곧바로 끝이 없는 곳에서 빠져나와 끝이 있는 곳으로 돌입하였다.

너무 무서워 나는 할아버지 품속으로 파고들었다.

'함부로 북송 열매를 따는 게 아니었는데, 이를 어쩌지……! 어쩌면 좋지……! 하필이면 북두칠성이 거기에……!'

할아버지가 앉아 있는 자리에서 두세 발짝 앞에는 모래가 쌓여 있는 작은 개울이 있었다. 별빛들이 내려와서 개울물을 두들기니 피아노 소리가 들려왔다. 잔잔하게 가슴 속으로 파고드는 리듬이 두려움에 떨고 있는 유년의 나를 토닥토닥 다독여주었다. 나는 할아버지 품속으로 더욱더 깊숙하게 파고들어 깊이깊이 잠이 들었다.

마음 심 자

작은 모래밭을 끼고 흐르던 개울을 건너가면 1학년 때 같은 반이었던 경미네 집이 나온다. 숙제를 어떻게 해야 하는지 모르겠다고 해서 한번 가서 숙제를 같이한 적이 있었는데, 그 집 벽은 엄청나게 두꺼웠다. 들창 앞이 선반으로 사용해도 될 정도로 넓었다. 그 집을 끼고 좌측으로 좁은 길을 타고 올라가면 볏짚단으로 미끄럼타고 놀던 뒷산이 나왔다.

우측으로 가면 써릿골로 넘어가는 언덕이 나왔다. 그 사이 골짜기는 큰할머니 밭이 있었는데 우리가 대신 붙이고 있었다. 그 정상에는 평평하게 다져진 땅 위에 북송이 우뚝 솟아 있었다. 내 기억은 언제나 그 언덕길을 오르고 있었다. 어머니와 할머니가 못밥과 참을 해서 머리에 이고 다닌 길이었다. 소 등에 나락을 싣고 내려오던 길이었다. 어디가 움푹 파였고, 어디가 은모래가 반짝거리는 지점인지 훤히 알고 있는 길이었다. 내 시에서도, 내 꿈속에서도, 어느 책 속에서도, 이 세상 모든 언덕길은 그 언덕길로 연결되어 있었다.

경미네 집에서 바로 올라가면 층층이 세 가구가 살고 있는 간뎃골이 나오고, 산모퉁이 하나 지나면 감나무골이 나왔다.

그곳에는 품종이 서로 다른 감나무 10그루를 마음 심 자로 심어 놓은 우리 밭이 있었다. 상투감이라고 하는 대봉감을 비롯하여 참감, 떡감, 물감, 쪽감 등이 있었는데 단감나무는 없었다.

큰 밭, 중간 밭, 윗 밭, 경미네 밭, 이렇게 4부분으로 되어 있는 곳이었다. 대봉감나무 밑에는 집터가 있었다. 예전에 큰할머니가 거기에서 사신 적이 있었다고 했다. 물감나무 밑에는 샘터 같은 우물이 있었다.

윗밭 뒤편에는 두릅나무와 오죽이 군락을 이루고 있었다.

윗밭 아래와 큰밭 윗부분 뒤쪽으로 골짜기가 있었다. 왼쪽은 고성 이씨인 임시정부 초대 국무령 석주 이상룡 집안의 선산이라고 했다. 오른쪽은 우리 산이었는데, 앞쪽 중턱에는 까투리복숭아나무 세 그루가 밭둑을 지키고 있는 큰할머니 밭뙈기가 있었다.

골짜기 아랫부분은 모래가 씻겨서 내려와 형성된 삼각주가 상당히 넓게 분포하고 있었다. 절반 정도는 모래고, 절반 정도는 같은 종류의 풀이 군락을 이루고 있는 곳이었다.

감나무골 좌측 편 산에는 거대한 굴참나무가 대여섯 그루 있어서 늘 꿀밤을 주우러 다닌 곳이었다. 그런데 언젠가 객사한 시신을 그 밑에 둔 적이 있고부터는 그 근처엔 얼씬도 하지 않았다.

시내에 가서 한참 만에 오니까 서태하가 한번은 "감성골 애들이 우리 감을 다 따먹고 다닌다."라고 일러주었다. 자기가 여러 번 쫓아냈다고 자랑했다. 어떨 때는 할아버지가 계시는데도 와서 홍시를 따먹는다고 했다. 그래서 그런지 지금쯤 홍시가 좀 떨어져 있겠구나 싶어서 가보면 깨끗할 때가 많았다. 감성골 애들이 방금 다녀간 것이 틀림없었다.

봄이 되면 감꽃 주우러 다니는 것이 내 유년의 일과였다. 우리집보다 더 가까이에 살던 간뎃골 아이들이 다 주워간 뒤라서 맨날 새로 떨어진 것만 겨우 몇 개 주워 먹곤 하였다. 어느 날은 마음먹고 이른 아침에 한번 가보니 밤새 떨어진 감꽃이 함박눈처럼 소복이 쌓여 있었다. 품종별로 모양과 맛이 다 달랐다. 한 바구니 주워서 목걸이를 만들어 목에 걸고 다니며 한 알씩 따먹으며 돌아다니기도 하였다.

여름이 되면 풋감을 주워 침시를 담궈 먹었다. 항아리 속에서 익고 있는 감을 꺼내 깨물어봤다. "아유, 떫어!" 아직도 한참 기다려야 하는데, 또 가서 깨물어봤다.

　나는 그 침시처럼 이빨 자국이 난 채로 세상 속에서 익어가고 있었다.

　가을이 와서 단풍이 든 감나무잎이 우수수 떨어지면, 감줄개를 갖고 가서 홍시를 따먹었다. 대봉감과 참감은 주로 홍시를 만들어 먹고, 떡감과 물감 같은 것은 주로 침시를 담가 먹었다. 할머니와 어머니는 매번 잘 익고 굵은 감을 골라 침시를 제대로 담그셨다. 학교 운동회 때 가져가는 필수 품목이었다. 그리고 남은 감은 서리가 오기 바로 전에 장사치들이 와서 싹 따갔다.

　어느 첫눈 오는 날 감밭에 가봤더니 대왕 같은 감이 매달려 있었다. 까치밥으로 남겨놓은 감이 서리를 맞고 맞아서 저렇게 커졌다고 했다.

　"서리를 맞아도 얼지 않으면 저렇게 커진단다."

　할아버지는 '너도 저렇게 커지려면 얼지 않아야 한다.'라고 말씀해 주시는 것 같았다.

　'얼지 않으면, ……!'

　대마와 깨, 콩 같은 걸 주로 하던 밭이었지만, 우리 선조들은 그곳에 마음을 심어놓으셨다. 세월이, 그리고 세상이 그 마음을 수확하게 될 것이다.

　감나무밭에서 정면으로 뻗어있는 오솔길로 가면 앞실골이 나왔다. 네 개의 다랑이로 되어 있는 우리집 채소밭이었다. 밭 우측 기슭에 커다란 고욤나무가 있었고, 밭둑 중간에는 앵두나무와 뽕나무가 몇 그루 있었다.

우측 편 산봉우리에는 동송이 의젓하게 서 있었다. 다른 사방송들과 어떨 때는 산들바람으로, 어떨 때는 폭풍으로 서로 연락을 주고받고 있었다.

뒤편 골짜기 쪽으로는 오래된 회화나무가 있었는데 할아버지가 말씀하시기를, 이 나무에는 신령이 깃들어 있다고 했다. 무슨 전설 같은 이야기가 있다고 했다. 나이를 보더라도 보호수로 지정되어야 마땅한 나무였는데 지금은 흔적도 없어졌다.

그곳에서 골을 타고 올라가는 길에는 고령토가 나서 학교에 준비물로 가져가곤 하였다. 언덕 위에서 우측으로는 향나무가 병풍처럼 서 있는 우리 8대, 7대 할아버지 산소가 있었다. 그 일대가 우리 선산이었다. 고개를 넘어서 내려가면 거기도 우리 밭이 있는 재산놋골이었다.

중조모

여름 저녁에는 주로 쇠죽가마 앞에 모깃불 피워 놓고, 마당에 깔아놓은 멍석에 벌러덩 드러누우면, 하늘에서 수많은 별이 풀벌레 소리를 내며 쏟아지다가 빙빙 돈다. 마당도 따라서 삐거덕거리더니 돌아간다. 집도 땅도 30도, 45도 기울어지면서 빙빙 돈다. 내 몸도 기울어진 채로 빙빙 돌다가 별 속으로 '붕'하고 솟구치더니 땅속으로 '슈욱'하고 꺼졌다. 빈혈이다. 제사가 아니면 어지간해서는 고기를 사 먹지 않으니까 제사 지낸 지가 오래되면 매번 찾아오는 증세였다. '헛제삿밥'은 이런 연고로 생겨날 수밖에 없었을 것 같았다.

그때 할머니가 콩가루로 반죽해서 만든 국수를 내오셨다. '안동칼국시'였다. 멍석 위에 모여 앉아 산들바람과 우주에서 들려오는 이해할 수 없는 소리와 양념장을 버무려 한 그릇 뚝딱 먹고 나면 헛재삿밥을 먹지 않아도 빈혈은 온데간데없이 사라졌다. 여기는 밀가루보다 콩가루가 더 흔했다. 안동칼국시가 명성을 얻을 수 있었던 것은 바로 그 덕이 아니었을까 싶다.

할아버지 사촌들이 고샅길을 사이에 두고 오른쪽과 뒤쪽에 나란히 살고 계셨다. 중조모는 뒷집 북서쪽 편에 있는 단칸방에서 혼자 살고 계셨다. 방 안에는 베틀이 놓여 있었다. 늘 베를 짜며 지내셨는데 점도 볼 줄 아셨다고 하였다. 나는 용돈이 필요하거나 하면 우리 할머니한테 얘기하질 않고, 학교 가기 전에 중조모한테 들러 돈을 타가곤 했다. 언제나 달라고 하는 돈보다 두 배나 세 배 더 주셨다. 그런데 초등학교 2학년 때 돌아가시고 말았다.

할아버지와 동네 사람 몇 명이 감밭에 심어놓은 대마를 쪽감나무 옆 공터에서 흙을 덮고 푹 쪄내어 껍질을 벗겼다. 할머니는 그 껍질을 쪼개고 쪼개서 일일이 무릎에 비벼가며 이은 실을 한 소쿠리 한 소쿠리씩 담아냈다. 큰할머니는 그 실로 베틀에서 삼베를 짰다. 일

종의 가내수공업 형태였지만, 상업적이지는 않았다. 큰할머니는 '왜! 이렇게 돈이 많지?' 했는데 다 삼베 때문이었던 것 같았다. 큰할머니가 돌아가시고 나자, 삼베 수공업도 자연스럽게 사라지게 되었다.

백조부와 중조부

할아버지는 삼 형제 중에서 막내였는데 유독 글공부는 하지 않으셨다. 다락에 숨겨놓은 꿀이나 훔쳐먹으며 자랐다고 하셨다. 백조부께서는 어렸을 때 사서삼경을 다 떼서 이 동네에 정승 낫다고 할 정도로 신동이었는데, 장가든 지 한 해도 되지 않아 돌아가셨다고 하였다. 그 후, 그 종조모는 만주로 갔다고 하였다. 추석날 종조부 산소에 가면 다들 "정말 여기는 찾아보기 힘든 명당이야!" 하며 종조부에 대해 한마디씩 하였다. 나도 그랬지만, 통정대부, 가선대부 할아버지보다 더 높은, 영의정 벼슬을 한 분처럼 여겨지던 분이셨다.

중조부께서도 글공부를 꽤 하셨지만, 엄청난 한량이셨다고 했다. 동네에서 제일 부자이고 엄청나게 잘생긴 데다가 힘까지 장사여서 마을에서 왕 노릇하셨다고 했다. 주막에서 술을 드시다가 뒷간에 갈 때면 기생한테 업혀서 갔다가 업혀서 왔다고 했다. 시내서부터 주막마다 첩실이 한 명씩 있었다고 했다. 거기에다가 노름까지 즐기신 까닭에 끝내는 재산을 다 탕진하고 심지어 우리 할아버지 집까지 팔아먹고서는 마흔도 되기 전에 돌아가셨다고 했다. 슬하에는 외동딸만 있었다. 유일한 사촌이었는데, 내가 태어나기 전에 시집을 가서 기억에는 남아있지 않았다.

우리 할아버지는 집이 없어서 하는 수 없이 안동에서 제일 큰 부자로 유명한 권 참사네 집에 잠시 얹혀살았다고 했다. 그 집 아들이 중학교 때 우리 공업 선생님이었는데, 내가 그 손자인 줄 어떻게 알고서는 나에게 할아버지 안부를 물어보시며 귀여워해 주셨다.

성곡천

우물 옆 앞실골 개울에는 미끄럼폭포가 있었다. 자그마하였지만, 물 미끄럼도 타고 폭포 밑에 고인 물에서 멱도 감으며 물놀이하던 곳이었다. 그 바로 밑에서 감나무골 개울과 만나 마을 동쪽을 휘감고 흘러 히산궁에서 내려오는 개울과 만나기 위해 폭포수로 떨어져 내려 남북이 통일하듯이 만난다. 높이가 아무리 차이가 나도 그 높이를 맞추면 남북통일은 이 개울처럼 저절로 될 것이다. 그곳에는 꽤 높은 외나무다리가 놓여 있었다. 홍수가 나면 그 다리가 물에 잠길 정도로 어마어마하였다. 다리 바로 위쪽은 북한산 계곡처럼 바닥을 포함해 개울 전체가 거대한 바위로 되어 있는 절경이었다.

두 배로 늘어난 물줄기는 마을 앞 다랑논 동쪽을 끼고 가재 잡으며 놀던 폭포를 거쳐 숙희네 집 앞으로 흘러갔다. 약국집으로 올라가는 길목에서 우측으로 꺾어져 마을 서쪽을 끼고 흘러온 개울과 이번에는 동서 통일하여 용상동으로 흘러갔다.

그 물길은 청송, 영덕으로 가는 신작로를 가로질러 곧바로 반변천이 끝나는 지점으로 흘러들어 태백산 너덜샘에서 발원한 낙동강과 합쳐졌다. 고향 집 옆에서 흘러간 개울물은 시내 집 뒤에서 낙동강이 되어 천부경의 원리에 따라 흘러갔다. 신을 향해 끊임없이 흐르고 흐르다가 저 대양으로, 신의 품으로 감쪽같이 스며들었다.

성곡천과 반변천, 그리고 낙동강이 만나는 그 지점에는 섬이 하나 있었다. 5학년 여름방학 무렵 물살이 좀 세고 깊은 그곳에서 멱 감고 놀다가 보니 젊은 남녀 한 쌍이 보리밭으로 들어가고 있었다. 누가 "야! 우리 구경하러 가자."라고 해서 살금살금 따라가 보았는데 감쪽같이 사라졌다. 나도 들어가는 걸 분명히 봤는데 이상한 일이었다. 그곳은 나중에 외삼촌과 어머니가 사놓은 우리 밭이었다.

아이들 말로는 그곳이 청춘남녀들의 연애 장소로 유명하다고 했다. 어른들도 잘 몰랐을 텐데 우리보다 한 살 더 많은 6학년 아이였지만, 그런 걸 어떻게 그런 걸 다 알고 있었던 것인지 지금도 의아스럽다. 그런 아이들의 영역은 내가 알 수 있는 영역이 아니었다. 나는 그들의 영역에서 많이 벗어나 있었다.

  등교하다가 만나서 같이 가던 상연이가 느닷없이 "니는 많이 해봤지?" "은영이 하고도 해봤지?"라고 하였다. 초등학교 3, 4학년 무렵에도 설날 외지에서 온 8촌들하고 어울려 놀고 있으면 아이들이 "니 쟤하고 했지? 얼레리꼴레리." 하며 놀려먹었다. 나와는 많이 다른 아이들의 성에 대한 인식은 서태하와 윤병지한테서 생전 처음 들어보던 풀이름과도 같은 느낌이었다.

  성적 욕구가 발달한 그런 아이들은 육체적인 측면이 강한 사람으로, 자기를 중심적으로 생각하는 주기론자로 성장하게 될 것이다. 그 아이들의 되바라진 모습들은 좌파들의 뿌리를 보는 듯하였다.

놀이

팽이치기

할아버지가 해다 놓은 나무 중에서 굵기가 적당한 것을 골라서 서태하와 윤병지하고 맷돌 앞에서 팽이를 만들었다. 자르고, 깎고, 시내 집 앞에 있는 자전거방에서 쇠구슬을 구해다가 밑과 위, 한가운데 박아 넣고 크레용으로 무지개색을 칠하였다. 서태하 집 뒷산에서 닥나무를 꺾어와서 그 껍질로 팽이채도 만들었다.

세게 치니까 픽픽 쓸어졌다. 잘못 만들었는가 싶었는데 할아버지가 살살 쳐보라고 하셨다. 그래서 될 일이 아니라고 생각했지만, 한번 살살 쳐보니까 신기하게 팽팽 너무 잘 돌아갔다. 우리집 마당에 무지개가 떴다. 하나도 아니고 두 개, 세 개.

그 마당에서 그 마음으로, 그 기억에서 빙글빙글 돌아가던 무지개가 채운이 되어 윤석열 대통령 취임식장에 떠올랐다.

제기차기

초등학교 3학년 때, 학교 다녀와서 나는 마당에서 제기를 찼다. 1시간, 2시간 차고 찼다. 그다음 날도 차고 찼다. 하나, 둘 차고 찼다. 10번, 20번, 30번 드디어 100번까지 찼다. 그다음부터는 아무리 차도 틀리지 않았다. 양발로도, 발을 들고도 무한대로 찰 수 있을 듯하였다. 삼사일만이었다.

중학교 점심시간 때 애들이 제기차기하는 걸 보고 나는 구경만 하고 있으려고 했는데 기어코 같이하자고 했다. 그 대신 맨 나중에 차라고 했다. 두 패로 나눠서 게임을 했는데, 나는 승패를 내 마음대로 조작했다. 우리 편이 잘 찼으면 이겨주고, 못 찼으면 져주었다. 그런데도 나를 계속 끼워준 건 나를 왕으로 생각하기 때문인 듯했다. 왕을 따돌린다는 것은 말도 되지 않는다고 생각하지 않았을까 싶었다. 승패는 자기들이 아무리 노력해도 소용없다는 사실을 그냥 받아들이고 있었다.

권력이라는 것이 이런 것인가 싶었다. 그들이 그들 스스로 승복해서 만들어준 권력이 진정한 권력이겠구나 싶었다. 그들은 내가 우리 편 이기게 해주던, 저쪽 편 이기게 해주던 군말이 없었다. 유치환의 「복종」처럼 아름다운 복종이었다. 진정한 사랑이었다. '하나님은 사랑이시다.'라는 말과 다르지 않다고 여겨졌다.

그런데 다음부터는 하지 않겠다고 했다. 내가 끼어드니까 사이다 마시는 기분이 아니고 맹물 마시는 기분이었다. 그러니까 권력 노릇도 흥미가 떨어졌다. 왕이 즐겁지 않은 이유는 백성이 즐겁지 않기 때문이다.

"제기를 그렇게 잘 찼다면 축구했으면 손흥민처럼 됐겠네요."

"손흥민보다 훨씬 잘 찼겠죠! 공을 시적 감성으로 찬다면 공도 시적으로 골대에 넣지 않겠어요. 그렇지만 난 손흥민 같은 선수는 절대 될 수 없겠죠."

"왜요?"

"난 승부 근성이 제로거든요. 자살골 넣기 바쁠 거예요."

"사람이라면 누구나 다 승부욕을 갖고 있지 않나요?"

어떤 작가는 사람이라면 누구나 다 승부욕이 있다고 했다. 나는 없는데, 나는 사람인데 왜 '다'라고 단언했던 것일까?

승부욕이 있는 사람에게 이타심이 있을 수 있을까? 승부욕이 강한 사람이 남을 위해 희생할 수 있을까? 특히 그 남이 승부의 대상이라면?

"나는 지고는 못 살아."

방송에서 대놓고 이렇게 말하는 사람이 있었다. 시청자들 앞에서 저처럼 당당하게 말하는 것은 자기 자신에 대한 확신이 있기 때문일 것이다. 고봉이 퇴계에게 8년 동안 퍼부어 된 것은 자기 확신 없이는 불가능하였을 것이다. 그런 확신은 어디에서 오는 것일까. 타고난 것일 것이다. 성악설로 타고났느냐 성선설로 타고났느냐의 문제일 것이다.

"나는 지독한 짐승이야."

내 귀에는 그렇게 들렸다. 개싸움이 지독한 이유가 거기에 있었다. '사람이라면 누구나 다 승부욕이 있지 않나요?'라는 말은 '사람이라면 누구나 다 짐승이지 않나요?'라는 말과 완벽하게 일치하였다. 선악과를 따먹어서 모두 짐승이 되었으니 틀린 말은 아니나 휴거 받을 사람, 흰옷 입은 무리가 천천만만이니 다 맞는 말은 아닐 것이다.

승부욕이 있는 사람이 짐승이라면, 승부욕이 없는 사람은 인간이다. 인간이 인간한테 승부욕을 가진다면 그것은 집안싸움이다. 하지만 우리에게 쳐들어오는 짐승을 나 몰라라 하는 것은 죄악이다. 승부욕이 아니라 투사가 되어야 한다. 안중근이가 되어야 하고 김재규가 되어야 한다. 그래서 '이기는 자'가 있고 아마겟돈이 있는 것이 아니겠는가.

지인 중에 한 분은 보니 이틀에 한 번씩 투석을 받아 가며 골골거리면서도 어딜 가나 프로야구였다. 초등학교 때 늘 이기고 지는 것에 골몰하던 그 아이들이랑 너무나 똑같았다. 그 인간이 그 인간을 벗어날 수 없는 모양이었다.

스포츠뿐만 아니라 온라인 게임, 카지노, 경마, 영화, 서바이벌 프로그램 같은 것들이 인간들의 저 승부욕을 이용해서 대박을 터트리고 있다. 언젠가는 일개 온라인 게임 사장이 우리나라 소득 서열 2위까지 하는 걸 보면, 인간의 그 속성, 그 속물이 얼마나 어마어마한지 단적으로 보여주는 결과였다.

어마어마한 만큼 어마어마하게 문제이다. 공 조금 잘 던지고, 공 조금 잘 찬다고 평생 꼬박꼬박 출퇴근해 가면서 번 돈보다 한순간에 더 많이 벌어버리다니 말이 되는 소리인가. 인간들의 지독한 승부 근성이 빚어낸 현상이다. 이것은 진리에 대한 범죄다. 그 지인처럼 승부에 매달리는 수많은 사람은 진리에 대한 공범들이다. 진리에 대한 범죄는 곧 신에 대한 범죄이다.

나이가 들면서 시들해지기는 했지만, 나도 주요 경기는 빠지지 않고 보는 편이다. 청소년 축구 세계 4강 했을 때 나는 TV 속으로 들어갔다. 그리고 경기장으로 가서 축구장 안으로 들어가 축구공이 되었다. 내가 축구공인데 한국이 지게 내버려뒀겠는가. 4강에 오른 건 그 감독 때문, 그 선수들 때문이 아니라 나 때문이었다. 월드컵 4강도 마찬가지였다. 내가 볼에 눈을 떼지 않고 집중하면 절대 들어가지 않았다. 눈을 잠시 떼면, 그 순간 한 골 먹었다. 올림픽 3위는 나 때문이 아니었다. 내가 보지 않았는데도 그랬으니 말이다.

승부 근성과 스포츠 정신은 어떻게 다른 걸까?
룰이 있는 경기와 룰이 없는 경기는 어떻게 다른 걸까?
이기는 데 집착하는 사람과 지는 데 집착하는 사람은 어떻게 다른 걸까?

'지는 데 집착한다.' 봉사하고 희생정신을 발휘하는 것이 그런 것이 아니겠는가.

"사람이라면 누구나 다 승부욕이 있지 않나요?"라고 말한 사람한테 "사람이라면 누구나 다 져주려고 하지 않나요?"라고 한다면 '미친놈'이라고 하겠지!

대학원 야유회에서 푸짐한 상품을 걸고 기별 대항 제기차기했다. 대부분 한 번, 두 번밖에 못 찼다. 가장 많이 찬 사람이 다섯 번이었다. 내 차례가 돌아왔다. 너무 오랫동안 차보질 않아서 얼마나 찰 수 있을지 몰랐지만, 여전히 얼마든지 찰 수 있었다. 어디서 끊을까 하다가 스물다섯 번에서 끊었다. 우리 팀 점수가 어마어마했다. 그런데 진행자는 우리 팀은 실격이라고 했다. 다른 팀하고 점수 차가 너무 나기 때문이라며 말도 안 되는 소리를 했다. 중학교 때 아이들하고 비교하면 정 반대 개념의 인간이었다. 이런 인간에게 따진다는 것도 참 웃기는 짓이었다. 어떤 서바이벌 프로그램에서 어떤 가수가 탈락하자 진행자들이 그걸 부인하고 나섰다. 그런 상황과 같았다.

룰보다 자기 구미가 우선하는 인간들, 그 진행자들도 아니나 다를까 보니 모두 좌파들이었다. 그 개인적인 구미를 작용시키지 못하게 하려고 복잡하게 만들어 놓은 그 룰마저 짓밟아 버리는 자들이니 선악과를 따먹지 말라고 한 신의 언약인들 대수로이 생각하겠는가. 그들은 이미 선악과를 따먹고 죽은 자들이었다. 살아있다면 그것은 좀비일 것이다.

그런데 이 사회에서 축출해야 하는 자들인데 이 사회는 오히려 그들을 끼고, 싸고돈다. 그렇다면 이 사회를 축출할 수밖에 없다. 이것이 바로 신께서 만들어 놓은 장치이다. 인간에 대한 신의 계획이다. 이쯤에서 인간이 살고 있는 그 바탕을 갈아엎어 버리는 것이 신의 뜻일 것이다.

어떤 시인에게 사람들이 정의롭게 살아가야 하지 않겠냐고 했더니 한 수 가르쳐주겠다는 듯이 말하였다.

"어느 유명 영화감독은 '정의가 어머니를 괴롭히면 정의한테 덤벼들겠다.'라고 했다."

그러면서 정의라는 것은 그리 대수로운 개념이 아니라고 부르짖었다. 그 말이 나는 하나도 놀랍지가 않았다. 그 사람도 앞에서 말한 그런 사람들과 같은 부류라는 것을 너무 잘 알고 있었기 때문이었다.

"나도 정의한테 덤벼들겠네요."

"……!"

"왜 그런지 모르시나 본데요. 법에도 그렇게 정의하고 있거든요. 범죄를 보고 신고하지 않으면 죄가 되지만, 어머니가 죄지은 것은 신고하지 않아도 죄가 되지 않거든요."

이러한 개념도 파악하지 못하는 자가, 개념을 파악하지 못하는 것은 상관없지만, 대놓고 정의한테 덤벼들겠다고 하는 자가 우리 사회의 지도 계층에 떡하니 버티고 있다는 사실이 너무나 개탄스러웠다.

정의에 의해 세워지고 있는 이 사회의 근간을 해치고 있는 마귀가 무엇이겠는가.

선악과는 신께서 만들어 놓으신 룰이다. 룰을 지키지 않는 자는 축출해야 한다. 신께서 그들을 축출하는 방법이 바로 아마겟돈이다. 새로운 세상, 그곳에는 선악과를 따 먹던 자들을 한 명도 찾아볼 수 없을 것이다. 모두 구시대 유물전시관에 전시되어 있을 것이다. 흰 옷 입은 사람들은 그 전시관 666코너에서 그들의 실체를 마주하고 눈물짓게 될 것이다.

썰매 타기

우리집 문지기인 맷돌은 내 놀이터이자 공작소였다. 윤병지와 서태하를 데리고 나는 여기에서 팽이도 썰매도 만들었다. 류용필이 네가 하는 목재소에서 주워 온 널빤지를 자르고 대패질까지 해서 처음엔 철사 썰매를 만들었다. 나중에 아버지가 무쇠로 만든 두툼한 썰매 칼을 구해주셔서 우리 동네에서 제일 좋은 썰매를 만들어서 타고 다녔다.

동사무소와 동네 중간쯤 우리가 부치던 논이 있는데, 그 좌측 산비탈에는 곳집이 있었고 우측으로는 우리 마을에서 폭이 가장 넓은 개울이 있었다. 특히 폭설이 내렸다가 살짝 녹은 후에 다시 눈이 쌓였다가 얼어붙으면 그 개울은 운동장만 했다. 얼어붙은 논에 가서 타기도 하였지만, 주로 여기에 가서 많이 타고 놀았다. 다른 아이들은 철사 썰매를 탔는데 나만 칼 썰매였다. 부러워하던 아이들이 점차 칼 썰매를 들고나왔다. 그런데 내 썰매 같은 칼을 파는 데가 없어서 못 샀다고 했다. 게네들 썰매는 정말 칼처럼 얇았다. 칼이 두꺼우니까 다른 아이들이 못 올라가는 울퉁불퉁한 곳도 쉽게 올라갈 수 있었다. 사륜구동 광폭자동차 같은 썰매였다.

어느 날 시내에 갔다가 한참 만에 와보니까 썰매가 없어졌다. 이 작은 마을에 왜구가 쳐들어온 것만 같은 기분이었다. 평화가 일시에 무너져 내렸다. 아이들한테 수소문해 보니 윤문노가 타는 걸 봤다고 했다. 윤문노는 윤병지보다 세 살 더 많은 형이었다. 병지를 불러 이리저리 구슬려보았다. 자기는 어딨는지 모른다고 잡아뗐다.

"그럼, 너랑 다시는 안 놀꺼야."

그 말이 제일 무서웠는지 그다음 날 아침 일찍 자기 집을 샅샅이 뒤져서 숨겨놓은 썰매를 찾았다며 갖다주었다. 그런데 그 형은 두 번이나 더 훔쳐 갔다. 병지를 통해 다시 돌려받고 돌려받곤 했지만, 왠지 마음 한쪽이 닫혀서 갑갑한 느낌이었다. 무서운 얘기를 쏙 빠져들게 이야기해 주던 형이었는데, 그 이야기 속에 나오는 무시무시한 살쾡이 같았다.

이 마을에는 영철네 말고는 대문이 없었다. 대부분은 이 집에 있으면 저 집에도 있고, 저 집에 없으면 이 집에도 없으므로 안방까지 들어가도 훔쳐 갈 만한 것이 없었다. 문이 필요할 리 만무했다. 그런데 이 마을에 특출난 것이 하나 생겨서 사달이 난 것이었다. 그것이 바로 내 썰매였다.

    대부분은 부러워만 했지, 훔칠 생각은 추호도 하지 않았을 텐데, 그 형만 왜, 유독 훔칠 수밖에 없었을까?

임금 놀이

    한번은 아이들이 잔뜩 모여 빈방을 물색하고 있는데 오석이 형이 와서 자기 집에 가자고 했다. 오석이는 하산구에 있는 고색창연한 기와집에서 살았다. 하산구는 히산궁이 변한 말인데 고려 공민왕이 안동으로 몽진했을 때 그 모후인 명덕태후가 기거하던 곳이었다.
    궁에서 나온 대신이 우리를 모시고 갔다. 우리는 외나무다리를 건너 개울과 나란히 한 줄로 서서 오솔길을 타고 궁으로 들어갔다. 그 옆으로는 아주 오래된 모과나무 너덧 그루가 궁을 지키고 있었다. 모과나무만큼이나 오래된 이야기들로 군불 지펴놓은 방으로 들어가니 그곳은 고려 시대였다.
    명덕태후가 안채에 계셨지만, 우리하고는 시대가 맞지 않아 만나 뵐 수가 없었다.
    우리는 가위바위보를 했다. 호롱 불빛에 가위가 호랑이 주둥이가 되어 일렁거리고, 바위가 산더미가 되었다. 왕이 정해졌다. 그리고 의정부 3정승과 판서들이 정해졌다.

왕이 도전자를 이기면 임의대로 왕비를 뽑는다. 또 이기면 왕자를, 또 이기면 공주를 뽑는다. 그때마다 말이 된 마부 등을 타고 방안을 한 바퀴 행차한다. 그러다 지면 왕은 마부가 되어야 한다.

왕이 멋대로 영의정, 좌의정, 판서, 심지어 마부까지도 임명할 수 없었다. 왕까지 올라갔어도 신하에게 지면 바로 마부로 떨어졌다. 조선 시대에는 왕이 마부가 된 적이 없었다. 마부를 시켰다가 능력이 되면 다시 왕이 될 수 있어야 했는데 귀양보내거나 죽였다. 그들은 우리의 이 '임금 놀이' 같은 생각을 할 줄 모르는 자들이었다.

그런 것으로 보아 '임금 놀이'는 인간의 제도가 아니라 하늘의 제도였다. 우리는 어떻게 하늘의 제도를 알고 있었던 걸까? '아리랑'이 '하나님과 함께'라는 뜻이라면 충분히 유추해 볼 수도 있지 않을까?

시동인을 하나 결성하고 난 후 우리는 가위바위보로 순위를 정하였다. 1위부터 돌아가면서 회장을 맡기로 했다. 인간들의 권력에 대한 집착은 참으로 지독해서 시동인 회장 자리까지도 탐을 내기에 정한 룰이었다.

자전거 타기

외삼촌은 1남 4녀 중 넷째였고, 우리 어머니가 막내였다. 안동교도소 용상농장에서 퇴직하실 때까지 교도관으로 근무하셨다. 외갓집은 농장 옆으로 흐르는 반변천을 건너서 1.5Km 정도였다. 용상농장은 교도소에서 자체적으로 식자재를 공급받기 위해 운영하는 농장으로 형벌이 가볍거나 형기가 다 되어가는 재소자들을 부려서 농사지었다. 용상초등학교에서부터 안동고등학교까지 이어져 있는 커다란 규모였다.

농장 집무실 바로 위쪽에 붙어 있는 관사에는 같은 교도관이었던 셋째 이모부가 살고 계셨다. 그 바로 위에 용상비행장이 있었다. 그곳에는 이모네 집과 비행장만 있었기 때문에 이모네 집에 가면 비행장에 가서 군인들한테 과자도 얻어먹고 하였다.

외삼촌은 용상농장에서 우리 동네 목재소 바로 밑에 있는 교도소까지 자전거를 타고 자주 다니셨다. 그럴 때마다 우리집에 들렀다가 가시곤 하셨다. 그럴 때마다 나는 마당에서 자전거 타기 연습을 했다. 한 손으로 안장을 잡고 다리를 자전거 사이로 넣어 그 짧은 거리를 왔다 갔다 거리며 연습하였다.

그다음 외삼촌이 오셨을 때 자전거를 몰고 신작로로 한번 나가보았다. 우리집 마당이 수백 개 수천 개가 펼쳐져 있었다. 그 넓고 긴 공간에 고무되어 자신감 있게 타니까 미끄러지듯이 쭉쭉 뻗어나갔다. 그 속도, 그 스릴 환상적인 세상이 펼쳐졌다.

　초등학교 1학년 때였다. 그다음부터는 외삼촌이 오시면 자전거를 세우기도 전에 넘겨받아 몰고 나갔다. 정말 신나는 세상이었다. 차츰차츰 멀리까지 가곤 하였다. 한번은 외삼촌이 문밖으로 나와 엄마하고 한참 동안 기다렸다고 했다. 그런데도 야단 한마디 안 치셨다. 무슨 말이 많으셨는지 문밖에서도 얘기하느라 지루하지 않으셨던 것 같았다.

　2학년 무렵, 건널목 앞 내리막길을 내려오면서 슬쩍 안장에 올라탔다. 잘 내려갔다. 내리막길이 끝나고 속도가 줄어드는 우리집 앞쯤에서 올라온 페달을 힘차게 밟았다. 다른 발로는 페달 연결대 안쪽 부분을 발끝으로 끌어올려서 밟으니까, 오르막은 올라가지 못하더라도 평길은 얼마든지 탈 수 있었다.

　내가 중학교 들어가니까 자전거를 사줬다. 중학교, 고등학교 6년 내내 자전거로 통학하였다. 이 자전거는 내 통학용이기도 하였지만, 우리집 운송 수단이었다. 모든 짐은 이 자전거를 이용하였기 때문에 우리집의 모든 짐은 내가 다 나른 셈이었다. 우리 형은 자전거를 타지 못했다. 엄청난 겁쟁이였다. 그 덕에 모든 짐은 내가 다 날라야만 했다.

　할아버지와 할머니는 아버지가 이제는 농사 그만 지으시고 시내에 내려와 같이 살자고 해서 하는 수 없이 내려와서 같이 살았다. 하지만 할아버지는 농사에 대한 미련을 떨쳐버리지 못하시고 채소 같은 간단한 작물을 계속 지으셨다. 학교에서 돌아오면 나는 바로 잿골로 가서 할아버지가 추수해 놓은 온갖 농작물을 싣고 와야 했다. 고등학교 졸업할 때까지 나는 할아버지하고 같이 농사를 지은 셈이었다. 외삼촌이 용상 농장에 온갖 채소 같은 것을 싸 놓았다고 하면 또 그것을 수시로 실어 날랐다. 자전거는 우리집 머슴 역할을 톡톡히 하였다.

야구와 막대치기

우리집 건너편 미야네 집에는 우리보다 한 학년 아래인 양호 사촌이 세 들어 살았다. 양호처럼 공부하기 위해 도시로 나온 시골 아이였지만, 그 당시 내 주변에서는 아무도 갖고 있지 않던 야구 글러브와 배트도 갖고 있었다. 우리는 주로 영림서에서 바뀐 농창 사무소 차고 앞에서 야구 놀이를 했다. 한참 신나게 놀고 있을 때 김주영 선생이 나오셔서 야단치셨다.
"시끄러워서 글을 못 쓰겠다. 요놈들아!"
농창 사무소 사택에는 소설가 김주영 선생님이 가족과 함께 거주하고 있었다. 김주영 선생님 방은 사면이 전부 책이었다. 책으로 지은 방이었다. 거기에서 나는 『거지와 왕자』 같은 동화책과 『어린 왕자』 같은 책을 몇 권을 빌려보았다. 어린 시절 만화책 말고 읽은 유일한 책들이었다. 그 부인과 어머니는 바로 옆집이다 보니 자매처럼 친하게 지냈다. 음식 같은 것을 담장으로 주고받으며 지냈다. 김주영 선생님은 그곳에서 경향신문에 「목마 위의 여자」를 연재하였는데, 그것이 뜨게 되니까 아예 서울로 올라가셨다.

　나중에 내가 글을 쓰겠다고 하니 어머니가 김주영 선생 한번 찾아가 보면 어떻겠노라고 했지만, 나와 장르도 다르고 남을 찾아다니는 성미도 아니라서 찾아뵙지 않았다. 내가 문단에서 제대로 활동하게 되면 그때 한번 인사드리려고 했는데, 나에게 그런 기회가 찾아오지 않았다.

　농창에서 쫓겨난 우리는 강변으로 갔다. 모래사장에 정식으로 베이스를 그려 놓고 야구를 했다. 볼이 강물로 빠지면 홈런이었다. 타석에 선 나는 날아오는 공을 집중해서 바라보았다. 힘차게 배트를 휘둘렀다.

　"딱"

　야구 선수들이 홈런 칠 때 느꼈던 그런 감이었던 것 같았다. 야구와 막대치기, 막대치기가 야구의 원조가 아니었을까 싶었다. 채로 알을 가장 높이 띄워 알이 수직으로 떨어질 때, 그 가운데를 후려쳐야 멀리 날아간다. 야구는 막대치기에 비해 누워서 떡 먹기였다.

스케이트 타기

형하고 나는 아홉 살 정도 차이가 나는 것 같았다. 몇 살 차이가 나는지 한 번도 생각해 보지 않아서 아직도 정확하게는 모른다. 형한테 스케이트가 있었는데 나한테는 너무 커서 타볼 엄두가 나지 않았다. 그래도 한번 타보려고 스케이트 안에 양말을 잔뜩 집어넣어서 낙동강으로 갔다.

모래사장 기슭에 호수같이 고여 있던 물이 꽁꽁 얼어붙어 있었다. 적당한 크기였다. 끈을 단단히 동여매고 바람을 등지고 섰다. 미끄럼 타듯이 저절로 미끄러져 갔다. 스케이트 타는 사람들 흉내를 내보았다. 오른발 왼발 한 번씩 미니까 쭉쭉 뻗어나갔다. 오른발을 슬쩍 왼발 앞으로 가져다 대니까 커브가 틀어졌다. 이제 바람을 안고서 타니까 앞으로 나가지를 않았다. 있는 힘을 다해 왼발, 오른발 미니까 조금씩 나아갔다. 다시 커브를 트니까 완전 날아가는 기분이었다. 그렇게 돌고 돌고 수십 바퀴 탔는데 한 번도 넘어지지 않았다. 그날 바로 스케이트를 완전 마스터하였다. 초등학교 5학년 때였다.

스키도 스케이트와 같았다. 생전 처음 스키를 타러 갔다가 아무것도 모르고 리프트를 탔는데 중급 코스였다. 쭉쭉 미끄러지는 게 날아갈 것만 같았다. 스키 타는 게 아니라 비행기 타는 것 같았다. 잠시 후에 보니까 낭떠러지가 나타났다. 여기서 나는 죽는구나 싶었다. 무슨 수를 쓰더라도 살아서 내려가기만 하자는 심정이었다. 수

직을 수평으로 내려왔다. 그게 가능하지 않을 줄 알았는데 가능했다. 이제 초급 단계에 들어서니까 이건 장난이었다. 그런데 마음보다 몸이 자꾸 치고 나가니까 넘어질 것 같았다. 안 되겠다 싶어서 나중에는 어떻게 될지언정 마음을 몸 앞으로 자꾸 집어 던졌다. 마음이 앞에서 몸을 컨트롤하니까 스키 타는 건 식은 죽 먹였다. 두 번째는 여유롭게 스키의 맛을 느끼며, 스키의 멋을 누리며 탔다. 세 번째는 선수복을 입고 옆에서 타고 있는 사람과 똑같은 수준으로 타고 있었다. 한 번도 넘어지지 않았다.

나는 집으로 돌아오자마자 어머니를 졸랐다.

"엄마, 나도 스케이트 탈 수 있으니까 사줘!"

조르고 졸라 쓰리에이 스케이트를 샀다. 그런데 형만큼 크지는 않아도 너무 큰 걸 사줘서 불만이었다. 어머니는 발이 금방금방 크니까 큰 걸 사야 한다고 우겼다. 교복도 늘 커다란 옷을 입고 다녀야만 했다.

형이 타는 걸 보니까 기본기부터 아주 열심히 배운 티가 났다. 하지만 같이 몇 번 타다 보니까 나보다 더 잘 타는 것 같지 않았다. 양호와 현수를 데리고 우리끼리 용상보트장으로 한번 갔었다. 시퍼런 얼음장이 수시로 "쩌저정쩡"하면서 갈라졌다. 오싹거리는 것만큼 열심히 스케이팅하니까 오히려 멋이 생겨났다. 마음껏 멋을 부리며 타니까 애들이 선수 같다며 부러워했다. 신발만 발에 맞았으면 더 멋들어지게 탈 수 있었는데 아쉬웠다.

"한번 타볼래?"

콰당탕 야단도 아니었다. 그러더니 그다음에는 모두 스케이트를 사 왔기에 내가 본격적으로 가르쳐주었다. 자전거도 가르쳐준 나는 걔들의 친구가 아니라 스승이었다.

현수는 커서 돈을 많이 벌더니 동창회에 나와서 내가 한마디 할 수밖에 없도록 자기 자랑을 심하게 해댔다.

"이놈은 아무리 돈 많이 벌고 잘나가봤자 내 제자야!"

"내가 어째서 니 제자고?"

"스케이트도, 자전거도 내가 다 가르쳐줬잖아?"

"그래, 그건 맞다만……."

"그거 아니었으면 넌 죽었다 깨도 건축설계사 못됐어, 알아!"

"야! 그거하고 그게 무슨 상관인데!"

그렇게 시퍼렇게 얼던 용상보트장은 우리가 중학교 2학년부터는 얼지 않아 스케이트를 탈 수가 없었다. 거리가 꽤 먼 암산보트장까지 가서 타야만 했다.

지구온난화의 시작이었다.

자두서리

3학년이던 어느 토요일, 청소를 마치고 나오니 오규 형을 비롯한

동네 아이들이 교문 앞에 모여 무슨 모의를 하고 있었다. 오늘 자두 서리하러 가자는 거였다. 나는 이러면 안 되는데 싶어서 우리 외가 과수원을 떠올렸다.

"우리 외가 자두 서리하러 가자. 복숭아도 있어. 들키면 내가 책임질게."

"어딘데?"

"선어대 건너서 기느리."

"너무 멀어······."

우리는 참전하러 가는 용사처럼 한 줄로 서서 월천골로 빠져 올라가니 자두밭이 내려다보였다. 안동고등학교 뒷골이었다.

6학년인 오두 형이 말했다.

"내가 망을 보고 있을 테니까, 많이 따와! 주인이 나타나면 소리 지를 테니까 바로 튀어. 알겠지?"

오두 형과 책가방을 남겨놓은 채 우리는 가파른 언덕을 내려갔다. 나무를 하나씩 맡아 열심히 따고 있었다. 나도 가장 잘 익은 놈으로 다섯 개나 땄다. 이 정도면 됐겠다 싶어 오구 형을 바라봤더니 아무 소리도 없이 자가 혼자 허겁지겁 도망치고 있었다. 뒤를 돌아보니까 아버지, 어머니, 아들, 딸 이렇게 한 가족이 살금살금 우리를 잡으러 오고 있었다.

"애들아! 튀어!"

어떻게 그 절묘한 타임에 오구 형을 쳐다봤을까? 꼼짝없이 잡힐 뻔했는데, 나의 수호천사께서 그러하신 것이 분명하였다.

정신없이 한참 뛰다가 보니 신발이 벗겨졌다. 신발을 버리고 그냥 튈 것이냐, 되돌아가서 신을 것이냐, 그것이 문제였다. 나는 햄릿처럼 길게 고심할 여지가 없었다. 즉시 되돌아가서 신발을 신었다. 햄릿과 나의 차이는 상황이었다. 한참을 더 뛰다가 보니 중학생이던 영철이 형이 들에 나와 있었다.

"우리 쫓는 사람들이 오면 이쪽 말고 저쪽으로 뛰었다고 해줘?"

"맨입에⋯⋯!"

우리는 몇 개씩이나 그의 손에 쥐여줬다. 혹시 동네까지 와서 우리를 찾을까 봐, 우리는 집으로 바로 들어가지 못하고 산으로 들어가서 숨어 있었다. 훔쳐 온 것을 나눠 먹으면서 어두워지기를 기다렸다.

오구 형은 약속을 어기고 왜 혼자서 내뺐을까? 엄청난 겁쟁이에다가 비겁한 자였다. 제일 어린아이에게 망을 보게 하고 자기는 전투에 투입했어야지 자기가 망을 보겠다고 한 것 자체가 졸장부였다. 오늘날 사회가 불협화음 속에서 심하게 삐거덕거리는 이유도 바로 이런 졸장부 때문이다. 남들은 안중에도 없고 자신만 보호받으면 그만이라고 생각하는 이런 비열한 자들이 우리 사회 각처에 차고 넘치고 있다. 주식 하는 놈들도 그렇고, 복권하는 놈, 비트코인 하는 놈, 도박하는 놈, 특히 정치하는 놈들이 가장 지독한 놈들이다. 자기만 잘되면, 자기편만 잘되면 진리이건, 정의이건 안중에도 없는, 인간이라고 할 수 없는 자들이 인간 세상에서 판을 치고 있다.

자두 서리를 해본 덕에 나는 간땡이가 커져서 독자적으로 도적질을 하게 되었다. 한 번은 4학년 가을운동회 때 엿 방탱이 둘레로 아이들이 모여 있었다. 온갖 종류의 엿들이 산더미처럼 쌓여 있었다. 엿이 먹고 싶어서 시도한 것은 아니었다. 내 생각대로 하면 80% 이상 실현 가능할 것 같아 한번 시도해 보기로 작정하였다. 20%의 두려움을 안고 나는 그 틈에 끼어서 방탱이 끝자락에 손을 살짝 올려놓고 엿장수 동태를 주시했다. 시선이 완전히 돌아간 순간 나는 가장 가까이 있는 엿을 하나 집어 방탱이 밑으로 냉큼 숨겼다. 그리고는 유유히 그곳을 떠났다. 또 한 번은 5학년 운동회 때 오뎅 판매대에 아이들이 빽빽하게 둘러서 있었다. 돈을 주고 사 먹으려고 해도 사 먹을 수 없는 상황이었다. 이런 상황이라면 90% 실현할 수 있을 것 같아서 아이들 틈 속으로 손을 집어넣어 오뎅 한 개를 꺼내 맛있게 먹었다. 그리고는 꼬치까지 틈으로 넣어주고 그냥 유유히 사라졌다. 먹고 싶어서 도적질하려던 것은 전혀 아니었다. 내 생각대로 실현 가능한지 아닌지를 확인하려던 것이었다. 그래서 그런지 죄의식이 조금 들기는 들었지만, 개의치 않을 수 있었다.

자두 서리의 연장선에서 엿 서리, 오뎅 서리가 이루어졌다. 그것도 엄연한 도적질이었다. 자두 서리에 대한 경험이 없었더라면 절대로 엿 서리, 오뎅 서리할 생각하지 못했을 것이다. '어릴 때 서리 한 번 안 해본 사람 어디 있나?'라고 말하는 사람이 있을지 모르겠지만, 그것으로 인해 자기 삶이 어떻게 전개되었는지를 곰곰이 따져본다면, 놀라운 사실을 확인할 수도 있을 것이다. 여기에서 어떤 사람은 그것으로 인해 평생 도적질만 생각하며 살다가 종래에는 나라까지 팔아먹는 짓을 할 수도 있다. 어떤 사람이 그러할까?

성악설에 의해서 태어났는지, 성선설에 의해서 태어났는지에 따라서 결정될 것이다. 사탄의 씨로 태어났는지, 신의 씨로 태어났는지에 달려 있을 것이다.

상대적으로 모자라는 자들, 그들이 상대를 이길 수 있는 방법은 정치밖에 없다. 좌파들이 우파보다 정치에 더 적극적이고 열성적인 이유이다. 정치를, 666을 없애야 하는 이유이다.

싸움

3전 3승

쳇골 마을 앞 논은 추수가 끝나고 나면 우리 동네 운동장이었다. 초등학교 2학년 무렵 그곳에서 오징어 사이방 게임을 하고 있었는데 영섭이가 갑자기 나에게 주먹질했다. 나랑 싸움이 붙었다. 내가 일방적으로 이겼다. 자기를 너무 심하게 밀쳐서 화가 났다고 했다. 영섭이는 나보다 한 학년 높은 아이였다.

한번은 이 마을 시조 할아버지 성묘에 갔다가 영섭이의 두 형이 영섭이랑 다시 싸움을 붙였다. 아무래도 나이 많은 아이가 진 것이 분했던가 보았다. 그때도 영섭이는 나한테 상대가 되지 않았다. 그런데 또 한 번 더 싸움을 걸어왔다. 역시 마찬가지였다.

싸우고 싶지 않았지만, 싸우지 않을 수도 없었다. 이기고 지는 건 아무런 문제도 아니었다. 구경거리가 된 것이 불쾌했다. 중학교 1학년 때 잿골에 갔더니만, 한 아이가 우리집 앞에 사는 영기가 용상초등학교 전교 짱이라며 한번 붙어보면 어떻겠냐고 하였다. 도전해 올 리도 없었겠지만, 도전해 온다고 해서 '내가 졌다.'라고 했을 것이다. 이기고 지는 것에 연연하며 사는 인간들이 불쌍하고 가소로웠다. 복싱을 스포츠라고 하지만, 그런 아이 같은 자들에 의해 만들어진 단순한 싸움에 불과하다. 이기고 지는 것을 봐야 직성이 풀리는 짐승의 속성에서 벗어나지 못한 자들에 의해 스포츠뿐만 아니라 드라마, 영화, 소설까지도 온통 싸움질이다. 어떻게 전쟁이 터지지 않을 수 있겠는가. 전쟁은 세상이 짐승들에게 놀아난 결과이다. 인간들이 짐승에서 벗어나는 순간 이 세상은 견디기 힘들 정도로 재미없을 것이다. 짐승들에게 한해서, 하지만 인간들에게는 바로 천국과 같을 것이다. 아무리 짐승들이어도 그렇지 천국보다 평화보다 전쟁을 더 좋아하지는 않을 텐데 도대체 왜 저 작당모의 짓인지 알다가도 모를 일이다.

전학 온 아이와 손연희 선생님

초등학교에 입학하고 보니 우리 반에서 내가 서열 2위였다. 한 번도 싸워보거나 힘을 겨뤄보지 않았는데도 저절로 서열이 정해졌다.

서열 1위는 목발을 짚고 다니는 소아마비 아이였다. 공부도 1등이었다. 아이들이 둘이 한번 붙어보라고 해서 체육 시간에 겨뤄보았다. 내가 당연히 이기겠지 싶었다. 내가 덤벼드는데도 귀엽다는 듯이 실실 웃으며 그냥 서 있었다. 씨름하듯이 잡고 넘어트려 보려고 했는데 완전 철벽이었다. 꿈쩍도 하지 않았다.

"와! 않되, 어림도 없어!"

나는 바로 포기했다. 그 아이는 정상적으로 학교에 다녔다면 지금 6학년이었다고 했다.

3학년 때 우리 반에 보현이가 전학을 왔다. 점심시간 때 운동장 나무 아래로 아이들이 그 아이 둘레로 모여들었다. 한 아이가 "니 야한테 이기냐?"라고 물었다. 한참 살펴보고 나더니 "아니."라고 했다.

"그럼 야한테는?"

"아니."

"그럼 야한테는?"

"아니."

"그럼 야한테는?"

"이겨."

내가 이기는 아이들한테는 죄다 진다고 하면서 나한테는 이긴다고 하였다. 잘못했다가는 내가 여기 있는 아이들한테 다 지게 생길 판이었다.

아마도 순하지 않게 생긴 아이한테는 진다고 하고, 순하게 생긴 아이 같으니까 이긴다고 하지 않았을까 싶었다. 자기를 보호하기 위한 수단이었던 것 같았다. '애는 이긴다고 해도 어떻게 되지 않을 게 틀림없다.'라고 생각한 듯하였다.

나약하고 연약한 인간들을 보면 대부분이 보현이처럼 선택하며 살아가고 있다. 특히 정치판을 들여다보면 확연하게 드러난다. 그것은 처음부터 오산이다. 자기 살고자, 자기 덕 보려고 나쁜 자를 따르고, 착한 자를 밀쳐내는 저런 자는 한 방 맞아야만 했다.

"야! 그럼, 어디 한번 붙어보자."

내가 먼저 싸움을 걸게 된 꼴이었다. 엄밀히 따지면 내가 먼저 건 것도 아니었다. 단 한 방에 나가떨어지더니 울어 젖혔다. 수업 시간에 들어와서도 우니까 불려 나갈 수밖에 없었다. 앞자리 아이 책상을 집고 엎드려서 회초리를 끝도 없이 맞았다.

"전학을 온 친구를 보살펴주지는 못할망정 때리다니, 나쁜 놈 같으니라고……."

"쟤가 나한테 이긴다고 해서……."

"그런다고 전학 온 첫날부터 싸우니! 너 쌈꾼이야!"

내가 태어나서 가장 많이 맞아본 날이었다. 가장 많이 맞아본 것이 아니고, 단체 기합 말고는 맞아본 적이 없었다.

서부영화에서처럼 정당하게 싸워서 이겼는데 상은 못 줄망정 때리다니! 억울했다.

그런데 그렇게 심하게 아프지는 않았다. 말하는 것도 그렇고, 때리는 것도 그렇고, 무슨 장난치듯이 실실 때리고 있었다. 그러고는 수업 끝나고 교무실로 오라고 했다. 또 다른 벌을 주려고 그러시는가 싶었는데 급식하고 남은 소빵을 자기 집에 좀 갖다 놓으라고 했다. 그렇게 때려놓고 참 어이가 없었다. 그래도 미안했던지 반은 우리 어머니한테 가져다드리라고 했다. 병 주고 약 주는 꼴이었다.

손연희 선생님은 늘씬한 미녀였다. 우리집 뒤 김용현 선생님 집 앞에 있는 좀 초라한 집에서 자취하고 있었다. 우리집 뒤뜰에서 40m도 안 되는 거리였다.

4학년 담임선생님이 한번은 우리한테 물으셨다.

"손연희 선생님 예쁜 거 같지?"

"예!"

"아니야! 여자들은 다 화장발이야!"

느낌으로 봐서 그 전날 두 분 사이에 아마도 특별하고도 중요한 일이 있었던 것 같았다. 이거는 우리한테 자랑 치기 위해 꺼낸 말이 분명하였다. 그러더니 가을에 두 분이 결혼하였다.

5학년 때 시내 집 소재지에 있던 동부초등학교로 전학 갔다. 가서 보니 손연희 선생님이 거기에 계셨다. 부부가 같은 학교에 다니기가 뭐한 데다가 멀리 떨어져 있는 학교는 불편하니까 선택하신 것 같았다. 그래서 신혼집도 우리 동네, 장혁진네 뒷집을 얻으셨다.

동부에 오셔서 악대부를 맡으셨다. 악대부 부원을 모집한다고 했지만, 나는 가입하지 않았다. 그런데 담임선생님이 나를 강제로 악대부에 집어넣으셨다. 손연희 선생님이 나를 좀 가입시켜달라고 우리 담임한테 부탁한 게 틀림없었다. 나는 피리를 맡아 불었다. '미미 레도도 레레미레도 솔솔파미미 레도레미도~' 아직도 기억에 나는 계명이 몇 개나 되었다. 그런데 남들은 수업 끝나서 좋다고 집에 다 가는데 붙들려 있어야 하는 것이 불만스럽기도 하고 옷을 빼입고 남 들 앞에서 폼 재는 것도 싫던 차에 그만두고 싶은 사람은 나오라고 하였다.

    손연희 선생님은 내 기억에 언제나 한 자리 차지하고 있었다.

용상 상구 아이들

    어느 날 용상 상구에 사는 우리 반 아이들이 다른 반에 있는 자기 동네 아이가 상당히 센데 너랑 한번 겨뤄보자고 했다며 "어쩔래?" 라고 물었다. 누군지도 어떤 아이인지도 모르고 피할 수 없어서 그 냥 받아주었다. 방과 후에 학교 뒤뜰로 가니까 아이들이 벌써 쫙 깔려 있었다. 모두 모르는 아이들이었다. 육소간 자식이어서 그런지 덩치가 상당하였다. 이기고 지고 떠나서 빨리 이런 상황에서 벗어나고 싶었다. 가방을 구석에 내려놓은 다음 주먹을 불끈 쥐고 개 앞으로 가서 섰다. "덤벼!" 개가 먼저 주먹을 날렸다. 나는 살짝 피하면서 단 한 방 날렸다. 그 덩치 큰 놈이 나가떨어지더니 코피를 흘렸다.

코피를 보더니만 "으앙" 하면서 울어 젖혔다. 권상구가 재빨리 내 가방을 챙겨주면서 말했다.

"어서 가라. 제 부모하고 형들이 지독하게 무서운 사람들이거든."

나는 보현이 때처럼 무슨 뒤탈이 있지 않을까 싶은 걱정을 싸안고 그곳을 총총히 빠져나갔다.

상구, 중돈이는 우리 반에서 꽤 센 아이들이었다. 가만히 보니 자기들이 나한테 직접 도전하겠다고 하기는 뭐하니까 걔를 대신 내세워서 나를 한번 떠보려는 수작이었던 같았다. 그러고 난 다음부터는 걔들이 나와 무척 친한 척하였다.

한번은 자기 동네 과수원에 사과 따러 가는 데 같이 가자고 해서 점심시간을 이용해서 그 동네 아이 3명과 함께 갔다. 제일 잘 익은 사과 한 개는 따서 그 자리에서 먹고, 두 개는 손에 들고 돌아가는데 어떤 아저씨가 사과 상자를 잔뜩 실은 리어카를 끌고 가기에 뒤에서 밀어주었다. 아저씨가 고맙다고 제일 좋은 걸로 골라서 한 개씩 가져가라고 했다. 나는 내가 가져온 사과 두 개를 거기에 두고 거기 있는 사과 중에서 제일 좋은 걸로 세 개를 골라서 가져왔다. 그 때문에 헐레벌떡 뛰었지만, 수업은 이미 시작하였다. 살금살금 자리로 가서 책상 속에 사과를 집어넣고 있는데, 이재만 선생님이 "갖고 온 거 전부 앞으로 갖고 나와!"라고 했다. 다른 아이들은 한 개씩 빼고 갖다주었다고 했는데, 나는 최상품 사과 세 개를 교탁 위에 죄다 바쳤다. 나중에 돌려주지 않을까 싶었는데 깡그리 싸 들고 가버렸다. 신혼집에 가서 손연희 선생님이랑 신나게 드셨을 텐데, 무슨 말을 하면서 드셨을지 궁금했다.

외나무다리 사건

잿골마을로 들어가는 삼거리에 외나무다리가 놓여 있었다. 평소에는 징검다리로 건널 수 있지만, 홍수 질 때 이용하기 위해 설치해 놓은 다리였다. 동네 아이들과 외나무다리 위에서 떨어트리기 시합하고 있었다. 오병이와 내가 맞섰다. 간단하게 떨어트렸다. 오병이는 나보다 덩치도 더 크고 한 학년 더 높은 아이였다. 아직 누가 '이긴다. 진다.' 확실하게 정해지지 않은 상태였다. 오병이 다음 아이하고 시합하고 있는데 누가 뒤에서 나를 밀쳤다. 나는 꼬꾸라지면서 손바닥으로 바닥을 짚었다. 그 순간 오른쪽 팔꿈치가 탈골되었다. 뼈가 튀어 나갔다가 들어가는 것을 보았다. 오병이가 그랬다고 했다. 정면에선 안 되니까 비겁하게 뒤에서 그런 것이었다. 그는 외딴곳에 살던 아이여서 우리하고 거의 어울리지 않던 아이였다. 나도 어머니도 누가 그랬는지 따지지 않았다. 나는 오른팔을 부여잡고 바로 법흥동 집으로 내려왔다. 어머니는 우리집 건너편에 있던 유도관에 가서 치료받게 하였다.

우리집 바로 건너편에는 미야 네 집이었다. 아버지는 택시 기사였고, 어머니는 보험을 하였다. 괄괄하고 화통하신 아줌마는 안동 권씨여서 그런지 우리집하고는 일가친척처럼 허물없이 지냈다. 어머니가 내 보험을 들어주었더니 피 뽑은 거 보충하라고 소고기를 두 근이나 사주셨다. 그 집 앞으로는 그 집에 딸린 자전거방과 싸움질이 끊이질 않던 빵집이 있었다. 그 옆 골목 건너편에 유도관과 약국이 같은 집이었다. 약사 아버지가 유도 고단인 유도관 관장이었다. 우리나라에서 몇 번째 가는 유단자라고 했다. 가끔 창밖에서 훈련하는 걸 구경하고 있으면 "이얍" "으라차차" 기합 소리가 비둘기가 되어 창밖으로 날아왔다. 나는 어머니하고 비둘기가 날아다니던 그 도장 안으로 들어가서 그 관장한테 치료를 받았다. 내 팔을 다시 빼더니 다시 맞춰주었다. 약을 바르고 붕대로 칭칭 동여매더니 목에 턱 걸어주었다. 그 상태로 몇 날 며칠을 지내야 했다.

한번은 수업 시간에 할머니가 찾아왔다. 팔 때문에 잿골에 가지 못했더니 어떻게 됐는지 몹시 궁금하였던가 보았다. 장에 온 김에 살펴보고 싶어서 왔다고 했다. 선생님이 내 옆에 의자를 갖다 놓고 할머니와 앉아서 한참 얘기하시다가 갑자기 "어디, 고추 한번 따먹자."라고 했다. 의자를 빌려주고 할머니 앞에 서 있는 내 고추를 따먹으려고 해서 냉큼 피했다. 할머니가 나를 너무 띄우니까 나온 선생님의 반응이었던 것 같았다. 할머니 딴엔 선생님 만난 김에 나를 어필하려고 이 말 저 말 하신 듯싶었다. 수업 시간은 한동안 선생님과 할머니의 좌담 시간이 되었다. 그 당시는 할머니가 찾아온 게 무척 창피하고 부끄러웠는데 지금 생각해 보니, 아이들 할머니가 한 분씩 오셔서 자기만 알고 있는 자기 손주의 특별한 점들을 선생님과 아이들에게 이야기해 주는 프로그램을 만들면 참 좋을 것 같았다.

반장의 도전

팔이 다 아물어가니까 이번에는 반장이 도전을 해왔다. 나는 개뿐만 아니라 누구한테도 내가 이긴다고 말해본 적도 없는데 왜 나한테 이러는지 모를 일이었다. 아마도 1학년 때부터 저절로 정해진 서열 때문이었던 것 같았다. 따라오라고 해서 개가 끌려가듯이 따라가 봤더니 지난번처럼 개 동네 애들이 이미 잔뜩 모여 있었다. 나는 오늘 처음 들었지만, 애네들은 오래전부터 기획하고 있었던 것이 틀림없었다. 심지어 작전까지 짜놓고 있었다. 그곳은 평평한 데가 아니고 밭고랑이었다. 무턱대고 덤벼드는 바람에 넘어졌는데 개들 작전대로 내 몸이 밭고랑에 끼었다. 힘을 한 번 두 번 써보았지만, 어림도 없었다. "졌다, 졌어."라고 바로 포기했다. 싸움은 10초도 걸리지 않았다. 개들의 작전이 100% 적중하였다. 반장은 이겨서 기분 좋았는지 모르겠지만, 나도 기분이 상하거나 자존심이 상하지도 않았다. 다만, 나를 이런 데까지 오게 한 것이 심히 불쾌하였다. 그놈들 집이 시내 집하고 같은 방향이어서 나는 일부러 갯골로 갔다. 길이 아니라 계곡으로 갔다. 북한산 계곡 같은 데도 있고 의외로 처음 보는 곳이 많았다. 씁쓰레하던 마음이 어느 틈에 흔적도 없이 풀어져 싱그러웠다. 싸움의 반대말은 자연이라는 사실을 느끼면서 혼자서 계곡을 탐험하면서 올라갔다.

이기고 지는 것은 자연이 아니다. 이기지도 않고 지지도 않는 것이 자연이다. 나팔꽃이 피었다가 지는 것처럼, 여름이 왔다가 가을이 오는 것처럼, 거기에는 이기고 지는 것과 전혀 상관이 없다. 이기지 않고 지지 않는 것만 있다. 선악과를 따먹는 짐승들은 이런 개념을 이해할 수 없다. 지난번 용상 상구 아이들도 그렇고, 지금 반장과 그 동네 아이들은 이기고 지는 것밖에 모르는 짐승들이었다. 그들의 심정에 짐승들의 심정을 대입해 보면 딱 들어맞을 것이다. 유전자 검사를 해봐도 백 프로 딱 들어맞는 짐승일 것이다. 그냥 싸운다고 하기에 구경하러 한번 와 본 아이들도 짐승일까? 그렇다.

'왜 비싼 밥 먹고 와서 싸움질이야. 누가 이기고 지면 어때서 지랄들이람.'

이렇게 생각하는 아이가 있었다면 그는 짐승이 아니다. 그런데 속을 하나하나 들여다봤지만, 그런 아이는 단 한 명도 없었다. 있었다면 나한테 와서 얘기했겠지.

"쟤네들은 다 짐승들이야. 그러니 상종하지 마!"

싸움은 인간과 짐승 간에, 그리고 짐승과 짐승 간에 일어난다. 인간과 인간 간에는 절대 일어나지 않는다. 일어난다면 그것은 싸움이 아니라 장난이다. 인간과 짐승 간에 싸움은 상종하고 있었기 때문이다. 나를 저들이 의식하고 있었기 때문이다. 저들에게 내 존재를 폐쇄해야 할 텐데, 상종을 차단해야 할 텐데…….

반장인 구일이 형은 우리 형이랑 친구였다. 안중근이 이토 히로부미와 친구가 될 수 없듯이 나는 그와 친구가 될 수 없었다.

살아오면서 남한테 이기려고 하는 자들을 수도 없이 만나며 살아와야 했다. 그렇지 않은 사람들이 분명히 있을 텐데 내 주변에는 가족부터 시작해서 거의 그런 부류들이었다. 정치하는 사람들이 전부 그런 사람들인 걸 보면 딱히 나만 그런 거 같지는 않다. 유유상종이라고 그런 사람들을 피하고 피하다 보니 단 한 명의 친구도 없게 되었다. 심지어 혈혈단신이 되고 말았다. 그나마 잘 피하며 살아왔으니 망정이지 그러지 못했더라면 내 인생에 임진왜란이 일어났을 것이며, 6·25도 우크라이나 전쟁도 터졌을 것이다.

양의 탈을 쓰고 사는 늑대 같은 인간들이 얼마나 많은지 조사해 보면 놀랄 것이다. 조사하고 안 하고는 사실 아무런 상관이 없다. 신께서 다 아시기 때문에 우리는 굳이 알 필요까지 없다. 다만 그들로부터 피해만 보지 않으면 된다.

이런 양상은 인간의 타고난 동물적 근성에다가 자본주의사회가 빚어 놓은 현상이다. 이런 동물적 근성을 더욱더 옭아매고 있는 '자본주의'야 말로 짐승 중의 짐승, 거대한 짐승, 사탄이 아닐 수 없다. 짐승의 원형과 자본주의의 속성이 만나서 이 세상은 신의 뜻에서 벗어나 사탄의 뜻으로 함몰되어 가고 있다.

거인과 담임

중학생이 되니까 다양한 인간들의 군상을 접해 볼 수 있었다. 그 군상 중에는 아프리카에서 온 듯한, 우리하고는 종자가 완전히 다른 인간도 있었다. 키도, 덩치도 우리보다 확연히 더 큰 데다가 까무잡잡한 것이 천상 흑인 같기도 한 거인이었다. 내가 62번이었고 그가 마지막 69번이었는데 바로 내 뒤에 앉아 있었다. 이놈은 공부는 하지 않고 수업 시간 내내 내 등을 콕콕 찔러댔다. 아무리 그러지 말라고 했는데도 막무가내였다. 담임 선생을 찾아가서 말했는데도 아무런 대책을 세워주지 않았다. 다시 찾아가서 말했다. "알았다." 해놓고서는 계속 아무런 조치도 취해주지 않았다. 선생이 그놈한테 쫄고 있었던 게 분명한 듯하였다. 자기 성질 푸느라 걸핏하면 무지막지하게 단체 기합 주던 사람이었다. 체구가 자그마한 그 사람이 담임을 맡고 있던 중학교 1, 2학년 동안 무슨 뚜렷한 이유도 없이 수업 끝났는데도 붙잡아 놓고 걸핏하면 얼차려를 주었다. 모두 나 때문인 듯하였다. 그가 그놈한테 쫄고 있다는 사실이 나한테 들통난 것이 참을 수 없었던 것 같았다. 그 스트레스를 우리 반 아이들이 고스란히 떠안아야만 했다. 가련하다 못해 연민이 느껴졌다.

학창 시절, 그 선생 말고는 기합을 단 한 차례도 받아본 적이 없었다. 그것만으로도 그 선생의 심리상태가 어떤 것이었는지가 확연하게 드러나고도 남았다. 나는 어쩔 도리가 없었다.

"토요일 수업 끝나고 나 따라와! 한번 붙자, 이 개새끼야!"

강변 둔치에 가서 한판 뛸 생각이었다. 잡히지만 않고, 치고 빠지고, 치고 빠지면 승산 있을 수도 있지 않을까 싶었다. 지더라도 또 싸우고, 또 싸우고 끝장내고 말 작정이었기 때문에 나는 이미 이긴 거나 진배없었다. 각오를 단단히 하고 수업이 끝나고 나서 그를 찾았다. 아무리 찾아봐도 없었다. 튄 게 분명하였다.

아무래도 내가 싸우자고 하니까 내가 어떤 놈인지 여기저기 수소문해 본 듯하였다.

'제 발재간이 장난 아니야! 제기를 한 번 차면 끝도 없어, 틀려먹질 않아.'

'싸움, 기가 차게 잘해, 한 방에 다 나가떨어져.'

'제는 용상초등학교 다닐 때 짱이었어.'

아이들이 하는 얘기 듣고는 쫄았겠지. 그렇게 쪼잔하게 구는 걸로 봐서도 비겁하고 겁쟁이인 것이 분명하였다. 어떻든지 간에 나는 다행이다 싶었다. 그리고 그다음부터는 거짓말처럼 장난질하지 않았다.

그 선생이나 그 친구를 통해 '세상에는 비열하고도 비겁하게 사는 인간들이 있다.'라는 사실을 알게 되었다. 나이가 들어서 돌이켜보니 그런 자들이 있기만 한 것이 아니었다. 우글거렸다.

무식론자와 무신론자

'사회에 어디 한번 나가봐라. 학교 다닐 때가 얼마나 좋았는지 뼈저리게 느끼게 될 게다.'

학교에서도 이렇게 험악한데 사회란 도대체 어떤 곳이기에 그러는가 싶었다. 고등학교 졸업하자마자 옆집 친구 양호가 단파 라디오를 사겠다고 해서 전파상에 간 김에 가격을 한번 알아봤다. 그런데 같은 집에서 같은 걸 내가 알아본 가격보다 절반이나 더 주고 사 왔다. 그래서 데리고 가서 따졌다. 어림 반 푼어치도 없었다. 경찰에 신고하든지 말든지 마음대로 하라며 막무가내였다. 어른들이 말하던 그 사회라는 것이 한꺼번에 쓰나미처럼 나를 휩쓸어버리는 듯하였다.

권력과 돈이 금수강산을 온통 짓밟아대서 사회는 너무 더럽고 냄새가 너무 지독하였다. 세계 최고의 청소 달인이 온다 한들 소용없다. 이대로 이런 오물 수채 구덩이 속에서 살아가야 한다는 건 지옥이나 마찬가지였다.

　방법이 없는 것은 아니다. 모든 병은 그 원인을 제거하면 치료되듯이 이 세상에서 돈과 권력을 제거한다면 이 세상은 완벽하게 치유할 수 있다. 그런데 그걸 어떻게 제거할 수 있단 말인가. 돈과 권력은 유물론자들의 교주이다. 사이비종교의 교주와 같은 존재이다. 사이비종교에 걸려들었다가 빠져나오듯이 빠져나온다면 우리 세상에서 돈과 권력을 뿌리 뽑을 수 있을 것이다.

　그런데 누가 돈과 권력이 사이비종교라고 생각할 수 있겠는가. 사이비종교의 신도들이 누가 자기 종교를 사이비라고 생각할 수 있겠는가. 거기에서 빠져나오는 것이 회개이고 해탈이거늘 누가 회개하고 해탈할 수 있겠는가. 김재규가 자기들처럼 무슨 덕을 보려고 10·26을 일으켰는지, 윤석열 대통령이 자기들처럼 무슨 덕을 보려고 계엄을 선포했는지, 자기들을 위해서 그런 희생을 감수했는데도 조롱까지 하는 자들에게 무슨 희망이 있겠는가. 보다 보다 못한 어떤 아이가 개돼지 같다고 했다가 그 아이뿐만 아니라 그 부모까지 묵사발이 되는 세상인데 회개! 해탈! 가능하겠는가. 자기 이익 앞에서는 정의한테도 덤벼드는 무지막지한 자들인데, 두손 두발 다 들어야 한단 말인가.

　진리가 비진리한테 짓밟힐 수밖에 없는 건 인간들이 돈만 알고 권력만 알기 때문이다. 신을 모르기 때문이다. 어느 행사에 다녀오면서 온갖 나쁜 짓을 일삼으며 살아가는 무신론자들이 전쟁을 일으킨 푸틴을 신나게 욕하고 있었다. 나도 한마디 하였다.

"신이 존재한다는 사실을 알고서도 전쟁을 일으킬 수 있었겠습니까. 얼마나 무식하면 신께서 바로 옆에서 빤히 지켜보고 있는데도 그랬겠습니까. 인류에 평화를 기대하려면 그런 무식한 자들을 때려잡아야 합니다."

조용했다. 그 두 무신론자는 두 눈만 끔뻑거리고 있었다.

신께서 오랜만에 현관문을 열어주셨다. 잘했다는 뜻인 것 같았다. 이렇게 차 안에서 하는 얘기도 다 듣고 계시는 신께서 엄연하게 존재하시거늘, 죽어도 믿지 않는 자들은 가라지가 아닐 수 없는 존재들이었다.

무식을 신앙처럼 믿고 있는 저런 무식론자들을 향해 욕을 할 수 있는 그 아이 같은 사람이 있다는 건 이 세상에 희망이 꺼지지 않았다는 증거였다. 자기가 무슨 신인 줄 알고 살아가는 자들에게는 치욕스러운 말이겠지만, 그래서 그 발광이었겠지만, 신을 믿고 그 안에서 살고 있는 이들에게는 커다란 위안이었을 것이다.

10년 공부의 이면

    시를 짓는다는 건 진리를 추구하는 그 어떤 방법보다 유효하다고 생각하였다. 누구나 진리를 추구하며 살아야 하듯이 누구나 시를 지으며 살아가야 한다고 생각한다. 좀 더 적극적으로 시 창작을 해볼 요량으로 문화센터를 찾아갔다. 전반적으로 인식하고 있던 인간의 실체에 대해 거기에서 개별적으로 인식할 수 있는 좋은 기회를 가질 수 있었다. 기회가 좋을수록 마음은 피폐해졌다.

    10명이면 10명의 정신과 계산이 돌아가고 있는 공간이었다. 거기에서 정신과 계산이 미약하게 돌아가는 몇몇만 빼고 나머지는 286, 386, 펜티엄 같은 자들이 저마다 자기 버전에 맞춰 이익을 극대화하려고 소란스러웠다. 그중에 희귀종이 한 명 있었다.

    전반적으로 학문에 대한 이론과 상식이 엄청난 놈이었다. 어떤 사람은 그가 서울대 나왔다고 했다. 수업이 끝나면 매번 몇 명과 어울려 술을 마시며 돌아다녔다. 그가 늘 주도하여 따라다니기만 하면 되었다. 술값이 모두 떨어지면 자기 집 앞에 가서 부인더러 돈을 갖고 나오라고 해서 마셨다. 우리집에 산오징어회와 소주를 사 들고 찾아오기도 하고, 자기 가족이 캠핑 가고, 여행 가는데도 가자고 해서 유원지나, 남도 기행도 따라다닌 적이 있었다. 자연스럽게 절친한 사이가 되었다.

내 시를 보고 난 후 시를 못 쓰겠다며 시는 한 편도 써오지 않았다. 나랑 단둘이 있을 때는 내 하수인이었다. 그렇게 유식한 놈이면서도 얘기를 하면 내가 줄곧 가르쳐주는 처지기도 하였지만, 내가 시키는 대로 군소리 없이 고분고분 잘 따랐다. 그런데 남이 있으면, 특히 여자가 있으면 180도 달라졌다. 언제나 내 위에 기어오르려고 하고, 대놓고 나를 깔아뭉개려고 했다.

한번은 단골로 가던 카페에서 술을 한잔하고 둘이 대학로 골목을 거닐다가 "야! 우리 여자 한번 꼬셔보자."라고 해서 술김에 지나가는 여자한테 말을 걸었다.

"저, 그거 하나 얻어먹을 수 없을까요?"

여자 둘이 과자를 먹으며 지나가고 있었다.

"고맙습니다."

"……!"

"저, 과자 얻어먹은 보답으로 커피 한잔 사고 싶은데 어떠세요?"

서로 얼굴을 바라보더니만 바로 응해 주었다.

네 명이 근처 커피숍에 들어갔다. 그러자 그는 눈알이 뒤집어져서 10년 공부한 것을 늘어놓으면서 나를 깔아뭉개고 자기를 한없이 띄우고 있었다. 두 여자도 어안이 벙벙해서 서로 바라보고 있었다. 시간이 지나면 지날수록 그 정도가 더 심해졌다. 이런 자를 친구라고 같이 다니고 있는 모습을 두 여자에게 보여 주고 있다는 사실이 참을 수 없을 정도로 부끄러웠다. 그 여자들이 일어나고 싶어 하는 것 같아서 그렇게 하시라고 했다.

졸지에 당한 끔찍한 참변이었다.

"네놈이 다 망쳐났으니, 네놈이 알아서 해."

"아까 술값 내고 돈 한 푼도 없어."

"그건 니 사정이지, 심보를 그따위로 쓰고서 어딜, 잡아 죽이지 않는 것만으로도 다행으로 여겨, 이 망할 자식아!"

반지를 맡기고 빠져나왔다고 했다. 그러고 나서 그놈은 내가 '대학로 총장'이라며 떠벌리고 다녔다.

그는 알고 보니 고졸 출신이었다. 음대에 들어간 자기 친구가 여자 꼬시기 위해서는 무조건 유식해야 한다며 개론서 같은 거 사서 기본 골자만 달달 외우면 된다고 해서 10년 동안 공부했다고 했다. 10년 동안 제대로 공부했으면 박사가 되고도 남았을 텐데 어처구니없었다. 10년 동안 그렇게 공부해도 안 되는데 단 한마디로 되는 걸 보고 '총장님' 소리가 절로 나왔던 모양이었다.

웬만한 사람들은 그놈한테 다 넘어갔었다. 시 창작반 강사도 그를 아주 대단한 사람으로 여기고 있었다. 유부남에다가 자식까지 있는 놈이 어떻게 저럴 수 있는 것인지 이해 불가였다. 다른 유부남들도 다 그러고, 다 그런다고 하니 그러려니 했다. 또 어떤 여자한테 접근하여 유명한 영화 얘기를 늘어놓으니까 그 여자가 그랬다.

"그건 리뷰에 다 나와 있는 얘기니까, 그런 거 말고 본인이 보고 본인만이 느낀 걸 한번 말해보세요."

그렇게 말 잘하던 놈이 얼버무리더니 아무 말을 하지 못했다. 무식한 자들에게는 통할지 몰라도 똑똑한 자들에게는 다 걸려들었다. 그 강사도 엄청 똑똑하다고 떠벌리던 사람이었는데 거기에서 그렇지 않다는 사실이 뽀록나고 말았다.

그가 이런 놈이든지 저런 놈인지 별 상관없었지만, 남한테서 나를 깔아뭉개려고 하는 작태는 용서할 수가 없었다. 나에 대한 인격까지 마음대로 말살하려고 드는 그런 놈을 더 이상 그냥 두고 볼 수가 없었다.

"앞으로 나한테 전화하지 마라."

전화 와서 따로 만난 적은 없었지만, 시 공부하던 사람들과 같이 만날 때는 만날 수밖에 없었다. 아무래도 안 되니까 몸으로 한번 짓밟아 보려고 노리고 노리더니만 결국 덤벼들었다. 농막에 있던 시바이누 소리가 진돗개 음악한테 덤벼드는 거랑 완벽하게 일치하였다. 감기도 걸린 데다가 체력이 바닥이라 감당하기 힘들 것 같았지만, 피할 수도 없는 일이라서 붙었는데 난투극을 벌일 수야 없어서 힘으로 있는 힘, 없는 힘 다 쏟아부었더니 정말 별거 아닌 놈이었다. 타고난 뼈대가 밑천이었는데 그 몸으로 이긴 대가는 심각하였다. 잠시 잠깐 힘을 썼는데 온몸에 알이 배었다. 특히 어깻죽지와 팔목이 심해 한참이나 고생하였다. 꼼짝도 하지 않고 지내던 근육이 너무 놀랐던가 보았다. 꼼짝달싹도 하지 않고 지내는 나를 과거에서 봤을 때는 무슨 도를 닦는 것처럼 보일 수도 있었겠지만, 그것은 오로지 근육에 대한 모독이고 가혹 행위였다.

나는 학창 시절 조회 시간에 맨손체조 한 이래로 운동이라고는 해본 적이 없었다. 몸을 최소한으로 움직이는 것이 지혜로운 사람이고, 막무가내로 쓰는 사람은 미련한 것으로 여겼다. 요즘은 방송이나 유튜브 같은 데서 건강에 관한 정보가 쏟아져 나오지만, 그때 학교에서 영어 같은 거 말고 그런 거 좀 가르쳐줬더라면 얼마나 좋았을까 싶었다. 내심 이렇게 살아도 되는 건지 걱정하면서도 나는 몸에 문제가 생기기 전까지 나의 몸에 대해 나는 너무나 가혹한 놈이었다.

선천적으로 강건하게 태어난 덕에 그렇게 가혹하게 굴었는데도 귀에서 폭탄이 터지기 전까지 큰 병치레 없이 지낼 수 있었던 것 같았다. 중조부도 힘이 장사였지만, 젊었을 때 돌아가신 우리 큰아버지는 더 장사였다고 했다. 황소만 한 바윗덩이를 번쩍 집어 들었다고 하였다. 과장이 심하다고 쳐도 우리나라 삼손이지 않았을까 싶었다. 장가들기 전에 돌아가셔서 봉분이 보일랑 말랑하였지만, 터는 꽤 널찍하였다. 그곳에는 젊은 사람들만 가서 성묘하였는데, 거기에서는 언제나 술 한 잔씩 하며 백부님 이야기를 반복적으로 재생해서 들었다. 아랫사람들끼리 추석의 흥취를 조금이라도 더 부려보려고 했던 장소였다. 윗분들은 그 시간을 너그럽게 기다려 주었다.

무슨 사업을 한다더니 수년이 지난 어느 날 그 얼토당토않던 그 친구한테서 전화가 왔다. 우리집 가까운 곳에서 일하고 있다고 했다. 차마 매정하게 굴 수 없어서 가보았다. 자기 친척이 하는 주점에서 일을 도와주고 있었다. 사업이 부도가 나서 피해 다니는 중이라고 했다. 그리고 좀 지나서 다시 전화가 왔다.
"미국으로 가려고……."
아무한테도 말하지 않고 나한테만 말하는 것이라고 했다.
무엇이 그를 거짓으로 살게 하였을까. 허위와 가식으로 살아갈 수밖에 없게 하였을까. 세상이라는 판에 자신을 맞추려다 보니 그럴 수밖에 없었던 것일까. 그가 잘못된 것일까. 세상의 판이 잘못된 것일까. 그의 현실은 인간의 문제와 세상의 문제가 결합해서 생긴 결과였다. 어찌하여 생긴 대로 형편대로 살지 못했을까. 세상이, 저열한 세상이, 사탄이 그렇게 살지 못하게 옆구리 쿡쿡 찔러대니까 할 수 없었을 것이다. 불행은 숙명처럼 사탄이 쳐놓고 기다리던 덫에 걸릴 수밖에 없는 노릇이었다. 그는 세상과 자신이라는 이중의 덫에서 빠져나와야 한다. 그것이 회개이고 해탈인 것을 그는 알고 있는지 모르겠다.
탐욕뿐만 아니라 인간들의 모든 의지에는 언제나 세상이 작동하게 마련이다. 짐승 같은 탐욕에 물질만능주의가 작동하면 거기에서 마귀가 탄생한다. 그렇게 해서 탄생한 마귀들이 도시 곳곳에, 정부와 국회, 심지어 법정과 언론에까지, 더 나아가 사람들의 마음속으로까지 파고들었다. 어쩔 것인가.

러브스토리의 크기

어린아이의 러브 아이디어

나를 좋아하는 여자를 만나면 나는 악기가 된다. 그중에서 내가 좋아하는 여자를 만나면 나는 음악이 된다. 어떤 여자를 만나면 베토벤의 교향곡 제5번 운명이, 어떤 여자를 만나면 가야금 산조 굿거리가, 어떤 여자를 만나면 폴 모리아의 여름날 소야곡이 된다. 어떤 여자는 '브루클린으로 가는 마지막 비상구'의 OST '어 러브 아이디어'를 들으면 내가 떠오른다고 하였다. 대학원에서 출판잡지 공부할 때 한 여자는 황병기의 가야금 연주곡을, 다른 한 여자는 엔야의 노래를 생일 선물로 주었다. 사람에 따라 나는 가야금 연주곡이 되기도 하고 엔야의 노래가 되기도 하였다.

아무리 천하절색이어도 나를 좋아하지 않는 여자는 천하박색이다. 아무리 천하박색이어도 나를 좋아하는 여자는 천하절색이다. 그 천하절색 중에서 내가 좋아하는 여자, 살아가는 내 삶의 길목 길목에 나타났다가 사라지고 나타났다간 사라졌다.

나를 최초로 연주한 여자는 나보다 다섯 살 연상이던 춘양역 역장 딸이었다. 어머니가 나 혼자 둔 채 시장에 간 사이 초등학교 1학년이던 그 아이가 방문 앞 마루에서 혼자 놀고 있던 나에게 와서 자기랑 사귀자고 했다. 아니 업자고 하였다. 빼고 빼다가 허락해 주었다. 그녀의 등에 업히는 순간 나에게서 베토벤의「엘리제를 위하여」가 연주되었다. 처음에 빼고 빼던 그 느낌을 지금 다시 느껴보니 그것은 낯가림이 아니라 이성에 대한 밀당 같은 감정이 분명하였다.

제사 지내려 어머니랑 춘양에서 잿골로 가는 열차 안이었다. 맞은편에 앉아 있던 초등학교 5학년 여자아이가 나에게 내 얼굴만 한 복숭아를 꺼내 주었다. 나는 20대가 되어서도, 30대가 되었어도 과일 가게를 지날 때면 그만한 복숭아가 있는지 찾아보곤 하였다. 그 근처에 올 만한 것도 없었다. 외갓집에 대통령 복숭아라고 하던 어마어마한 복숭아도 있었지만, 그것도 어림없었다. 지금 생각해 보니 그 크기는 그 아이의 마음이었거나, 아니면 내 마음이었다. 그 아이의 마음과 내 마음이 합쳐진 크기였다. 애당초 과일 가게에서 찾을 수 있는 종류의 크기는 아니었다. 어떤 러브스토리에서나 찾아볼 수 있는 크기였다.

복사꽃 소녀

초등학교 1학년 무렵 탑리에 있는 혁도 형 집에 갔을 때, 나를 지나칠 정도로 귀여워해 주던 그 집 큰누나가 빨래터에 가자고 해서 따라가던 중이었다. 강변길 옆 어느 집 앞에 복사꽃이 화사하게 피어 있었다. 복사꽃 밑에는 내 또래 여자아이가 그 복사꽃보다 더 화사하게 나를 빤히 쳐다보고 있었다. 시집갈 때가 다된 그 누나가 걔랑 나를 번갈아 쳐다보더니 그랬다.

"쟤 참, 이쁘지? 네 색시 할래? 나중에 네가 다 크면 누나가 쟤한테 장가보내줄게."

나는 아직도 걔한테 장가들지 못했다. 나는 아직도 다 크지 못했나 보다. 한 여자를 제대로 사랑할 만큼 자라지 못한 채 늙어갔다. 그러면 다른 사람들은 다 커서, 제대로 사랑할 수 있어서 장가갔을까? 그래서 가정이라면 모두 아름다운 것일까? 내가 살아오면서 듣고 본 바로 그것은 절대 아니었다. '아름다운 가정', 이 말이 나에게 너무나 생소한 것이 바로 그 증거이다.

제대로 커서, 제대로 사랑해서 결혼했다면 그 가정은 당연히 아름다워야 할 텐데, 아름다운 가정, 우리나라에 몇 가구나 있을까? 세계에 몇 가구나 있을까? 물론 상당수가 있을 것이다. 신혼 초에는 대부분이 그러할 것이다. 그런데 왜 저렇게도 마지못해 사는 부부가 많은 걸까? 또 사람들이 하는 얘기에 의하면 엄청난 수의 유부남, 유부녀들이 불륜을 저지른다고 하였다. 왜 그러는 것일까?

가정이라고 하면 가장 먼저 떠오르는 것은 부부싸움이다. 어떤 부부는 자기들은 잉꼬부부라고 하면서도 자주 피 터지게 싸운다고 했다. 칼로 물을 베면 흔적이 남는다. 칼에 물이 묻지 않는가. 그 심정은 칼로 나무를 베듯이 기억에 고스란히 남게 될 것이 십상이다. 얼마나 지독하다고 여겼으면 칼을 휘둘렀을까? 사랑과 배려가 전혀 느껴지지 않는데도, 그런데도 잉꼬부부! 같이 살지 않을 마땅한 방도가 있어도 마지못해 살았을까. 부부생활을 그냥 역할극으로나 때우자고 하는 말이나 다르지 않았다.

나의 유년과 복사꽃 소녀 같은 순수가 피 터지게 싸우는 저 잉꼬부부처럼 변모하는 것이 인간의 일생이 아니까 싶어 끔찍스러웠다. 그 화사한 봄날의 기억이 한여름의 찜통더위로 느껴지다니 도대체 그 이유가 무엇일까.

아버지란 이름의 히틀러

부자간에, 부녀간에 사이좋다는 얘기를 들어보기도 했지만, 그 갈등이 심각한 경우가 너무 많았다. 어떤 사람한테 '아버지랑 사이가 좋지 않지요?'라고 무턱대고 물어보았다. 어떻게 아시냐고 하면서 샘이 터져 나오듯이 가슴에 묻어두었던 이야기를 터트려내는 경우가 몇 번이나 있었다.

아버지, 그 실체는 도대체 무엇일까? 한 가정의 대표자이다. 한 가정의 권력자이다. 다 크지도 못한, 미숙한 상태에서 결혼하고 자식을 낳아 권력을 갖게 된 자들이다.

아버지 중에서 몇 명이나 회개하였을까. 아버지 중에서 몇 명이나 해탈하였을까. 선악과를 따먹지 않을 능력을 갖추지 못한 상태에서 아버지가 되고 가정이 온전할 리 있겠는가. 나라가 온전한 적이 한 번이라도 있었던가. 회개는커녕 선악과를 따먹어대는 자들이 대통령이 되고 권력을 휘두르는데 나라가 온전하다면 그것이 도리어 이상한 일이다. 결국 우리는 권력과 돈을 향해 앞뒤 가리지 않고 덤벼드는 불나방들이다. 가로등 불빛에 흥건히 떨어져 죽어있는 모습이 우리들의 실체라는 사실을 누가 인식할 수 있을까.

선악과를 잘 따먹는 아버지와 선악과를 잘 따먹는 자식의 관계에서만 좋은 아빠, 좋은 자식이 되는 세상이다. 그거 하나만 잘 따져 보면 가정의 실태, 가족의 실상이 백일하에 드러난다. 그 모습이 가로등 밑에 흥건히 떨어져 죽어 있는 불나방보다 다 낫겠는가. 아버지로 인해 흘린 어느 여자의 눈물이 어느 남자의 아픔이 피폐할 대로 피폐해진 세상의 한 단면이었다.

내가 청소년 잡지 기자로 있을 때 어느 청소년으로부터 상담 전화를 받은 적이 있었다. 자기는 소년원에 들어갔다가 나왔는데 자기 동생마저 지금 소년원에 들어가 있다고 했다. 그게 다 아버지 때문이라고 했다. 세상이 새까맣게 보여 어떻게 살아가야 할지 모르겠다고 했다.

"아버지가 어떻길래요?"

"맨날 술 퍼마시고 들어와서는 어머니와 우리를 죽도록 두들겨 팼어요. 어머니는 몸이 하루도 성한 날이 없었어요. 그리고 이모를 수도 없이 겁탈하기도 했어요. 너무나 무서운 사람이에요."

"이 세상에는 좋은 사람과 나쁜 사람이 공존하고 있어요. 아버지도 좋은 아버지, 나쁜 아버지가 있을 수밖에 없겠지요. 불행하게도 나쁜 아버지를 만난 것이 틀림없는 것 같군요. 아버지한테도 무슨 사연이 있을 수 있겠지만, 어떠한 사연이 있다손 치더래도 그런 행위는 이해하고 용서해 줄 수 있는 범위를 벗어났기 때문에 아버지를 아버지라고 생각할 필요가 없을 것 같네요. 이젠 동생도 그렇고 아버지라는 존재에서 벗어나십시오. 눈앞에 없는데 어떻게 때리고 맞을 수 있겠어요. 아버지로부터 덕을 보려고, 유산 때문에……, 그런 생각 완전히 집어던져 버리고 이 세상을 혼자 살아가겠다고 각오하세요. 그런 아버지한테 맞으며 사는 것보다 훨씬 더 낫지 않겠어요."

"그래도 부모님이신데……!"

"부모는 동물들도 그렇지만 자식에게 당연히 선하고 바른 존재여야 합니다. 그러므로 '효도하라.'라는 하는 것이지요. 그런데 그 부모가 선하지도 바르지도 않다면 '부모에게 불효하라.'라고 해야 맞는 말이 아닐까요? 유교나 도덕책에서는 그렇게 가르치지 않겠지만, 신으로부터 심판받을 자에게 효도한다면 신의 뜻과 다르지 않을까요. 그러니 그런 아버지는 아무리 아버지여도 효도할 필요가 없습니다. 부모 같은 부모에게 효도하는 것이지, 부모 같지 않은 부모는 마귀인데 마귀한테 효도할 건가요? 신을 따르지 않고 사탄을 따를 참인가요. 신께서 불살라 없애버릴 존재들입니다. 나중에 병들고 행색이 초라해진 아버지를 본다면 효도 차원이 아니라 불우이웃돕기 차원에서 도와줄 수는 있겠지요."

"당장 어디 갈 데도 없고, 돈도 없고……."

"찾아보면 숙식을 제공해 주는 일자리가 있을 겁니다. 카센터 같은 곳에 가서 잔 심부름하면서 자동차 정비 기술 같은 거 배워도 좋겠네요. 어느 한 가지를 선택하면 평생 거기에만 매달리세요. 그것만으로도 아버지이고 가정이고 불행에서 벗어날 수 있을 거예요. 더 나아가 아무나 넘볼 수 없는 경지에 오르게 된다면 이 세상에 우뚝 서게 될 것입니다."

소년원 출신이었지만, 지옥 같은 아버지에게서 벗어나 지금은 관련 책도 여러 권 출간하면서 더할 나위 없이 행복하게 살고 있다고 TV에 나와서 말하는 어떤 사람이 그가 아닐까 싶었다.

그의 아버지 같은 자가 정치적인 권력을 가졌다면 히틀러 같은 자가 되었을 것이다. 히틀러가 권력을 갖지 못하였다면 그의 아버지와 똑같은 자가 되었을 것이다. 그는 자기의 아버지를 버림으로써 행복한 사람이 되었을 것이다. 독일 국민은 히틀러를 버리지 못해서 자기들뿐만 아니라 세상을 불행하게 만들었다. 그 독일 국민은 그 소년원 출신보다 못한 인간들이었다. 상담 전화 한 통화 할 줄 모르는 무식한 자들이었다.

우리도 그런 무식하다는 소리 듣지 않으려면, 히틀러 같은 놈이 다시 나타나 개지랄 치기 전에 속히 권력과 절연하여야 한다. 그것이 제3차 세계대전을 막는 길이다.

제도와 하늘의 도

아직도 그 복사꽃 소녀와 결혼하지 못한 이유는, 아직도 독신으로 사는 이유는 우리가 아직도 권력과 절연하지 못했기 때문이었다.

'아름다운 가정'이라는 말은 너무나 생소한데 왜 '결혼은 무덤'이라는 말은 너무나 익숙할까?

한 사람과 한 사람이 만나 일시적으로 아름답고 행복하기는 너무 쉽지만, 평생을 아름답고 행복하게 살기란 간단치 않다. 너무 어려운 일이다. 인간이란 존재가 간단치 않은 데다가 사회라고 하는 더 심각한 존재가 바탕에 깔려 있기 때문이다.

질이 참 나쁜 놈인데도 너무 멋있는 사람이라며 좋아하는 여자들을 많이 봤다. 저놈 참 나쁜 놈이라고 말하면 시기나 질투하는 놈쯤으로 취급한다. 나쁜 놈일수록 여자들이 좋아할 짓만 골라서 하므로 앞뒤 분간 못 가리는 여자들은 그것이 그 남자의 모든 것이라고 생각한다. 눈물의 씨앗은 그런 새대가리로부터 시작된다. 좋은 남자는 여자한테 잘 보이려고 애쓰지 않은 데 반해 나쁜 남자들은 나쁘니까 잘 보이려고 별짓 다 한다. 생각이 없는 여자들은 당연히 나쁜 남자가 더 좋을 수밖에 없을 것이다. 그래서 결혼이라도 하게 되면 남자는 남자 대로, 여자는 여자 대로 완벽한 무덤을 조성하게 된다.

그런데 앞뒤 분간 좀 못 가렸기로서니 1~2년 정도면 몰라도 평생 그 무덤 속에서 지내야 한다는 것은 너무 가혹한 형벌이다. 결혼제도는 종신형이다.

우리는 신분제도에서 벗어났다. 노예제도에서도 벗어났다. 이제 우리는 완성된 인격체로 거듭나기 위해서는 우리를 제도로 제도하게 내버려둬서는 안 된다. 종신형을 받고 살 수는 없지 않겠는가. 누구나 스스로 자유롭게 법을 세워가야 한다. 그 법이 하늘의 도에 다다르도록 하여야 한다.

요행스럽게도 내 스타일을 찾았고, 요행스럽게도 그녀가 나를 좋아한다면, 사귀면 되고 결혼하면 된다. 그런데 이 세상 모든 것은 변한다. 내 스타일 자체가 변할 수도 있고, 상대방이 변해서 더 이상 내 스타일이 아닐 수도 있다. 그러면 헤어지면 된다. 이혼, 고민하고 신경 쓸 일이 아니다. 어느 한쪽이 같이 살기 싫다면 다른 쪽은 자기랑 살기 싫어하는 사람과 살고 싶은 생각이 사라질 테니까 두말할 것도 없이 헤어지면 된다. 같이 살고 싶으면 같이 살고, 같이 살고 싶지 않으면 같이 살지 않으면 된다. 자기는 같이 살고 싶은데 상대방이 싫다고 한다면 자기의 소중한 것을 남에게 기부하듯이 보내주면 세상에 불화가 생길 일이 있을까. 불화가 없는 세상! 이것이 신의 요구 사항이 아닐까.

　세상에는 싫다는 데도 매달리고 싫다는 데도 치근덕대는 미투나 스토커 같은 비열한 자들이 있으니, 불화가 거둬지지 않고 있다. 짐승이 아니고서야 어찌 자기를 싫어하고 남을 더 좋아하는 사람과 살 수 있을까. 이런 인간들이 인간관계를, 인간 세상을 갉아먹는 좀벌레, 버러지들이다.

　인간관계를 왜곡시키고 변질시키는 이런 변수들은 약을 쳐서라도 제거해야 한다. 그런 연후 우리는 우리의 관계를 정립시켜야 한다. 잘못 만났다면 언제든지 다시 만나고 수정하고 퇴고해야 한다. 소프트웨어도 끊임없이 버전업하듯이 인간관계도 끊임없이 버전업해나가야 한다. 제도에 묶여 있어서는 버전업을 할 수 없다.

　하늘의 도에 따라 제대로 된 만남이 이루어진다면 결혼제도로는 결코 이룰 수 없었던 진정한 사랑으로 강력하게 결속된 가정의 탄생을 보게 될 것이다. '결혼은 무덤'이라는 말은 구시대의 유물로 전락하게 될 것이다. 이혼이니, 불륜이니 하는 것들과 함께 박물관에 가서야 찾아볼 수 있을 것이다.

　여성도 해방되고, 노예도 해방된 이 마당에, 그지없이 자유로운 이 시대에 상대방을 구속하려 드는 자들이 넘쳐난다는 것은 심각한 문제이다. 이것을 심각하게 받아들이지 못하는 사람들이 더 심각하다. 아직도 독재주의자들의 사고방식, 짐승의 정신 구조에서 벗어나지 못한 무지렁이들이 너무 많다는 사실이 심각하다. 구속에 의해 이루어지는 사랑은 사랑이 아니다. 풀어놓으니까 다른 데로 가버린다면 그것은 사랑이 아니다.

결혼제도로 아무리 붙잡고 있는다고 해서 사랑일 수 없다. 모르긴 해도 어느 사람인 가는 말하였을 것이다.

'사랑이란 붙잡고 있는 것이 아니고 놓아주는 것이다.'

이제는 사랑도 결혼도 노예 해방처럼 해방되어야 하지 않을까. 인생을 해방해야 한다. 인생 해방 시대의 사랑이야말로 진정한 사랑이 아닐까.

막걸리 한 사발

초등학교 2학년 때 결혼할 수 있었는데 결혼제도라는 것 때문에 놓쳤다. 밖에서 놀다가 들어와 보니 방안에 여자아이들이 잔뜩 모여 소꿉놀이하고 있었다.

"아이고, 마침 잘됐네."

"우째 알고 이렇게 딱 맞춰 왔노."

"서연이 신랑이 되고 싶었던가 보네."

"자자, 이젠 첫날밤이니까 서연아! 이불 속으로 들어가거라."

배서연이가 이불 속으로 쏙 들어가서 이불을 폭 덮어쓰고 있었다. 나보다 한 살 적은 서연이는 간뎃골에 있는 세 집 중에서 가운데 살고 있는 배 씨네 둘째 딸이었다.

작년에는 그 집 첫째 딸 복연이하고 신랑·각시가 되어 우리집 뒤뜰로 신혼여행 다녀온 적이 있었다.

그 집 딸내미들은 예쁘기도 하고 공부도 잘해서 복연이는 전교에서 1등 한다고도 했다. 우리 누나는 전교에서 꼴등이었다. 전교에서 1등하고 전교에서 꼴등이 제일 친한 친구라고 했다.

학교 들어가기 전에 심하게 앓았던 열병 때문에 아무리 공부해도 머리에 들어오지 않는다고 했다. 그래서 우리 누나는 초등학교밖에 못 나왔다. 열병 걸리기 전에는 술에 잔뜩 취해서 돌아오신 할아버지께 "사람이 밥을 먹고 살지 술을 먹고 사나."라고 했던 걸 보면 학교에서 꼴찌 할 정도는 아니었던 것 같았다. 삼겹살을 그렇게도 좋아하더니만 나중에 뇌출혈이 와서 MRI를 찍어보니까 머리에 구멍이 숭숭 나 있었다고 했다.

서울에 있는 가스 가겟집 맏이한테 시집가서 그런대로 잘 살았다. 형제자매가 4남 2녀나 되는 집이어서 자기는 죽었으면 죽었지 시집 안 간다고 바득바득 우겨대서 어머니가 우리 외가 동네에서 고아가 되어 오갈 데 없는 아이를 몸종처럼 붙여 무슨 대갓집 아씨처럼 시집보냈다. 그 아이는 시집 보내줄 때까지 잘 데리고 살았다.

"뭐하노, 니도 후딱 들어가거라."

"내가 언제 한다켔나."

"색시 부끄럽게 왜 이카노."
"그래, 그러면 할게!"
"자자, 들어가거라."
이불을 들추니까 서연이가 반듯하게 누워있었다.
"신랑 말고 각시 오빠할 게."
"야가 뭐라카노, 오빠하고 첫날밤을 어찌 지내노."
걔 언니하고 작년에 이미 신랑·각시 했던 것도 그렇고, 아이들한테 놀림당할 게 틀림없어서 어떻게 해야 할지 몰랐다.
"알았다. 이번엔 진짜로 할게."
"정말이지?"
"응! 진짜로 중신아비 할게!"
두고두고 놀림 받으니 참아야 한다고 생각했다. 초등학교 2학년이어서 참을 수 있었던 것인지 초등학교 2학년인데도 어떻게 참을 수 있었는지 모를 일이었다.
고등학교 2학년 때, 서연이가 시내에 있는 우리집으로 찾아왔다. 청첩장이나 부고장을 전해주러 온 듯했다. 그러고는 내 옆에 우뚝 서 있었다. 걔가 우리집에 찾아온 것은 다름 아니라 나를 만나기 위한 것임이 분명하였다. 몰라보게 예뻐진 얼굴로 바라보는 눈매에는 애달픔이 잔뜩 서려 있었다. 교복이 참 잘 어울리는 아이구나!
"잘 가라."
지금 생각해 보니, 그 애는 그 이불 속에서 그때까지도 나를 기다리고 있었던 것만 같아 숨이 막힐 듯이 가슴이 저며졌다.

무정하고 매정한 놈! '잿골 애들 요즘 어떻게들 지내노?'라고 한 마디만 했더라도 나는 암흑 속에서 벗어날 수 있었을 텐데, 첫날밤을 진짜로 보낼 수도 있었을 텐데. 토끼 같은 아들, 딸 낳고 지지고 볶더라도 알콩달콩 살 수도 있었을 텐데.

부정과 불의와 부조리 속에서, 학교라고 하는 틀 속에 갇혀 헉헉거리며 몸부림칠수록 시시각각으로 조여오는 굴레에 꼼짝달싹 못하고 살지는 않았을 텐데, 저렇게도 아름다운 세상을 내팽개쳐놓고 어쩌다가 이렇게도 추악한 세상 속에서 살아야만 했는지 생각하고 생각할수록 가슴이 조여들고 숨통이 끊어질 것 같다.

신문을 보지 않았더라면, 세상이 어떻게 돌아가는지 아무것도 모르고 살았더라면 어땠을까?

그녀는 고맙고도 감사하게도 칠흑 같은 내 심정 속에다가 화사하고도 황홀한 생각과 기억을 한 사발 뿌려주었다. 훈련소에서 사역 나갔다가 내무반장한테 얻어 마신 그 막걸리 한 사발 같은 여자였다.

첫사랑

재경 초등학교 동창회에 갔더니 여자들이 재숙이와 은영이 얘기를 하기에 "걔들 둘 다 내 짝꿍이었다."라고 하니까 "와! 전생에 나라를 구했었나 보다."라고 했다. 걔들이 동창 중에서 최고 미인이었다고 했다. 재숙이하고는 사실 짝꿍 한 적은 없었지만, 내 첫사랑이었다라고 하니까 김안나가 초등학교 때 용상으로 전학 가서 헤어졌는데 중고등학교 때 다시 만난 절친이라고 하였다.

아버지의 근무지가 변동이 심하여 호적을 할아버지 밑으로 올려놓아 누나와 나는 용상초등학교에 입학하게 되었는데 5학년 때 아버지 주소지인 동부초등학교로 전학하였다. 전학생이었는데 어머니는 우리 반 학부모 대의원이 되셨다. 3학년 때 담임 손연희 선생님도 그때 나와 같이 동부로 오셨다. 전학하지 않아도 상관없었는데 굳이 전학하게 된 것은 우리집 뒤쪽에 사시던 손연희 선생님 입김이 작용하였던 것 같았다.

은영이와 짝꿍이 된 것은 나라를 구해서가 아니라 그런 배경 때문이지 않았을까 싶었다. 나와 은영이에게 추억을 쌓을 기회를 주기 위해 4학년 때 이미숙이처럼 담임 선생님께서 특별히 배려해 준 것은 아니었을까 싶었다. 그렇지만 걔는 나를 싫어했다. 책이 자기 쪽으로 조금만 넘어가도 앙탈을 부리며 난리부르스를 쳤다. 추억은 고사하고 말 한마디 붙여 보지 못하였다.

윤재숙이는 3, 4학년 같은 반 아이였다. 내가 5학년 때 전학 가게 될 동부초등학교에서 3학년 때 전학 온 아이였다. 6학년 때 안동시 초등학교 체육대회에서 나는 개가 핸드볼 선수로 나와 우리 학교하고 시합하는 걸 지켜보고 있었다. 까맣게 탄 얼굴이 붉게 타오르고 있었다. 나는 우리 학교를 응원하지 않고 그녀를 응원하였다. 그녀는 그걸 의식하는 듯하였다.

대학입시 재수생 체력 고사를 마치고 안동중학교 교정을 자전거 타고 빠져나오는 길목이었다. 앞에서 걸어가던 한 무리의 여자 중에서 한 아이가 갑자기 내 자전거 앞으로 뛰어들며 주저앉았다. 그 위험한 순간인데도 고개를 들고 나를 빤히 쳐다보았다. 새빨갛게 달아오른 얼굴, 윤재숙이었다. 커다란 눈망울에서 눈빛이 나를 향해 발사되었다. 그와 동시에 세월 속에 꼭꼭 숨어있던 나의 첫사랑이 그 눈빛을 요격하기 위해 날아갔다. 순간 나도 모르게 급커브를 트는 바람에 그녀의 요격도 나의 요격도 빗나가고 말았다.

하교하던 내리막길에서 지나가는 네댓 살 정도의 여자아이가 자전거를 타고 가는 내 앞을 지나가다가 말고 획 돌아섰다. '대형사고' 순간 앞뒤 브레이크를 꽉 잡았다. 내 몸이 비행기처럼 붕 날아갔다. 책가방에서 책이 쏟아져 나오고 난장판이었지만, 그 아이는 털끝 하나 다치지 않았다. 신께서 보살펴주신 덕분이었다. 윤재숙이도 털끝 하나 다치지 않았는데 그것은 신의 저주였다. 일부러라도 넘어져야 했는데 자전거 잘 탄다는 걸 뽐내기라도 하듯이 그냥 그 자리에서 유유히 사라지고 말았다.

집으로 달려가는 길목마다 장미꽃잎이 우수수 떨어졌다. 빗나간 나의 첫사랑과 그녀의 눈빛이 허공에서 불꽃놀이처럼 펑펑 터지고 난 파편들이었다. 허망하기 이를 데 없는 아름다움이 가을하늘을 가득히 뒤덮었다.

김안나더러 재숙이 한번 만나 볼 수 없을까 했더니 인천에서 사는데 남편이 정치하는 사람이라서 조심스러워하더라고 했다.

자기들처럼 동창으로 한번 만나 보자는 것이었는데, 잊고 살아온 어린 시절을 소급해 보고 싶었을 뿐이었는데 아쉬웠다. 결혼제도라는 건 인간에게 씌워진 또 하나의 굴레가 틀림없었다. 그나저나 나에 대해 별다른 생각이 없었다는 것이 마음을 헛헛하게 하였다. 나의 첫사랑은 물거품이었다.

안동여고 출신 아이들이 재숙이 얘기하기에 인천에 산다고 하였더니 아니라고 하였다. 남편이 정치하는 사람이라고 하였더니 아니라고 했다. 서울에 살고 사업가라고 했다. 어떻게 된 일일까. 김안나의 농간이었던 것일까. 그 농간이었다는 사실이 나의 첫사랑을 물거품에서 끄집어내어 주었다. 떨릴 필요가 없는 데서 떨리고 머뭇거릴 필요가 없는 데서 머뭇거리는 김안나의 말투나 목소리를 물거품 밖에서 재생해 보았다. 내 자전거로 뛰어들던 이야기며 핸드볼할 때 자기를 지켜보고 있던 얘기들이 들려왔다.

우연의 조작으로 인연을 시도하려던 것이 틀림없었다. 새빨갛게 달아오른 얼굴! 그것은 사고 위험 때문이 아니었다.

나도 모르는 사이에 그녀는 나의 미에 대한, 아름다움에 대한 기준이 되었다. 먼 곳을 은은하게 바라보는 눈길, 비 내리는 그 풍경을 품고 있는 표정, 그녀가 바라보는 그 먼 곳에서 나는 그 '빗소리'를 들으며 그녀의 표정 그 속으로 하염없이 들어갔다.

'우리들의 추수이야기' 모임에서 나는 책 대신에 껍데기인 줄 알았던 첫사랑을 올해에 들어서야 알곡으로 추수하게 된 이야기를 하였다. 그때 창밖에서는 비가 내리고 있었다. 마치 그녀가 내 자전거 앞으로 뛰어들듯이 이 가을에 폭우가 쏟아졌다.

초등학교 교사가 에코백과 색연필을 갖고 와서 아름답게 한번 꾸며보라고 하였다. 나는 그 에코백 한쪽 귀퉁이에 글씨로 알록달록하게 꾸며보았다.

'사랑이라고 말하면 단풍이 든다. 첫사랑이라고 말하면 가을비가 내린다.'

5학년 때, 아버지가 영화표 한 장 생겼다며 같이 보러 가자고 해서 '먼 데서 온 여자'를 봤다. 초등학생은 어른과 함께 가면 무료였다. 거기에 나오는 윤정희를 좋아했던 이유도 이제 생각해 보니 그녀가 만들어준 미에 대한 기준 때문이었다. 성도 같은 윤 씨이지만, 이미지도 생긴 것도 많이 닮은 듯하였다. '트로이카'라고 그랬지만, 다른 배우들은 아무도 마음에 들지 않았는데 윤정희만 맘에 든 것은 다분히 그녀 때문인 듯하였다.

나중에 알고 보니 윤정희는 윤 씨가 아니었다. 이미지의 농도에서도 차이가 컸다. 윤정희의 이미지는 시가 되지 않았지만, 그녀의 이미지는 내 마음속 깊이 스며들고 스며들어 지나간 시간으로 숙성이 된 한 편의 시로 내 마음속에 아로새겨졌다.

　설 장 보러 어머니와 형과 함께 구시장에 갔다가 가족들과 장 보러 온 그녀를 먼발치에서 본 적이 있었다. 그녀가 내 자전거 앞으로 뛰어들듯이 나도 인파를 헤치고 그녀에게로 달려가고 싶었지만, 자전거를 피해서 가버렸듯이 내 시선은 그녀를 피하고 말았다. 초라한 나의 몰골이 그녀의 기억 속에 남아있는 내 이미지를 훼손하지나 않을까 싶어서였다. 내가 좋은 대학이라도 다니고 있었더라면 틀림없이 그녀를 향해 달려갔을 것이다. 알고 보면 내가 가고 싶었던 대학에 갈 수 없었던 건 나 때문만은 아닌 것 같았다. 사주 때문이었다. 아버지의 일도 혈혈단신으로 살아야 하는 사주 때문이었다. 학력이 내세울 만했더라면 내 인생은 내 사주에서 벗어날 수밖에 없었을 것이다. 그랬더라면 혈혈단신이 아니라 바람둥이가 되지 않았을까 싶었다. 내 사주는 신의 저주가 아니라 신의 보살핌이었다.

윤 초시네 증손녀

　고등학교 2학년 때, 우리집 건너편 100m 지점쯤에 사는 장혁진이가 자기 사촌 여동생과 함께 나를 찾아왔다. 서울여고 1학년이라고 했다. 얼굴이 뽀얗고 예쁘장하게 생긴 천상 서울 아이였다. 마치

소설 「소나기」에 나오는 윤 초시네 증손녀 같았다. 나는 그 소년이 된 듯한 느낌이었다. 나를 어릴 때 한번 봤다나 뭐냐 하면서 자꾸 소개해달라고 졸라서 데리고 왔다고 했다. 장혁진이하고는 초등학교 때 몇 번 같이 논 적이 있지만, 중고등학교 때는 거의 어울리지 않던 아이였는데 느닷없이 찾아온 것이었다.

배서연이가 왔을 때도 그랬지만, 부조리한 세상과 갈피가 잡히지 않는 내 세계에 매달려 있던 지라 이성에 대해서는 관심도 꿈도 꾸지 않고 있었다. 그런 사고가 바위처럼 단단하게 굳어져서 엄청나게 과묵하여진 데다가 은둔자적인 기질이 생긴 상태였다. 고치 속에 웅크리고 틀어박혀 있는 번데기 같은 존재였기 때문에 꼼짝달싹할 수가 없었다. 인사만 하고 아무 말도 하지 않으니까 무안하게 서 있다가 그냥 돌아가 버렸다. 황당했을 것 같았다. '뭐 이런 개자식이 다 있지!'라고 욕을 했을 것 같았다.

한숨이라도 조금 쉴 수 있는 여유만 있었더라도 이 칠흑 같은 내 청춘을 조금이나마 화사하게 변질시킬 수 있었을 텐데……. 윤 초시네 증손녀가 떠난다고 하니까 그 소년은 '저도 모르게 주머니 속 호두알을 만지작거리며, 한 손으로는 수없이 갈꽃을 휘어 꺾고' 있었듯이 나는 공허를 마시고 마시고 퍼마셨다가 허공에다가 게워 내고 게워 내고 게워 냈다.

달기약수터의 춘향이

고등학교 2학년 여름방학 때 정현수가 달기약수탕에 가서 하룻밤 자고 오자고 했다. 자기 어머니가 다 준비해 주었으니까, 몸만 따라오면 된다고 했다.

우리는 원탕 옆에 있는 여인숙에 들어갔다. 몸만 왔으니까, 밥은 내가 짓기로 하였다. 버너를 사용하기가 번거로워 주인집 불을 좀 빌려보기로 했다. 쌀을 이려 코펠에 담아 주인집 부엌으로 가니까 거기에 미모의 아가씨가 있었다.

"어떻게 되세요?"

"이 집 딸이야."

"대학생인가 봐요?"

"응, 1학년."

"밥을 지으려고 하는데 불 좀 빌려줄 수 있을까요?"

"거기 두고 가. 내가 해다 줄게."

"고맙습니다."

와! 어쩌면 저렇게 이쁘지! 가슴이 두근거렸다. 두 살 차이, 아! 안타까웠다. 요즘 같았으면 아무런 문제도 되지 않았을 텐데 그때는 내가 설정해 놓은 범위 밖이었다. 한참 기다렸더니 밥을 다 했다며 밥만 갖고 온 것이 아니었다. 약수로 지어 파르스름한 밥에는 콩도 들어있었다. 내가 준 쌀로 한 것이 아니었다. 국도 반찬도 완전 한정식 한 상이었다. 그것은 단순한 그녀의 선심이 아니었다. 사심이 분명하였다.

나는 그때 선심만 받아먹고 사심을 받아먹지 못하였다. 요즘 아이들은 만났다가 헤어지고 수도 없이 그러며 살지만, 그때 나라는 자는 한 번 만났다가 헤어진다는 개념이 없었다. '한 번 만나면 평생 가야 하는 것이 당연하다.'라는 생각에 갇혀 있었다. 그 생각이 여태 나를 독신으로 살아가게 하였다. 그래서 나이를 비롯해 모든 걸 고려하지 않을 수 없었다. 차려준 밥상은 밥알 하나, 국물 한 방울까지 싹 다 비웠는데, 그녀의 그 지상 최고의 진수성찬은 밥알 한 톨도 먹지 못하였다.

우리는 다음날 청량산을 등반하였다. 집으로 돌아가려고 하는데 현수는 다시 그 여인숙으로 가자고 했다. 나도 미련을 떨쳐내지 못하고 있었지만, 그러면 현수랑 경쟁해야 하는 구조이기도 하고 순수하지 않은 듯하였다.

"그럼, 너 혼자 가라. 난 집으로 갈란다."

현수가 성공할 수 있을지도 무척 궁금하였다. 현수는 진짜로 그 여인숙으로 다시 갔다. 나중에 한 번 물어보았다.

"그때, 그래서 어떻게 됐어?"

"어떻게 되긴, 밥은커녕 쳐다보지도 않더라."

나는 몰래카메라에 찍힌 그녀의 마음을 훔쳐보는 것 같은 기분이 들었다.

"넌, 나한테 마음을 준 여자한테 찝쩍거린 거야! 등신짓도 유만부

득이지. 그 여자는 마음으로 이미 내 여자야! 나한테 절개를 지키고 있는 춘향이 같은 여자란 말이야! 알겠냐, 이 등신아!"

'춘향이 같은'이라고 말하고 나니까 갑자기 가슴이 뜨거워졌다. 당장이라도 좇아가고 싶었다. 주막집 딸, 여인숙집 딸, 진짜 춘향이겠구나 싶었다. 내가 이몽룡? 성품 하나는 쏙 빼닮은 게 틀림없었다. 그런데 지금 거기에 없겠지! 어느 대학교에 있겠지! 내가 그녀를 처음 본 순간, 그녀가 나를 처음 본 순간, 그 광한루 같던 부엌 문지방을 사이에 두고 오고 가며 부딪치던 그 눈빛으로부터 시작해서 그녀의 마음과 나의 마음을 하나하나 추적해서 글을 쓰면 한 편의 '춘향전' 속편이 완성될 수도 있을 것 같았다.

"니는 개한테 아무 관심도 없는 것처럼 굴더니 지금 와서 와카노?"

"이 변학도 같은 놈!"

죄수와 재수

고등학교는 감옥이었다. 죄수들이 감옥을 학교라고 하는 이유가 그래서이지 않을까. 인생에 있어서 가장 아름다운 그 싱그러운 그 3년, 무슨 죄를 지었기에 고스란히 감옥에 갇혀서 지내야 했단 말인

가. 아담이 지은 죄 때문인 것인가. 졸업은 출옥이었다. 형기를 마치고 나오니 재수라고 하는 타이틀을 달아주었다. 죄수 다음이 재수였다.

재수! 그것은 자유라는 직함이었다. 창신동 달동네에서 고종사촌 세 명과 함께 그것도 그 좁은 방에서 레슬링하는 아이들과 함께 지냈지만, 행복하였다. 내가 학원을 선택하고, 과목을 선택하고, 선생을 선택하고, 가만히 듣고만 있어도 귀에 쏙쏙 넣어주는, 심지어 단어 하나도 모르는 영어까지 귀에 쏙쏙 들어왔다. 감옥에서 벗어나니 공부라는 것도 이렇게 아름다웠다.

어느 국어 시간, 뒤쪽에 혼자 앉아 있는데 어떤 여자아이가 자리도 많은데 내 옆에 와서 앉았다. 나이도 있으시면서 청바지, 청재킷을 즐겨 입으시던 국어 선생님께서 갑자기 대놓고 역정을 내셨다.

"지금이 어느 땐데 연애질이야! 정신 차리고 죽자 살자 해도 되지 않을 판인데……."

그렇게 시작하신 말씀은 종이 칠 때까지 이어졌다. 진도는 단 한 줄도 나가지 못했다. 사설학원에서 이래도 되는 건가 싶었지만, 연결고리 하나 없이 떠돌고 있는 나를 선생님께서 의식하고 있었다는 생각이 드니까 가슴속에서 울컥하는 소리가 들렸다. 선생님의 심정과 내 마음이 연결하는 소리였다.

"공 한번 차고 어마어마한 돈을 거머쥔 펠레를 보라!"

나보고 무슨 '스타가 돼라.'라고 강변하시는 것 같았다. '스타!' 돈이나 명성이나 이런데 관심이 있었으면 '엔터테인먼트' 같은데 한

번 찾아가 볼 생각을 했겠지만, 난 성향도 그렇고 체질도 그래서 시켜준다고 해도 도망칠 사람이었다. 노래라면 또 모르겠구나 싶기도 하였지만, 신께서 아시고선 그런 거 하지 말라고 하셨다.

중학교 1학년 겨울방학 때 낮잠을 곤히 자고 일어나니까 목이 너무 말라 부엌으로 가서 수도꼭지에 입을 대고 수돗물을 벌컥벌컥 들이켰다. 그러고 나니까 목이 갑자기 콱 막혀버렸다. 터지라고 소리를 꽥꽥 지르니까 완전히 막혀버려 소리를 지를 수조차 없었다. 변성기 때였다. 최악의 변성기였다. 오랫동안 굵고 허스키한, 영감 같은 목소리로 지내야 했다. 국어 선생님께서 나를 조숙하고 성숙한 아이라고 했는데, 거기에 걸맞은 목소리를 내고 있었다.

어릴 때 친척들이 모이면 나한테 노래를 시켰다. 그러면 레코드판에 있던 '엄마 엄마 돌아와요', '우리 아빠 운전수래요'와 같은 노래와 '섬마을 선생님'이나 드라마 주제곡이었던 '길 잃은 사슴' 같은 노래를 한껏 멋을 부려가며 불렀었다.

아무리 높이 질러대도 끝없이 뿜어져 나오던 목소리였는데 안타까웠다. 지금도 노래방에 가면 잘 부른다고 하는 사람도 있지만, 고음에는 자신이 없다. 기분에 따라 잘 올라가기도 하고 막히기도 하였다. 가수가 되었다면 작사도 그렇고 작곡도 그렇고 잘나가는 뮤지션이 될 수도 있지 않았을까 싶었지만, 사정이나 운명에 휩쓸렸으면 모를까 스스로 그렇게 살지는 않았을 것이다. 악대부에서 빠져나왔던 것처럼 내 성품이나 기질은 그런 생활에 맞지 않았다.

그 여자는 그다음부터 내 옆에 앉지 않았다. 복도에서 마주쳤을 때 아는체했지만, 선생님 말씀을 무시하는 것 같아 외면하고 말았다. 그런데 공부하는데 동지라도 있었으면 그녀가 알고 있는 정보도 그렇고 공부도 그녀만큼은 했을 텐데 하는 아쉬움이 컸다.

응용미술학과 다닐 때 장희연이도 뒤에 앉아 있던 내 옆에 와서 살그머니 앉았다. 상당히 매력적인 아이였는데 나는 아무 말도 건네지 않았다. 나는 목석이 아니었다. 여자를 사귈 마음도 준비도 되어 있지 않았을 뿐이었다. 그렇다기보다 내가 사귀고 있는 여자는 없었지만, 사귀게 될 여자가 어디에 있다고 생각했기 때문인 듯도 하였다. 그녀는 그다음부터 수업에 잘 나오지 않았는데 나중에 아이들한테 들으니, 학부에 다시 들어갔다고 했다.

경제학과에 다닐 때 지나가다가 보니까 우리 과 아이들이 체육대회 응원석에 앉아 있는 그 뒤편 멀찍한 곳에 잠시 앉아 있었다. 좀 있으려니까 여자 후배 한 명이 무리 속에서 나와 내 바로 옆에는 오지 못하고 저만치에 와서 앉았다. 그때도 나는 말을 붙이지 않았다. 그렇게 한참 지나니까 보다 못한 남자 후배가 와서 그 애를 데리고 갔다.

간단하지 않았을 것이다. 단단히 벼르고 자존심까지 걸고 한 행위였을 것이다. 그런데 외롭고 쓸쓸하게 혼자 지냈으면서도 왜 그랬는지 나는 그때의 나를 이해할 수가 없었다. 단 하나 이해할 수 있는 것이라면 늘 그래왔기 때문이었다. 연속선상에서 일어나게 된 행태였다. 그리고 내 운명이 그렇게 지어져 있었기 때문이다. 나는 어쩔 수 없이 혼자 살아갈 수밖에 없게 지어져 있었기 때문이다. 그것이 내가 우주의 질서에 부응하는, 충실히 따르는 길이었다.

'수학의 정석' 선생님은 성능이 뛰어난 기관단총 같았다. 따다다닥 하면 돌멩이도 소화시킬 수 있을 듯이 이해되었다. 설명이 끝나면 나를 쳐다보고 "응" 그러셨다. 내 대답을 강요하셨다. 고개를 끄덕여주면 다음 문제로 넘어가곤 하였다. 거의 가정교사한테 수업받는 기분이었다. 복습만 제대로 했더라면 수학은 마스터할 수도 있었겠지만, 단 한 번도 복습한 적이 없었다. 완벽하게 이해되었던 것이 완벽하게 날아갔다.

반칙과 원칙

수학 문제는 풀지 못했지만, 수학적 사고는 상당히 발달하여 시 쓸 때나 사람들의 속내를 계산하고, 사회현상이나 세상의 구조를 분석하고 인식하는 데 있어서 내가 풀지 못할 방정식은 없을 것 같았다.

중학교 3학년 어느 때, 나는 세상을 바라보고 있었다. 세상이 유리 속처럼 훤하게 들여다보였다. 그때 내 가슴속에서 한 문장이 떠올랐다. '세상을 다 알겠다.'

중학교 3학년인 질녀에게 수학을 가르쳐준 적이 있었는데 30점

40점 받아오던 아이가 바로 100점을 받아왔다. 그 아이가 그때 세상이 훤히 들여다보이듯이 들여다보였다. 그런데 누나와 매형은 더 가르쳐주기를 원치 않았다. 이상한 일이지만, 나는 하나도 이상하지 않았다. 내 자랑거리가 아버지의 마음에, 유산에 어떤 영향을 미치는가에 대한 주판을 열심히 두들긴 결과라는 사실을 알고 있었기 때문이었다. 그 유산을 자식 교육에 퍼부어대도 시원치 않을 판에 그 유산 때문에 자식 교육을 때려치우다니, 세상에 이런 부모가 어디에 있을까. 그동안 아버지 앞에서 간신배처럼 온갖 아양을 다 더는 걸 지켜보고 있었지만, 이 정도일 줄은 몰랐다. 불의를 보고 참지 못하는 내가 그럴 걸 고스란히 보고 살아왔으니 이 심정이 어떠했겠는가? 비참하고도 참혹하였다. 그러했기 때문에 이처럼 비정한 부모의 모습을 보고도 아무렇지도 않았다. 우리 매형과 누나는 공부는 빵 점이었어도 선악과 따먹는 것만큼은 만점이었다.

나는 선악과는 빵 점이고 공부는 백 점이기를 바랬다. 그래서 '성문종합영어' 반에 들어갔다. 아는 단어 하나 없어도 너무 잘 가르쳐서 수강생 300명 중에서 이해는 내가 제일 잘하지 않을까 싶었다. 그렇지만 문장을 읽고 해석하는 부분에서는 먹먹할 수밖에 없었다. 수업을 며칠 빠졌다가 가니까 상당한 시간에 거쳐 "방황하지 말고 마음을 바로잡아야 한다."라며 훈계하셨다. 그 많은 수강생 중에서 어떻게 내가 빠진 걸 아셨을까!

적응을 잘하고 있을 때는 관심받는다는 것이 기쁜 일이지만, 그렇지 않을 때는 부담이었다. 애써 시간을 할애해서까지 훈계도 해주셨는데 비정하게 나는 '성문기초영어' 반으로 옮겼다.

그랬어도 단어 모르고 영어 공부한다는 건 어불성설이었다. 지금이라도 영어 단어를 외울 것인가. 요즘처럼 오디오니, 비디오 같은 것이 있었더라면 누워서 떡 먹기였을 테지만, 거기에서 나는 영어는 완전히 접어버렸다. 영어란 시험 말고는 중요하거나 필요할 것 같지 않았다. 그런 것 때문에 영어의 노예가 되어 살 것인가. 아니면 영어로부터 해방할 것인가. 동시통역사하고 선을 보기로 하였는데 생각해 보니 나랑은 다른 부류의 사람 같아서 포기한 적이 있었다.

대학도 내가 원하는 대학을 포기하지 않을 수 없었다. 포기! 거기에는 자유가 포함되어 있어서 짜릿하였다. 포기의 그 짜릿함은, 그렇게도 들어가고 싶어 했던 그 대학교 교수직까지 포기할 수 있게 하였다. 나는 세상과의 연결고리를 단절하고 우주와의 연결을 시도하며 살았다. 대학이고 교수이고 그 어디에도 거리낌 없이 유연하게 흐르는 강물처럼 살아갔다. 남들이, 세상이 그런 나를 무시하는 것은 나의 풍경을 더욱 아름답게 꾸며주는 배경이 되어주었다. 그런 노예들에게 맞혀 산다면 옳은 시 한 줄, 참 아름다움 한 줄, 우주의 실체 단 한 줄도 쓰지 못할 것이다.

영어, 수학을 포기했다는 건 공부를 포기한 것이나 마찬가지였다. 선악과도 빵 점이고 공부도 빵 점이었다. 그런데도 삼류대학이나마 들어갈 수 있었던 것은 중국어 때문이었다. 고등학교 3년 내내 신문만 읽었기 때문이었다. 그 당시에는 신문에 한자를 많이 사용하였기 때문에 별도로 한자 공부하지 않았는데도 어부지리로, 공짜로 한자 공부를 한 셈이었다.

공부에는 왕도가 없을지는 모르지만, 학력에는 어부지리, 공짜가 있었다. 나처럼 공부하지 않은 사람이 삼류대일망정 대학을 나올 수 있었던 것은 반칙이었다.

삼류대도 반칙으로 나온 자가 일류대 교수직을 제안받은 것은 원칙이었다. 이것이 논리에 맞도록 세상을 뜯어고쳐야 한다.

마당에 그린 수채화

국정교과서에 다니시던 고모부 집은 동대문 쪽 낙산성곽 밑에 있는 달동네였다. 그곳에서 재수한답시고 사촌들 삼 형제가 지내고 있는 방에 꼽사리 끼어 지냈다. 종각과 종로3가에 몰려있던 학원까지는 걸어가도 되는 거리였다. 나는 과목별로 한 번씩 듣고 난 후 3개월 만에 안동으로 내려갔다. 그 좁은 방에서 지내기도 불편하였지만, 고모와 사촌들에게 짐이 되는 것이 부담스러웠다. 그리고 학원 선생들이 워낙 뛰어나서 영어 빼놓고는 더 들을 필요도 없을 것 같았다.

학원 수업을 마치고 종각에서 동대문까지 이것저것 구경하면서 오다가 어기적거리며 골목길로 올라가고 있었다. 그때 언덕 위에서

슬리퍼를 신은 채 후다닥 뛰어 내려오던 한 여자아이가 내 앞에 우뚝 멈춰 섰다.

'와!'

입 밖으로 튀어나오려던 말이 그녀가 멈춰 섬과 동시에 딱 멈추었다. 그녀는 그렇게 서서 그냥 지나쳐가는 내 모습을 카메라 앵글처럼 잡아내고 있었다. 바쁜 일이 있는 것 같은데도 그렇게 한참을 서서……! 그러고 있는 그녀의 모습은 그녀의 미모보다도 더 가슴에 사무칠 정도로 아름다웠다. 자기를 저렇게까지 표현할 수 있다는 것은 자기 자신에 대한 자신감이 얼마나 완벽했으면 저럴 수 있는 것인지, 내가 원하는 대학에 다니고 있었더라면 나도 저런 자신감이 있었을 텐데 자괴감에 빠져들면서 그곳을 벗어나고 있었다.

나도 저처럼 당돌한 자신감이 있었더라면, 내가 아무리 순정파라고 할지라도 바람둥이는 되지 않았겠지만, 애정 노선이 복잡하게 얽혀지지는 않았을까. 그렇지 않더라도 결혼하고 자식 낳고 알콩달콩 잘 살 수는 있었을 것이다. 그런데 신께서는 그런 나를 용납하지 않으셨다. 독신으로 살아가야 하고 더 나아가 혈혈단신으로 살아가야만 했기 때문이다. 그러시려고 영어도 수학도 포기하게 하시고 사회적인 자신감을 바닥으로 떨어트려 놓으신 것 같았다. 마음만 먹고 공부하면 서울대 수석인들 못 할까 하는 자신감도 있었지만, 어째서, 아무리 성공이나 출세에 연연하지 않더라도 그렇지, 그렇게도 공부하지 않은 이유를 나도 알 수 없었다. 신의 저주 때문이라는 걸, 나를 사랑하시기 때문이었다는 걸 알아차리기 전까지는.

중학교 1학년 때 신민기는 모든 아이가 떠들고 노는 시간에도 혼자서 공부하고 있었다. 꿈을 달성하기 위해 강력한 의지를 불태우고 있는 아름다운 모습이라고도 볼 수 있겠지만, 내 눈에는 떠들고 노는 아이들보다도 못난 놈으로 보였다. 중학교 3학년 때 백일장 시간이었다. 나는 시를 쓰고 있었다. 그런데 아이들이 백일장 시간을 노는 시간으로 치부하며 전부 떠들고 놀아댔다. 나 혼자서만 몰입해서 시를 쓰고 있는 꼴이 너무 볼썽사나운 것 같아 첫 연 달랑 네 줄만 쓰고 나서 더 쓰지 않았다. 그런데도 그것으로 차상을 받았다. 그것도 김진 선생님의 배려가 아니었을까. 아이들이 떠드는 사나운 물결에 내가 순순히 떠내려가야 내가 사나워지지 않았다. '흐르는 강물'처럼, 신께서 만들어주신 환경에 따라 살아오느라 사회적인 환경 속에서는 자꾸만 밀리고 밀려 천민으로 전락하였다. 어떤 예언가는 사회적으로 천한 사람일수록 하늘의 귀한 백성이 될 수 있다고 하였으니 그 전락을 축복이었다.

내 앞에 우뚝 선 그녀의 눈빛과 그 아름다운 표정을 가슴에 품은 채 중앙선 열차를 타고 안동으로 내려왔다. 유월이었다. 그런데 집에 오니까 그녀가 우리집에서 살고 있었다. '아! 이게 어떻게 된 일이지?' 그런데 그녀는 고등학생 같아 보였는데 나보다 한 살 더 많았다. 나를 바라보는 눈빛이 내 가슴으로 파고드는 파장만큼은 너무나 똑같았다.

포항에서 왔다고 하였다. 바닷가 그 새롭고도 낯선 정서와 미묘하게 느껴지는 색다른 억양의 그 뭉클함이 우리집에서 풍겨 나왔다.

그 향기가 창문이며 마당이며 수돗가로 스며들어 집안이 온통 싱그러웠다. 가라앉아 있고 칙칙하던 집안 분위기가 몇 개월 만에 이렇게 변해 있다니 놀라웠다. 새로운 집에서 새롭게 살고 있는 듯하였다. 부모님이 안 계신다고 하였다. 내가 들어가고 싶어 했던 대학에 다니는 오빠의 학비를 보태주기 위해 대학 진학을 포기하고, 식품회사 안동지점에 근무하고 있었다. 김민지! 착하고 영특한 여자였다.

도로 확장으로 인해 우리집은 적산가옥에서 길 건너편 약국집 뒤에 있는 한옥으로 옮겼다. 대문을 열고 들어가면 우측으로는 문간방과 그에 딸린 부엌, 그 옆으로 텃밭과 감나무가 있었다. 좌측으로는 화장실과 한 번도 사용하지 않은 무쇠로 만든 커다란 욕조가 있는 목욕탕, 거기에 이어서 단칸방 두 칸과 곳간이 연결되어 있었다. 그녀는 그 첫 번째 방에 세 들어 살고 있었다. 두 번째 방에는 잿골 지나서 있는 감성골에서 온 여고생과 중학생 남매가 살았다. 우리집에 오기 전까지는 고향 집 고샅길로 떠들며 지나가던 그 아이들이 지금은 시내에 있는 우리집에서 살고 있었다.

기역 자로 된 본체는 부엌 위에 다락이 딸린 안방과 그 옆에 뒤뜰로 가는 통로에 길쭉한 방 한 칸을 달아놓았다. 여동생이 주로 사용하였지만, 나도 사용한 기억이 있었다. 대청마루와 내가 주로 사용했던 중간 방, 할아버지, 할머니가 사용하시는 사랑방으로 되어 있었다.

다른 어떤 곳보다 나는 다락이 좋았다. 푹신한 매트도 깔려 있어서 뒹굴며 게으름 피우기 참 좋았다. 옆에 참고서를 펴놓기는 하였지만, 무슨 책이 펴져 있는지도 몰랐다. 들창으로 내려다보면 큼직한 사각형 타일을 깔아놓은 마당은 온종일 휑뎅그렁하다가 저녁이 되면 사람들의 동선이 마당에 어지럽게 그려졌다가 지워지곤 하였다. 그 동선으로 마당에다가 수채화를 그려보다가 어떨 때는 수묵화를 그리기도 하였다. 거기에 김민지도 그려 넣었다. 어머니는 온종일 다락에 틀어박혀 꿈쩍도 하지 않고 있는 나를 보고 한마디 하셨다.

"자는 무슨 아이가 저럴 수 있는지 도통 모를 아이야. 신이 보내서 온 아이인 것 같아!"

그녀는 퇴근해서 올 때 자기 회사 과자를 수시로 가져다주었다. 저녁이나 일요일 같을 때는 밥을 거의 같이 먹었다. 한번은 집에 들어오니까 여동생이 민지 언니가 오빠 먹으라고 준 것이라며 항아리 하나를 건네주었다. 꿀에 재어놓은 딸기였다. 같이 먹자고 하니까 치사해서 안 먹는다고 했다.

"언니가 오빠만 먹으래!"

문 열어놓고 공부하고 있는 나를 보기 위해 그녀는 손가락으로 창호지를 뚫었다. 그 손가락이 내 마음을 뚫고 들여다보는 듯하였다. 나는 그녀에게 편지를 썼다. 나를 그녀에게 보여 줄 수 있는 수단으로 편지가 가장 좋을 듯하였다.

편지지에다가 7장이나 썼다. 소위 연애편지였다. 내 생애 첫 연애편지이자 마지막 연애편지였다. 내 동생과 어울려 놀던 그녀의 모습은 너무 밝고 맑고 활달해서 암울하고 침울한 나까지 맑고 밝아지게 했다. 너무 싱그럽고 풋풋하여 내가 우리집에 살고 있다는 것이 아름다웠다. 하지만 나는 지금 나를 정립시키는 데 몰두하여야 했다. 심하게 기울어져 있는 나를 바로 세울 때까지 누구를 사랑할 수도, 누구로부터 사랑받을 만한 사람이 되지도 못한다고 생각하였다. 바로 설 때까지 우리가 만나는 것을 미루어 놓아야만 하였다. 그 학원 강사님의 말씀처럼 지금은 연애할 때가 아니라고 생각하였다. 창신동 그 골목에서 그냥 지나쳤듯이 지나쳐가야만 한다고 생각하였다.

사귀지도 않았는데 절교하자고 한 셈이었다. 그녀의 마음을 받아주려고 쓴 편지였는데 그녀의 마음에 상처를 내고 말았다.

퇴근 시간만 되면 정확하게 들어오던 그녀는 그러고 난 다음부터는 늦도록 들어오지 않을 때가 많았다. 풀이 죽어 있는 모습이 내 심정을 미어터지게 하였다. 한번은 토요일 오후, 산마루 소나무 그늘에 누워 자라투스트라와 대화를 한번 나눠볼까 싶어서 책장 속에 있던 그를 자전거 뒤에 태우고 안동댐 쪽으로 가고 있었다. 입시고 뭐고 아무 생각 없이 살았던 것 같았다. 맞은편에서 그녀가 혼자서 걸어오고 있었다. 나를 보더니 뒤로 홱 돌아 고개를 떨군 채 우두커니 서 있었다. 외로운 자기의 모습을 숨기고 싶었던 것일까. 그 순간에도 나를 생각하고 있다가 들켜서 그런 것일까. 빠르게 머리를 굴리다가 보니 뒤에 태울 자리가 없었다. 거기에는 이미 자라투스트라가 타고 있었다. 그냥 지나치는 것이 그녀의 의사를 존중하는 것이라고 여겼다. 차오르는 그녀 생각을 덜어내기 위해 생각하였던 곳을 벗어나 안동댐 뒤편으로 해서 생소한 산길로 끝없이 달려갔다. 다른 세계로 가고 가는 것처럼 가다 보니 와룡이 나왔다. 와룡은 사랑이 빗나간 곳에 있던 고장이었다.

　공부를 집중적으로 할 것도 아니면서 왜 그래야 했는지 아직도 모를 일이었다. 너덜너덜해진 가슴으로 티 없이 맑고 발랄하던 그녀가 암울하게 겉도는 모습을 멍하게 지켜보고만 있었다. 그러던 어느 날 갑자기 서울로 올라가게 되었다며 우리집을 떠났다. 내 속에서 고뇌 속에서 번뇌만 하던 그녀는 마침내 내 품에서 부화하였다. 내 가슴에는 빈 껍질만 남긴 채 서울로 날아가 버렸다. 그 빈 껍데기 속에서 나는 의식을 치렀다. 지팡이로 마당을 툭툭 치면서 오른쪽으로 세 번, 왼쪽으로 두 번 온종일 빙빙 돌았다.

　서울로 올라간 그녀는 언니 집에서 산다고 했다. 보광동은 또 다른 창신동이었다. 내가 가려고 하던 대학에 미련을 버리지 못하고 삼수를 시작할 무렵 나는 공허한 마음을 조금이나마 달래보려고 창신동 골목길을 타고 오르듯이 보광동 골목길을 타고 올랐다. 창신동 골목에서 나타났던 그 아가씨가 그녀였으니까 그 아기씨처럼 뛰어나와 내 앞에 우뚝 설 것이라고 나는 믿었다, 보광동에는 그녀만 살고 있을 것이라고 나는 믿었다.

　어디로 가야 하나! 시간은 많은 데 갈 곳이 없어 무작정 버스를 탔다. 그런데 그곳에 그녀가 타고 있었다. 놀란 가슴을 쓰다듬으며 그녀를 주시하고 있었는데 강남 쪽에 가서 내리기에 따라 내렸다. 가다가 서서 나를 빤히 바라보더니 나를 유인하더니 다시 버스를 타고 왔던 데로 되돌아가고 있었다. 왜 저러지? 이상하게 생각하면서 뭔가에 홀린 듯 따라가고 있었다. 거기에 커다란 교회가 있었다. 나를 포교할 목적인 듯하였다. 그때 "저기요!" 하고 말을 건네면서 보니까 그녀가 아니었다. 그녀가 아닌 줄 알았지만, 그녀이기를 진짜로 바라서 그랬던 것일까. 그때 갑자기 나도 모르게 "아이 씨."라고 내뱉었다. 내가 생각해도 거기에서 왜 그랬던 것인지 알다가도 모를 일이었다. 그 아가씨는 깜짝 놀라더니 교회 안으로 달아났다. 그것은 내가 나에게 한 욕이었다. 지금은 사귀지 말자고 해놓고선 그러고 있는 내가 환멸스러워 나도 모르게 튀어나왔던가 보았다.

내가 스물일곱 되던 해, 그녀가 미국에서 내 동생 앞으로 크리스마스카드를 보내왔다. 한복을 곱게 차려입고 침대에 앉아 있었다. 그 뒤에 역시 한복을 차려입은 한 남자가 서 있는 사진으로 만든 카드였다.

'유선 씨! 나 결혼했어요.'

나에게 자기의 결혼 사실을 알려주기 위해 보낸 카드였다. '나를 정립하고 나면, 그때도 민지 씨가 그대로 있다면, 우리 만날 수 있지 않을까요?'라고 한 부분을 잊지 않고 있었다는 뜻이었다. 행복하였다. 내가 그녀와 결혼한 것처럼……. 모진 세상 풍파 어떻게 헤쳐갈까? 염려도 되고 걱정스러웠는데 똑똑한 만큼 똑똑하게 살아준 것 같아 감사하였다.

행복한 마음과 감사한 마음과 미련 같은 내 마음이 그녀 마음을 쓱 스친다. 방금 스쳐 지나간 자리로 또 쓱, 또 쓱……! 끝없이 스치는 내 마음으로 그녀 마음을 깎고 깎아 하나의 형상을 만들었다. 반가사유상이었다.

불법체류자

민지 씨가 벗어놓고 간 허물에 싸여 그 허물과 함께 나도 바싹 말라가고 있었다. 안 되겠다 싶어서 나도 그곳에 허물을 벗어놓고 부화하였다.

어느 날 보니 나는 부산 용두산공원으로 날아가 비둘기와 놀고 있었다. 벤치에 앉아 빵과 우유를 먹고 있었다. 그곳은 비둘기 나라였다. 내 빵을 노려보는 눈초리, 바다 냄새가 하나도 묻어있지 않은 나를 금방 알아차리고서는 불법체류자 취급하였다. 그러나 아이들 손을 잡고 비둘기 나라를 방문한 사람들의 표정은 하나같이 평화스러웠다. 나도 저런 평화 속으로 정당하게 편입하기 위해 비둘기한테 뇌물로 빵 반 조각이나 헌납하였다.

태종대로 갔다. 걸어야 하는 구간이 길어서 포기하려다 빠르게 행군하듯이 걸어가고 있었다. 무리 지어 가던 아가씨 중 한 명이 내 흉내를 내며 "하나둘 하나둘" 구령을 붙여가며 따라왔다. 돌아다보니 친구들 속으로 뛰어가 숨으며 함께 깔깔거렸다. 한참 앞질러 가다가 나는 뒤로 돌아섰다. 태종대, 그 아름다운 풍광보다 더 아름다운, 그지없이 발랄한 부산 아가씨들에게 손을 흔들어주었다. 아쉬운 듯이 받아서 흔들어주는 그 아가씨들의 손이 태종대 그 풍광 위에 아로새겨지고 있었다.

중학교 수학여행을 우리는 부산, 충무, 한산도로 갔다. 해운대해수욕장에 갔을 때 우리는 파도를 따라 바다로 들어갔다가 도망치면서 놀고 있었다. 너무 신나고 재미있게 놀고 있어서 그런지 옆에 가만히 서 있던 부산 여중생들이 우리를 따라 놀고 있었다. 새로운 교복, 새로운 말투, 거기에다가 요사스러운 눈웃음까지, 바다! 처음 본 그 어마어마한 감동을 부산 여자들의 매력이, 유혹이 태풍처럼 휘몰아쳐서 휩쓸어버렸다.

부산 여자들은 따라 하기를 잘했다. 흉내를 잘 냈다. 치명적인 구애 방법을 갖고 있었다.

광주, 그곳은 어떤 곳일까? 철도공무원 가족이라서 기차는 전국 어디든지 무료로 타고 다닐 수 있었다. 요즘처럼 지역감정이 심각하지 않을 때였지만, 신라 사람이 백제에 가는 듯한 기분이었다. 공기부터 다른 것 같았다. 사람들이 용두산공원 비둘기처럼 나를 불법체류자로 취급하는 것 같았다. 불법체류자처럼 나는 몰래몰래 그곳에 있는 대학교에도 가보고, 어느 동네 골목길도 돌아다녀 보았다. 학생들이 학교에서 우르르 쏟아져나오고, 한 여자가 퇴근해서 고단한 몸을 이끌며 집으로 돌아가는 모습을 보니, 이곳 공기나 풍경은 경상도와 전혀 다르지 않았다. 마음이 편안해지니까 저절로 불법체류자에서 벗어나 이곳의 어엿한 손님이 될 수 있었다.

역사와 인간, 거기에 영향을 가장 많이 주는 것이 권력 아닐까. 특히 광주, 투표하는 것만 봐도 그렇지만, 그 어느 지역보다 권력의 영향을 많이 받는 곳이 아닐까. 권력에 의해 인간이나 역사나 꼬일 대로 꼬여버린 현장인 듯하였다.

집으로 돌아오는 열차 안에서 나는 광주에서 권력을 하나하나 제거해 나갔다. 마지막 권력 하나를 제거하는 순간 그곳에 본래의 광주가 나타났다. 황홀하리만큼 아름다웠다.

아지랑이

재수는 공부하는 시간이 아니라 그동안 학교 다니느라 고생한 대가로 얻게 된 휴가 같은 시간이었다.

자전거를 타고 의성에도 가고, 예천, 영주, 진보까지도 가서 시장이나 시내 이리저리 둘러보고 짜장면 한 그릇 사 먹고 돌아오곤 하였다. 아니면, 이것저것 사 모아놓은 문고판 한 권 골라 어느 산 나무 그늘에 누워 읽다가, 그것마저 읽기 보다가는 빠르게 흘러가는 구름을 바라보다가, 나뭇잎을 비집고 들오는 햇살을 쫓아내다가, 바람이 갑자기 무섭게 불어닥치면 일어나 서둘러 집으로 돌아오곤 하였다. 학교 때문에 나로부터 떠나가 버렸던 자연이, 세상이 나에게로 한 걸음 한 걸음 돌아오고 있었다.

하루는 감나무밭으로 가기 위해 안동댐을 지나 음달골 산길을 지나가고 있었는데 그 산길에 블랙홀이 있었다. 그곳에 한 아가씨가 서 있었다. 중학생 남자아이와 함께 산책하고 있었다.

"잿골 가려면 어디로 가야 하는지 아세요?"

작업 멘트로 블랙홀에 빠져들자, 그 블랙홀이 내게로 끌려왔다. 거기에서 말해도 충분히 들리는데 내 앞까지 좇아왔다. 거기에서 나는 우주의 법칙을 하나 발견하였다. 블랙홀은 빨아들이기만 하는 것이 아니라 빨려들기도 한다는 것을.

도시에서는 백 명 중의 한 명이 나를 블랙홀처럼 끌어당긴다면 여기 산길에서는 한 명 중의 한 명이었다. 그러면서 나에게 끌려오는 여자는 천 명 중의 한 명이었는데 한 명 중의 한 명, 이를 두고 천생연분이라고 하는 것은 아닐까.

음달골, 이곳은 동창인 김영도가 사는 동네였다. 혹시 영도 동생! 그럼, 동성동본! 순식간에 떠오르는 생각들을 다 정리하지 못한 채 그만, "고맙습니다." 하고는 일러준 대로 길을 떠나고 말았다.

어느 작가가 릴케의 「어느 봄날에선가 꿈에선가」에 대해서 쓴 글을 보내주었다. 거기서 '작업 멘트' 얘기를 하기에 그녀 생각이 떠올라 답글로 시를 한 편 지어봤다. 제목은 「아지랑이」.

꿈에선가 봄날이 나를 부른다
홀린 듯 그 벚꽃 동산으로 찾아드니
저만치 한 아가씨가 나를 바라본다

저기 봄날 어디 있는지 아세요

달아오른 내 목소리가
그녀를 향해 날아가고
그녀의 눈빛이
나를 향해 날아온다

꽝

산산이 부서진 그 잔해들이 동산 가득
아른거리며 넘치고 넘쳐

먼 훗날 어떤 기억 속을 흘러들어
벚꽃으로 흩날린다

종유석과 석순

　학교라는 울타리를 벗어나니까 자연뿐만 아니라 관념적 개념까지 내게로 조금씩 다가왔지만, 성미에 차지 않았다. 그냥 기다리고만 있지 않고 찾아 나섰다. 그곳에는 우주도 있었고 신도 있었다.
　시간이란 어떻게 생겼을까. 그 모습을 보려고 고수동굴에 가보았다. 버스는 만원이었다. 비포장길로 달리는 버스는 서 있는 나를 얼굴 형태가 바뀔 정도로 흔들어댔다. 엄청난 진동요법으로 얼굴을 성형해 주었다. 버스에서 내려서 보니 나는 미남이 되어 있었다.
　고수동굴은 시간이었다. 시간의 형태였다. 시간이라는 것을 직접 눈으로 보고 나니, 내가 생각하고 있었던 시간은 시간이 아니었다. 그동안 시간도 아닌 시간에 쫓기며 살아온 인생이 우스웠다. 종유석에서 떨어지는 물방울 속에서 살아왔지, 종유석 속에서 살아오지 못했다. 나는 나를 슬그머니 형체도 없는 물방울에서 형체가 분명한 종유석으로 잽싸게 옮겨놓았다. 돌아가는 버스가 아무리 진동을 쳐도 내 얼굴은 미동도 하지 않았다. 그새 나는 '삼천갑자 동방삭'이가 되어 있었다.
　MT 온 대학생들이 단양역 앞에서 밥을 먹고 난 후 짐을 챙기고 있었다. 벤치에 앉아서 나도 그들의 일행인 것처럼 그들을 바라보고 있었다. 그런데 그중에 한 여자가 있었다. 수돗가로 분주하게 움직이고 있던 그녀가 자신을 바라보고 있는 나를 발견하였다. 그 순간 그녀는 하나의 사물이 되어 정지하였다. 친구가 옆에 와서 "왜 그래?"라고 물으니까, 그녀는 나를 향해 오른팔을 들어 손가락으로 내 심장을 겨냥하였다. 바람이 불고 나뭇잎이 햇살의 방향을 어지럽게 변경하고 있는 동안도 석고상처럼 그 자세 그대로였다. 얼마나 지났을까. 내 마음 한 방울이 그녀의 손가락 끝에 똑하고 떨어졌다. 내 몸이 차안과 피안으로 날아간 듯 아찔하였다.

비포장길 버스가 성형해 준 내 외모가 맘에 든듯하였다. 그런데 그것 때문이지는 않은 것 같았다. 내가 삼천갑자 동방삭이 된 것을 알아차린 게 분명하였다. 어떻게 그걸 알아차릴 수 있었을까. 그걸 알아차릴 수 있는 세계, 그녀의 세계, 피안으로 들기 위해 연모의 정을 하염없이 쏟아내었다. 역전을 가득 채우고 나더니 시간의 안쪽으로 감쪽같이 스며들었다.

피안으로 가는 상행선과 차안으로 가는 하행선 열차가 동시에 들어왔다. 다른 친구들은 분주하게 바삐 움직이고 있는데 그녀는 플랫폼 표지판 기둥에 기대어 발장난을 하고 있었다. 발로 나에게 메시지를 보내주고 있었다. 플랫폼 안에 사람들이 모두 사라지더니 표지판의 그 하얀 기둥과 그녀의 청바지만 가득하였다. 나는 그 사이로 많은 생각을 바쁘게 하는 지나가고 있을 즘 처음 들어보는 클래식이 내 심정 깊숙한 곳으로 들려왔다. 나를 바라보지 않는 그녀를 나도 바라보지는 않은 채, 음악을 감상하고 있었다. 그녀도 이 음악을 감상하고 있는 듯하였다.

상행선이 먼저 출발하였다. 남학생과 여자 친구가 소리쳐 부르니까 수도자처럼 그 자리를 떠났다. 아까 그 친구가 그녀의 어깨를 툭 툭 치는 장면이 내 가슴을 두들겨 패고 있었다.

나를 손가락일망정 나를 저격한 자를 용서해 줄 만큼 잔인하지 않다. 내 처지가 잔인한 놈이었다.

이제 나는 종유석이 되고 그녀는 석순이 되었다. 나도 자라고 그녀도 자라니 우리는 다시 만나지 않을 수 없는 운명이다. 끝내는 석주가 되어 우리는 하나가 될 수밖에 없다. 시간! 삼천갑자 동방삭이니 아무런 문제가 되지 않는다. 지금은 우리 만날 수 없다. 종유석과 석순의 틈이다. 그 틈은 찰나이다. 우리는 인고의 시간, 수행의 시간이 지나 피안에서, 열반에서 감쪽같이 만날 것이다.

지금의 이별은 만나는 과정이다. 하나가 되기 위한, 석주가 되기 위한 물방울이었다. 가슴에 그 물방울을 부여안고 나는 차안으로 가는 하행선 열차에 몸을 실었다.

나를 연주하는 여자

안동대학교 학군단 조교로 군 복무를 하였다. 처음 발령받아 온 교관들이 나보고 대신 강의 좀 해달라고 조르기도 하였는데 방위였지만, 교수로 근무하는 기분이었다.

우리 직속상관은 박 대위였다. 박 대위는 학생과 최은경 씨가 맘에 든다며 다리 좀 놔 달라고 졸랐다.

"최은경이는 나를 좋아하는데요."

"넌 안동대학교에서 제일 이쁜 애 소개받을 거라며……."

나는 그냥 한번 물어보기나 하자 싶었다.

"우리 박 대위 어떻게 생각해요?"

"왜요?"

"아니! 박 대위가 은경 씨 너무 좋아한다고……."

"관심 없는데요."

따뜻하게 감기듯이 다가오던 그 미소가 일순간에 동지섣달 삭풍처럼 내 가슴을 후려쳤다. 박 대위만 까인 것이 아니라 나까지 덩달아 까이고 말았다.

내 또래이던 8촌 박은숙이는 교무과에 근무하고 있었다. 안동대학교에서 제일 예쁜 애를 잘 안다며 소개해 주겠다고 했다. 학군단 앞 벤치에 가끔 와서 앉아 있곤 하였는데 그때마다 나를 연주하는 아이였다.

퇴근 시간에 맞춰 찾아온 친구와 함께 걸어가고 있는데 우리 30m 정도 앞에서 몇 명과 함께 걸어가던 정연주가 갑자기 뒤를 돌아보았다. 그때 내 눈길이 그녀의 눈길을 잽싸게 낚아챘다. 그러자 그녀는 가다 말고 그 자리에 퍽석 주저앉았다.

"저 여자가 바로 안동대에서 최고 예쁜 애래!"

"무슨 여자가 땅바닥에 저렇게 풀썩 주저앉냐!"

나는 그녀를 그냥 지나쳐갔다. 그 친구의 말 때문이 아니라 내 사주가 그녀 앞에 서지 못하도록 방해하였다. 내 사주는 독신으로 살아가야 하는 늪이었다. 늪은 늪이어서 발버둥 칠수록 더 깊이 빠져들었다.

어머니께서 "결혼해라. 결혼 좀 해라. 도대체 왜 안 하는 건데?"라고 졸라대면 나는 생각했다. 도시락 싸 들고 하루 이틀만 돌아다니면 얼마든지, 언제든지 정연주를 만날 수 있을 것으로 생각했다. 그렇지만 나는 내 인생에 내가 개입하고 싶지 않았다. 나는 그냥 아무런 의도나 의지 없이 흐르는 강물처럼 살아가고 싶었다. 내가 결혼해야 한다면 강물에 떠내려 가다가 물에 빠진 정연주를 구해주는 일이 생겼을 것이다. 그런 일이 없었다는 것은 '결혼하지 말고 그냥 살라.'라고 하는 신의 뜻이라고 믿고 있었다.

안동대 다니는 고등학교 동창도 너무 잘 알고 있는 걸 보니 그녀는 안동대에서 꽤 유명한 것 같았다. 안동여고 나왔고, 안동시 고등학생 시동인 '맥향'에서 활동했다고 했다.

'시를 쓴다고!'

맥향 가입을 거절했던 이유가 그녀를 만나지 못하게 하려는 신의 뜻인 듯하였다. 문득 초등학교 여자 동창한테 한번 물어보았다. 여고 동창이 맞기는 맞는데 모른다고 했다. 다른 동창한테 물어봐도 아는 애가 없다고 했다. 성격이 이상해서 자기들하고 잘 어울리지 않았다고 했다. 내 성격과 비슷한 듯하였다.

초등학교 동창 최숙희가 자기 농장에서 몇 명을 초대하였다. 서울에서 그 친구 여고 동창 3명을 태우고 내려가게 되었다. 일 때문에 잘 어울리지 못하다가 퇴직하고 나서 자유롭게 동창들을 만나니까 살짝 흥분한 상태인 것 같았다. 60대 할머니가 아니라 완전 여고생들이었다. 자기 동창생들을 하나둘 소환해서 달리고 있는 내 차 안에서 동창회를 열고 있었다.

"정연주는 어떻게 지내는지 아세요?"

아무도 모른다고 했다. 백일장 같은데 나가면 거의 1등 하는 아이였다고 했다. 우리 모교 교사였다고 하는 강서영 씨가 "야는 알지도 모르겠네." 하더니 어딘가 전화를 걸었다.

"니 정연주 알지?"

네게 들려주려고 스피커폰으로 바꾸었다.

"알다마다!"

백발백중이었다.

"갸는 친군 데도 내가 존경하는 사람아이가. 손에 책을 놓고 사는 법이 없데이. 집에 가보면 온천지가 책이다. 돈 잘 버는 신랑하고 자식 낳고 너무 행복하게 살면서도 시를 쓰려고 얼마나 치열하게 사는지, 무슨 수도승, 구도자 같다니까. 나는 죽어라 기도만 하며 사는데 개는 죽어라 수행하며 산다니까. 다음 달에 유명한 출판사에서 시집이 나온다아이가."

정연주에 대해서 누가 물어주기만을 기다리고 있었다는 듯이 추사가 일필휘지하듯이 말하는 품새가 거침이 없었다. 차 안에 있는 네 명이 추사체를 감상하듯이 조용히 듣고 있었다. 개의 죽음, 환생,

연기법까지 이어지는 스토리가 끝도 없이 이어지고 있었다. 우리는 이야기가 중간에 끊어지지 않기만을 고대하면서, 숨죽여가며 듣고 있었다.

한 편의 소설이었다.

"우리 술 마시러 가는 데 같이 가지 않을래요?"

땅바닥에 푹 무질러 앉아 있던 그녀가 일어나며 엉덩이에 묻은 흙을 툭툭 터는 모습이 진흙 속에서 막 꽃망울을 터트리는 연꽃 같았다.

"교무과 주임 박은숙 씨 아시죠?"

"예!"

"나한테 소개해 준다고 했는데……."

"저도 들었어요."

우리는 술을 마시고, 시를 얘기하였다. 그녀와 나는 세상에 있는 모든 언어를 하나도 빠트리지 않고 말하였다. 그랬더니 세상이 다시 형성되었다.

그때 일이 이렇게 전개되었더라면 나는 어떻고 그녀는 어땠을까. 그녀의 친구를 통해 그녀에 대한 모든 것이 내 앞에 펼쳐지고 있었다. 잃어버렸던 하나의 세상을 찾아낸 듯한 기분이었다. 그녀를 처음 봤을 때 그 기분이었다.

그녀를 만나서 사귀고 결혼했더라도 지금 같은 기분일 수 있었을까. 관계에 시간이 개입하면 관계에 변형이 오게 마련이다. 관계에서 시간을 제거하면 관계를 온전한 상태로 유지할 수 있다. 그녀와 나에게는 시간이 존재하지 않기 때문에 우리는 가장 온전한 관계에 놓여 있다. 숙성하지도, 부패하지도 않은, 생 와인 같은 관계!

그녀는 인간이 진정으로 추구해야만 하는 방향으로 자기의 삶을 강렬하게 추구하며 살고 있었다. 그녀가 살아가는 방식과 모습은 그녀처럼 아름다웠다. 아무도 만나는 사람이 없다고 했다. 유일하게 자기만 만난다고 했다. 나랑 너무 닮았다. 내가 그녀이고, 그녀가 나인 것 같은 느낌이 들었다. 그런데 나에게는 그런 친구가 없다. 그것은 남자이고 여자 차이인 듯하였다.

"나는 사람을 찾으려고 무던히도 애쓰며 살아왔는데 오늘 드디어 찾았습니다."

"그게 누군데요?"

"정연주!"

"어떤 면에서요?"

"산다는 것은 깨우치기 위한 과정이지 않을까요. 깨우치지 않거나 깨우치려고 하지 않고 살아가는 사람은 진정한 삶을 사는 사람이라고 보기 어렵겠지요. 깨우치기 위해 치열하게 살아가는 구도자야말로 진정한 삶을 살아가는 사람이라고 보거든요. 정연주에 대해 그렇게 열심히 애기해주는 그 친구 자체가 정연주는 진정한 삶을 살아가는 사람임을 증명하는 것으로 보기 때문이에요."

"저도 삶에 주어진 그때마다 하나하나 빠트리지 않고 성심껏 살아왔다고 자부하거든요. 저러러 '진정하게 살아온 사람이 아니다. 대단치 않게 살아온 사람이다.'라고 한다면 저는 수긍할 수 없겠는데요."

"알죠! 그래서 최고위직까지 올라가신 거 아니겠어요."

나는 더 이상 말하지 않았다. 그녀의 마음과 여고 동창생들이 만나 깔깔거리는 그 분위기를 보호해 주고 싶었다. 돌아오는 길에 다 내려주고 단둘만 남은 차 안에서 그녀가 물었다.

"시는 타고나야 지을 수 있는 걸까요?"

"제가 생전 처음 쓴 시가 우리 학교에서 제일 잘 쓴 시라고 하더군요. 그것만 봐도 타고나는 거 확실하지만, 예수도 부처도 타고 나지 않았는데 예수가 되고 부처가 될 수 있었겠습니까. 인간은 누구나 타고납니다. 누구는 가라지로, 누구는 알곡으로 ……. 다만 어떻게 사느냐에 따라 정연주처럼 시집을 내기도 하고 나처럼 한 권도 못 내기도 하겠지요."

"어떻게 사느냐에 따라 타고난 걸 바꿀 수 있다는 건가요?"

"아무리 애써도 안되는 시를 자유롭게 지을 수 있게 되는 것이 바로 바뀌는 것이 아닐까요. 가라지도 알곡이 될 수 있겠지요. 고욤나무도 감나무가 될 수 있잖아요. 접붙이는 과정이 필요하겠지만, 그것이 바로 회개 아니겠습니까. 그리고 해탈입니다. 기존의 방식이나 형태로 살아서 회개하고 해탈할 수 있겠습니까."

"오죽했으면 시를 그냥 외우겠다고 했겠어요. 무슨 방법이 있을까요?"

"정연주처럼 해보셨어요. 정연주는 맨날 장원 받았다고 했잖아요. 그런데도 그렇게 치열하게 사는데 얼마나 치열하게 해보셨어요. 시를 짓는 거나 수행하는 것은 같은 말입니다. 시를 짓기 위해 수행하여야 하고 수행해야 시가 나오니 말입니다. 수행하는 것도 타고나야 하는 건 아니지 않습니까. 다만 정연주 씨는 한 번 하면 될 걸 두 번, 세 번 해야겠지요. 정주영이가 그랬다잖아요. '이봐, 해봤어?'"

"시를 외우는 것도 반 창작이라고 하는 사람도 있던데요."

"외우면 입시 같은 데는 쉽게 합격할 수 있겠지만, 자기 앞에 닥친 문제를 원활하게 해결할 수 있던가요. 연상법으로 암기만 해서 고시 패스한 덕에 최고 높은 자리까지 올라간 사람 한번 보세요! 거기에 깨달음이 있었다면 이 세상이 이 모양일 리 있었겠어요. 수학 잘못하셨죠."

"수학은 완전 젬병이에요. 어떻게 아셨어요?"

"수학이 시를 짓기 위한 에너지예요. 대상과 현상을 엮어서 의미를 도출하기 위해서는 고도의 수학적 사고가 필요하거든요. 그런 과정을 수행할 수 없는 사람들은 행만 잘라놓고 그걸 시라고 우기는데 그런 것이 오히려 베스트셀러가 되는 세상이에요. 수학적 사고가 약한 사람들은 그런 시만 이해가 되니 그런 현상이 생기게 된 듯하더군요. 숙희 한번 보세요. 내가 가볍게 써서 보낸 문자를 너무너무 감동적인 시라며 야단이었잖아요. 고도의 수학적 사고로 쓴 시는 수학 문제를 풀지 못하듯이 무슨 말인지 전혀 모르더군요."

"하라는 공부, 진도 하나도 놓치거나 빠트리지 않고 충실하게 살아왔는데 그러면 그렇게 살지 않은 사람보다 삶이 더 풍요로워야 할 텐데 왜 그렇지 않은지 이해가 되지 않아 너무 혼란스럽더군요."

"선악과를 따먹고 사는 불완전한 인간들이 만든 사회가 온존할 리 있겠어요. 그런 사회에서 살고 있는데 혼란스럽지 않다면 그것이 더 이상하겠지요. 농담이 매끄럽게 통하지 않고 자꾸 걸리더라고요. 삶이 시원하게 느껴지지 않은 적이 많았을 것 같아요."

"부족하고 모자라는 것이 하나도 없는데도 풍요롭다고 느껴지지 않더군요. 시적 감성이 모자라서 그런 것 같아 시를 지어보려고 했던 것이거든요."

"자동차에 기름을 많이 넣는다고 차가 더 잘나가는 건 아니잖아요. 우리가 살아 가는데도 물질적인 것은 차가 정상적으로 굴러갈 수 있을 만큼만 있으면 그만이지 않겠어요. 뷔페 가서 그 많은 음식을 다 먹을 수 있나요. 그런데 왜 돈은, 권력은 배가 터지는 줄도 모르고 먹어 대는지 나도 인간이지만, 인간들이 하는 짓을 보고 있으면 희한하지도 않더군요. 물질이란 이 세상 그 누구나 차가 굴러갈 수 있을 만큼만, 배를 채울 수 있을 만큼만 있으면 그 이상은 무용지물이지 않겠어요."

"죽을 때 싸 들고 갈 거냐고 그러잖아요."

"죽을 때 싸 갈 것도 아니니 기름이 없어 굴러가지 못하는 이웃한테 나눠주면 얼마나 좋겠어요. 이 세상 사람 모두가 잘 굴러가는 세상이 되지 않겠어요. 그것이 우리가 그렇게 바라던 유토피아 아니겠어요. 물질은 자기를 위해서 추구하는 것이 아니라 남을 위해서 추구해야 합니다. 자기를 위해 물질을 추구하는 사람들이 선악과를 따 먹는 사람들이고, 남을 위해 물질을 추구하는 사람들이 생명과를 따 먹는 사람들이겠지요."

"시를 짓는 건 어디에 포함되는 걸까요?"

"물질이 아니라 정신이겠지요. 정신은 죽을 때 남겨놓고 가고 싶어도 절대 그럴 수 없겠지요. 물질의 최대치는 유한하고 한정적이지만, 정신의 최대치는 우주이고 신이기 때문에 아무리 채우든 채울 수 없겠죠. 그러기 때문에 무한히 채워나갈 수 있겠지요. 그럴수록 삶이 무한히 풍요로워지겠지요. 퇴임하고 나서 시를 쓰겠다고 하는 사람들이 많더라고요. 먹고 살기 위해 정신없이 생활전선에서 뛰어다니느라 문학청년이었어도 시나 문학이라는 영역에는 얼씬도 못하고 살았는데 시간이 생기니까 기다리고 기다렸다는 듯이 시 창작 세계로, 정신의 세계로 빠져드는 사람들이었죠. 그동안 살아온 것은 사는 게 아니었다고 하더라고요. 퇴임해서 이젠 사회적으로 쓸모가 없어진 지금이 진짜 살맛 나는 세상이라고 하더군요. 내가 아는 어떤 사람은 숯불갈비 집을 하는 사람인데 걸핏하면 가게는 직원들에게 맡겨 놓고 유명한 법회를 찾아 전국으로 돌아다닌다고 하였습니다. 같은 말을 했는데도 그 사람의 친구는 무슨 말인지 못 알아먹는데 그 친구는 바로 알더군요. 신께서 우리에게 무슨 말을 했는데 우리가 알아듣지 못한다면 우리는 어떻게 될까요. 신께서 성경이나 불경으로 우리에게 말씀하고 계시지만, 아무도 알아듣는 사람이 없어요. 물질만 추구하며 살아온 결과이지 않겠습니까. 못 알아먹으니까 알려주려고 신께선 '두 증인'을 우리에게 보내주신 것이 아니겠습니까. 정연주 씨는 진작부터 정신의 영역을 채우기 위해, 깨닫기 위해 치열하게 살아가는 사람이라서 내가 찾고 있던 사람이라고 했던 것입니다. 신께서도 그런 사람을 찾고 있지 않겠습니까."

"백 프로 정신만 추구하며 살 수는 없겠지요."

"백 프로 정신만 추구하는 사람도 있고, 백 프로 물질만 추구하는 사람도 있겠지요. 다 타고나는 것이니까. 타고난 대로 자기한테 맞게 적성대로 소질대로 살아가면 되는데 물질이든 정신이든 나눠주며 살면 되겠지요."

"시집 빨리 내세요."

거짓의 굴레

"보고 싶음, 어떡해요?"

"그런 건 제가 잘 알거든요. 그때마다 부리나케 찾아올게요."

"아이 씨팔! 왜 왔다가 갔다가 하냐고?"

"희영이는요?"

"자기 방에서 엉엉 울고 있어."

전혀 예상치 못한 시추에이션이었다. 아줌마만 무덤덤하였다. 부산 아가씨, 울산 큰애기, 주인아줌마가 거실에 서서 한 달 만에 하숙집을 떠나는 나를 배웅해 주었다.

　제대하고 난 후 자취방을 구하지 못한 채 복학하는 바람에 하숙집으로 들어갔다. 처음에는 남자들만 있는 집이었다. 자취방을 구할 때까지만 있겠다고 하니 좋다고 하였다. 어디 다니냐고 하기에 엄격 결에 나도 모르게 친구가 다니고 있던 학부 토목과에 다닌다고 거짓말을 하였다. 한 달만 있다가 갈 거니까 문제가 되지 않을 것으로 생각하였는데 우리 과 친구의 형이 그 집에 있어서 바로 들통나고 말았다. 그 친구는 한심하단 듯이 물었다.

　"왜 그런 걸 거짓말했어?"

　"지속적으로 알고 지낼 사람들도 아니고 잠깐 스쳐 지나갈 거라서 문제가 되지 않을 거로 생각했지. 소견머리가 없어서 큰일이야."

　마침, 두 명이 한방을 쓰겠다는 사람이 나타나서 주인집에도 그것이 보탬이 될 것 같아 그 집에서 바로 빠져나왔다.

　"아직 자취방을 못 구해서 그런데 한 달만 써도 될까요?"

　옮겨간 집은 마당 가운데 연못이 있는 아름다운 집이었다. 나랑 한방을 쓰는 친구 빼고는 모두 여자였다. 회사원, 의대생, 부산 아가씨, 울산 큰애기, 신입생, 학년도 나이도 연차적이었다. 저녁을 먹고 나면 주로 별채 옥상에 올라가서 같이 노래도 하고 이야기하며 지냈다.

　전번 집 남자 하숙생들이 너무 부러워했다. 미팅시켜달라고 졸라서 같이 어울리기도 하였다. 울산 친구는 부산 아가씨 소개해달라고 조르고, 정당 활동하는 정치 지망생은 의대생을 소개해 달라고 졸랐다. 다른 종교는 다 병원이 있는데 불교만 병원이 없으니 자기랑 불교병원 만들자며 제안서까지 꾸며서 의젓하게 주기에 의젓하게 전해주었더니 의젓하게 웃어 젖혔다. 희영이가 제일 예쁜데 하니까 걔는 네가 찍어놓은 아이 아니냐고 했다.

한번은 밥 먹으면서 물 마시다가 사레가 들어 입속에 있던 밥알이 폭발하였다. 국이며 반찬이며 안 튀어간 데 없이 참혹하였다. 대참사했다. 회사원 아가씨가 밥숟갈을 탁 놓더니 일어나 들어가 버렸다. 정적이 천둥소리보다 더 크게 들릴 즈음 신입생 희영이가 국물을 떠먹었다. 그러자 남은 사람들 모두 아무 일 없었다는 듯이 다시 밥을 먹기 시작하였다.

나는 맥주와 안주를 잔뜩 사 들고 옥상으로 올라갔다. 그곳에는 달과 별들도 모여 있었다. "정치라는 것만 때려잡으면 인생은 이처럼 이 얼마나 아름답냐 이 말이다."라고 떠벌리니 별들과 달도 고개를 끄덕였다. '우리들의 이야기는 끝이 없어라.' 달과 별들은 우리들의 '모닥불'이었다. 의대생이 자기는 지금부터 들어가서 리포트 써야 한다고 해서 보니 자정이었다. 그 하숙집의 자정은 리포트 쓰는 시간이었다.

한 달 만인데 내가, 우리가 그때 무슨 얘기를 했었기에 희영이가 울 수밖에 없었을까. 울산 큰애기가 욕할 수밖에 없었을까. 학군단 교관들한테처럼 개똥철학을 늘어놓았던 것일까. 어린 왕자 같은 얘기를 하였던 것일까. 달과 별들에게 물어보아야겠다.

징검다리 밟고 슬쩍 지나가려던 참이어서 여기서도 학부에 다닌 다고 거짓말하였는데, 시냇물이 불어나 오도 가도 못할 지경이 되어 버린 느낌이었다.

말수가 없고, 경직되어 있던 옆방 부산 아가씨도 하루가 다르게 봄 개울 얼음 녹듯 풀어졌다. 말도 못 붙일 지경이 없는데 농담까지 주고받는 관계로 변해가는 모습은 한편의 뮤직비디오 같았다.

"우리 방은 너무 좁은데 둘이 지내고, 수희 씨 방은 너무 넓은데 혼자 지내는 거 이거 문제 있는 거 아닌가요?"

"분배 정의론에 어긋나나요."

"그래서 말인데 내가 수희 씨 방에 가서 지내면 큰방에 두 명, 작은방에 한 명, 정의로운 처사 아닐까요?"

"전, 괜찮은데 그건 아줌마가 결정할 문제라서……."

"아줌마! 괜찮죠?"

"그럼, 다음 달부터 둘이 한방 쓰도록 하지 뭐. 근데 이걸 어쩌나 자취방 얻어놨다며?"

"까짓것 계약 취소하죠. 뭐!"

"희영이가 가만두고 못 볼걸!"

"그럼, 희영이와 한방 쓸까요?"

아줌마도 그렇고 이들과 평생 함께 지내고 싶었다. 우리집에 돈이 없는 것도 아니고 하숙비 정도는 문제가 되지 않았다. 하지만 내가 전문대 다닌다고 하였어도 희영이가 울었을까. 모를 일이지만, 내가 얼마나 다가갔다고 울다니! 그것만으로도 정말 사랑스러운 여자였다. 그러나 나는 미개인이었기 때문에 그녀를 사랑할 수 없었다. 내가 쳐놓은 거짓말이라는 장치에 내가 걸려들고 말았다. 햄릿처럼 고민할 필요가 없어서 다행스러웠지만, 이미 식구가 되어버렸는데, 이산가족처럼 이산식구가 되어버린 듯하여 가슴 아팠다.

여름 휴가철에 우리 과 남자 세 명이 남도 기행을 떠났다. 여수 오동도, 만성리해수욕장, 상주리해수욕장, 충무, 거제도 해금강, 함목해수욕장, 부산으로 해서 돌아오기로 했다.

상주리해수욕장에서 우리와 같은 코스로 여행하고 있던 여자 네 명을 만나 같이 다니기로 하였다. 그중에 마음을 설레게 할 정도로 눈에 확 들어오는 여자가 있었다. 그런데 명문대생이라고 해서 우리는 계명대 미대생이라고 했다. 해금강에서 유람선을 같이 타자고 했지만, 예정에 없던 코스여서 경비가 부족하였다. 돈 좀 빌려줄 수 있냐고 하니까 자기들도 숙박비 제하고 나면 돈이 바닥이라고 했다. 그래서 우리가 텐트를 제공해 주는 대신 배를 함께 타고 구경할 수 있었다.

함목해수욕장 자갈밭에서 술 한잔하고 같이하고 나서 이제는 들어가서 주무시라고 하니까 한 명만 몸이 안 좋다며 들어가서 자고, 나머지는 우리랑 계속 얘기하며 지냈다. 주인을 밖에 내버려두고 들어가서 자기가 민망스러웠던가 보았다. 현규가 무서운 얘기를 끊임없이 늘어놓고 있었다. 그녀도 너무 열심히 듣고 있는 것 같아 약간 토라진 마음으로 그 무리에서 벗어나 잠자리를 골라 드러누웠다. 그런데 그녀가 내 머리맡으로 와서 살포시 앉았다.

내 눈빛과 처음 마주치던 그 깊고 깊은 곳에서 발원한 그녀의 눈빛이 시냇물로 흐르다가 강물이 되어 이제는 더 주체할 수 없이 이 해금강 바닷가, 내게로 감쪽같이 스며들었다. 민물과 바닷물이 섞이고 있었다. 바닷물도 아니고 민물도 아니었다. 민물이면서도 바닷물이었다. 사랑이란 이렇게 혼합해서 생긴 성분이 아닐까. 성분이 너무 다른 소금기 속으로 주저 없이 뛰어드는, 뛰어들 수밖에 없는 처지에 놓인 강물이 사랑 아닐까. 그녀는 나에게로 뛰어들었다. 그녀는 이제 강물이 아니었다. 한 여자가 아니었다.

일어나서 그녀의 손을 잡고 함께 어둠을 파고 그 속으로 깊이깊이 들어가야 하는데 몸이 말을 듣지 않았다. 일어나려고, 일어나려고 발버둥 칠수록 눈이 스르륵 감겨왔다. 나의 미래가 나를 짓누르며 소리쳤다.

'너는 독신으로 살아가야 해. 운명이야. 어쩔 수 없어!'

그녀가 앉아 있던 자리에서 내게로 걸어오는 그 걸음걸음, 그 용기, 그 자신감으로 한올 한올 짠 이불을 덮고 있으니 너무나 포근하여 나른하였다. 나도 모르게 스르르 잠이 들었다. 그녀는 내 피부 속으로 안개가 되어 감겨들었다. 꿈결 속으로 파고들어 출렁거렸다. 차갑게, 따뜻하게, 달콤하게, 새큼하게……

한여름 밤 바닷가, 그 새벽에 한 여자가 한 남자에게로 걸어가는 것은 면사포 쓰고 주례사 앞으로 다가가는 행위이다. 그것은 그녀와 나의 결혼식이었다. 자갈밭에서 치른 그녀와 나의 첫날밤이었다.

나는 나의 미래에게 소리쳤다.

'이것 보라고! 봤지? 나는 결혼했어. 독신이 아니라고!'

비참한 진실

안동여고 동창생들을 태워줬더니 흑기사라고 야단들이었다.
"안고 나오셨죠?"
"아뇨. 경고 나왔어요."
순간 그들은 나에 대한 모든 것을 결정하였다. 기류가 갑자기 냉랭해지더니 나에 관한 관심이 썰물 빠지듯이 빠져나갔다. '예, 안동고등학교 나왔어요.'라고 하였더라면 그 분위기를 계속 유지될 수 있었을 것이다. 들통날 일이 없을 것 같았으면 하숙집에서처럼 그랬겠지만, 금방 들통날 일이라서 거짓말을 할 수가 없었다. 등단한 곳도 삼류라고 하니까 그들은 나를 흑기사에서 강제로 운전기사로 강등시켰다. 그러고는 자기들끼리만, 자기들 얘기만 했다. 안고 나왔더라면 그들의 실체를 알 수 없었을 것이다. 고교 입시 때 신께서 왜 이름을 쓰지 않게 하였는지 그것이 그 이유 중의 하나였다.
학력 위조란 치졸한 짓이지만, 그것보다 인간들의 인식이 더 치졸하였다. 학력에 대한 차별적 인식은 아직 노예제도, 신분제도에서 벗어나지 못한 미개인들의 사고였다. 나는 그 차 안에서 석기 시대 사람들을 감상하고 있었다. 가진 것이라곤 학력밖에 없는 그 학력으로 사회에서 그만큼이나마 다져온 기반이니 자기들한테 소중한 것이겠지만, 그 정신의 얼개는 난삽하기 이를 데 없었다. 석기 시대 사람들을 무시해서 그런 사람들과 비교한 것은 절대 아니었다.

고향이 같아도 한 번도 어울리고 만난 적이 없던 여자 두 명과 만나 내 학력을 있는 그대로 얘기했더니 역시 표정이 달라졌다. 고향에 관한 이야기와 정보를 알고 싶어서 내가 밥 한번 살 테니 시간 날 때 연락해달라고 하니까 그러겠다고 해놓고서는 1년이 지나도 사유나 변명도 없이 연락이 오지 않았다. 완전 개무시당하였다. 학력이 마음에 들면 그것이 자기 학력이라도 된 듯이 매달리고, 마음에 들지 않으면 자기 학력이 떨어지는 걸로 여기는 종자들이었다.

어린 왕자가 일류대학교를 나왔겠는가. 학력! 그것은 껍데기이다. 아니, 가라지이다. 돈과 권력을, 선악과를 따먹기 위한 발버둥이다. 욕망덩어리로 형성된 학력이 어찌 인간의 척도가 될 수 있겠는가. 대단한 학력 소유자들의 저 치졸한 작태, 그걸 보고도 학력, 학력 하는 걸 보면 틀림없이 그 학력이라고 하는 것에 귀신이 덮어 씐 것이 분명하다. 인간들의 정신을 모두 학력이라는 올가미로 칭칭 동여매 놓은 사탄의 수작이다.

그런 종자들을 잘만 이용하면 허접하기 이를 데 없는 인간도 교주가 되는 것 식은 죽 먹기이다. 목사가 초등학교 출신이고 부목사가 서울대 출신이면 그 목사는 서울대보다 더 높은 학력의 소유자가 되어버린다. 학력이라고 하는 귀신한테 홀린 그런 인간들을 낚기 위한 최적의 미끼 아니겠는가. 그런 무지렁이들이 사이비종교 같은 이 사회의 암세포를 키워가는 존재들이다. 고등학교 출신이 고시 패스하면, 얼마나 대단하면 서울대 출신도 떨어지는 데라며 감동하는 머저리들이 사는 세상이다. 사이비 광고 같은 데서도 보면 서울대에서 개발했다고 떠벌리는 이유가 무엇이겠는가. 왜 우리가 그런 것들한테 이용당해야만 하는 것인지 서글픈 현실이다. 아직도 선악과를 따먹고 있는 짐승이라서, 서열이라는 짐승적 사고에 함몰된 존재라서 피할 수 없는 현실이었다. 그들이 그런 자들한테 희롱당하는 것보다야 그들한테 희롱당하는 것이 남는 장사라고 스스로 위로하는 나도 애처로웠다.

  종말, 그것은 이런 서열, 신분, 학력 같은 것에 허우적거리는 짐승들에 대한 신의 분노이다. 검사나 판사가 될 자격이 없는 사람이 죽도록 공부하면 떡하니 검사 판사가 되는 세상이다. 시도 못 쓰는 자가 매달리고 매달리면 몇천 대 일인 신춘문예에도 당선한다. 한 번도 아니고 몇 번이나 당선한다면 그런 무지렁이도 명사가 되는 세상이다. 인간들에게는 냄새가 나지 않을지 모르겠지만, 신께서는 너무 지독해서 그냥 두고 볼 수는 없을 것이다. 종말은 그래서 올 수밖에 없다. 새 하늘 새 땅은 그래서 올 수밖에 없다.

밀물과 썰물

우리 과 최현규가 자기 아파트 단지로 오라고 해서 같이 복덕방에 가서 조용한 곳을 부탁했더니 빈집을 얻어주었다. 13평 주공아파트 작은방이었는데 한 달에 이삼일 제하고 전체를 혼자서 사용할 수 있다고 하였다. 주인 박미희 씨는 20대 후반에서 30대 초반쯤 되어 보이는 다방 레지였다. 한 달 계약 끝나면 집에 잠시 왔다가 다른 곳으로 갔다.

어느 날 안방에서 우리 과 아이들 몇몇이 모여 술을 마시고 있었는데 웬 아가씨가 문을 따고 들어왔다.

"누구세요?"

"이 집 주인 동생이에요."

"친동생?"

"아니, 다방 언니예요."

"우리 여기서 술 좀 마시고 있는데 괜찮을까요?"

"그럼요."

'수희'라고 했다. 술을 곧잘 마셨다. 방위 근무하는 동안 친구들과 주로 다방에서 만났다. 단골 다방에 가면 다방 아가씨들이 친구처럼, 애인처럼 느껴지기도 하였다.

어느 날 친구랑 약속해서 단골 다방에 가보았더니 풀 내음 같기도 하고 꽃 내음 같기도 한 아가씨가 새로 와 있었다. 그지없이 싱그럽고 청초하였다. 대학교 신입생 같은 이미지의 아가씨였다. 김소선이라고 했다. 가슴이 두근거릴 정도로 아름다웠다. 한번은 우리 집에 잔치가 있어서 잠자리도 마땅치 않아 다방에 죽치고 앉아 있었다. 문을 닫기에 그녀에게 하룻밤 재워주면 안 되겠냐고 졸랐더니 거절하였다. 자기 혼자 자는 곳이 아니라 여러 명이 같이 자는 방이라서 힘들다고 했다. 나는 그녀가 내가 좋아하는 것만큼 나를 좋아하지 않는다고 생각하였다.

수개월이 지난 어느 날 휴가 나온 친구한테서 전화가 왔다.

"야! 밀레다방으로 빨리 나와라. 여기 묘령의 아가씨가 널 기다리고 있다."

누구지? 그럴 사람이 없는데……, 장난치는 거겠지, 하고 가보니 김소선이가 있었다.

"어! 여기에서 근무했어요?"

"대구 가서 몇 개월 있다가 왔어요."

"다시 돌아온 걸 보면 여기가 더 좋았던가 보죠?"

"유선 씨가 보고 싶어서요."

"얘는 우리가 아는 사인지 잘 모를 텐데 어떻게 된 일이죠?"

"사람마다 물어봤어요. 유선 씨 아냐고."

그녀는 내가 그녀를 좋아하는 것보다 나를 더 좋아하였지만, 나는 그다음 날 바로 서울로 올라가야만 했다. 그것이 나와 그녀에게 정해진 운명이었다. 앞으로 있게 될 나의 배신을 그녀가 겪지 않게 하려고, 앞으로 있게 될 그녀의 배신을 내가 겪지 않으려고 짜놓은 틀이 되었다.
　세상은 신분제도가 타파되고 노예가 해방되었건만, 결혼제도니, 입시제도니, 뭐니 해서 인간들을 속박하고 있다. 선악과를 따먹으면서 살아온 방식에 맞혀 아무 생각 없이 만들어진 그런 제도를 이제는 선악과를 따먹지 않고 살아가는 방식에 맞혀 뜯어고쳐야 할 때가 되지 않았을까. 결혼이라는 틀 속에서 행복에 겨워 춤이라도 추고 싶은 사람들도 많겠지만, 거기에서 벗어나려고 비명을 지르는 남자, 여자가 얼마나 많은지 이혼율 같은 거 차치하더라도 주변을 휙 둘러보면 그 소리가 얼마나 끔찍스러운지 들릴 것이다. 조건이 아니라 사랑으로, 결혼이 아니라 관계라는 것으로 형성된다면 남녀 간에 무슨 문제가 생기고 해결하지 못할 문제가 어디에 있겠는가.
　내가 사랑하는 사람이 다른 사람과 바람피울까 봐 전전긍긍하지 않아도 되는 시대, 나도 너도 사랑도 물 흘러가듯이 흘러가는 시대, 집착도 배신도 없는 진정한 자유가 도래하는 시대, 우리는 이제 나를 중심으로 하는 사랑에서 벗어나 우리를 중심으로 하는 사랑을 해야 하지 않을까. 더 나아가 신을 중심으로 사랑해야 하지 않을까. '창기와 세리가 먼저 구원받는다.'라고 하신 말씀에 비추어보면 신께서도 결혼제도를 불신하신 것이 아닐까 싶다.
　술자리가 파하고 난 뒤 단둘만 남았을 때 나는 그녀에게 한번 하자고 했다. 그녀는 양팔로 무릎을 감싸안은 채 쪼그리고 앉아 있었다. 흔들어봐도 발짓으로 툭툭 쳐봐도 꿈쩍도 하지 않았다. 서운하였지만 포기하였다. 그다음 날 보니까 남자들이 수시로 찾아왔다.

남자들이 소유하고 있던 일정한 재화들이 그녀의 주머니로 이전되고 있었다. 한 여자가 살아남기 위한 하나의 방식이라고 생각하니까 법적으로 문제가 된다는 생각이 전혀 들지 않았다. 조금 무섭다는 생각이 들긴 하였지만, 몹시 측은하였다.

동해안 쪽으로 지나다가 다방에 들어갔더니 물어보지도 않았는데 앞에 와서 앉더니 자신의 기구한 인생 이야기를 끝도 없이 늘어놓았다. 전부 남자한테 이용당하고 사기당한 이야기였다. 얼마나 한스러웠으면 낯선 남자한테 깡그리 다 까발릴까 싶었다. 애처로웠다. 수희 씨도 세상에 내몰리고 내몰려 막다른 데까지 이른 것은 아닌가 싶어 가슴이 먹먹하였다.

얼마 지나지 않아 주인이 정말 아름다운 미스코리아를 한 명 데리고 왔다.

"소희한테서 다 들었어요."

"무슨……?"

그녀는 내가 목석인 줄 알았는데 밝힌다는 사실을 알게 되었다는 뜻이었다. 소희 씨가 거절한 것이 미안해서 보내준 여자겠거니 생각했다. 그런데 "같이 해요. 셋이……!"라고 했다.

나는 아무 말도 하지 못했다. 아예 못 들은 척하였다. 박미희 씨는 미인이라고는 할 수 없지만, 그래도 박색은 아니었다. 그런 것보다 그때의 내 눈에는 나이 든 여자였다. 그것보다 셋이 한다는 건 성의 본질을 훼손시키는 일이었다, 한참 있다가 안방으로 한번 들어가 보았다. 나란히 누워 있었다. 나는 거기에서 전기세, 수도세 얘기만 하였다. 그리고 돌아 나와 싱숭생숭한 마음을 가눌 길 없이 책상에 앉아 있었는데 그 아가씨가 팬티 차림으로 거실에 나왔다. 숨이 턱 막혔다. 우리 과에도 미스코리아가 있었지만, 이렇게 아름답다고 생각해 보지 못했다. 다른 미스코리아들도, 탤런트들도 그녀만큼 아름답지는 않을 것 같았다.

화장실 가는 척하며 나온 그녀를, 엉거주춤하는 모습을 그냥 바라보고만 있을 수밖에 없었다. 그 아가씨하고만 한다면 '박미희 씨가 얼마나 비참해질까.'라고 생각하니 욕구가 썰물처럼 빠져나갔다.

추사의 '안동역에서'

제사는 자정 지나서 지냈는데 가정의례준칙이니 뭐니 해서 저녁 9시로 옮겨서 지내게 되었다. 할아버지 제삿날이어서 종착역인 안동역에 도착하니 8시 20분 경이었다. 집에 도착하자마자 제사를 지내야 하는 판국이었다.

열차에서 계단을 밟고 내려오는데 한 아가씨가 지나가다가 나를 쳐다보았다. 그렇게 한참이나 빤히, 갑자기 숨이 막히는가 싶더니 내가 사라졌다. 사라지는 순간 나는 아름다움에서 완벽이라는 걸 발견하였다. 사라졌던 내가 아직도 열차를 타고 가듯이 흔들거리며 지하통로를 지나가고 있었다. 그녀가 기관차처럼 나를 질질 끌고 갔다. 시간이 빠듯한데 난감하였다. 끌려가는 중이라서 그녀를 추월해서 갈 수가 없었다. 지하통로에서 나는 그녀가 끌어당기는 힘을 조금 더 느끼고 싶어 우측으로 비스듬히 치우쳐서 걸어갔다. 그녀는 고개를 약간 숙인 채 걸어가고 있었지만, 미동도 없었다. 너무 적막하였다.

그때 "투욱!" 지하통로 안에서 폭탄이 터졌다. 수많은 파편이 내 가슴으로 날아와 내 마음을 절명 시켰다. 그 와중에도 그녀는 미동도 없이 그냥 그대로 걸어가고 있는 모습을 보는 순간 마음이 번쩍하고 깨어났다. 정신을 차리고 보니 두툼한 그녀의 지갑이 바닥에 댕그랗게 떨어져 있었다. 속삭임도 고함처럼 들리는 곳이었는데 어떻게 저렇게 묵묵할 수 있는 걸까! 모든 세상이 묵묵하여졌다. 그때 또 한 번의 거대한 소리가 가슴속에서 울려 퍼졌다.

'앗, 할아버지 제사였지!'

그녀를 바로 뒤따라가던 아주머니가 그녀의 지갑을 주워 들더니 나를 쳐다봤다. 거기에서 나는 그만, 그녀에게 수작을 거는 건 할아버지께 대한 예가 아니라는 생각을 하고 말았다. 얼마 남지 않은 시간 때문이었다. 가정의례준칙 때문이었다.

무거워 보이지는 않았지만, 큼직한 짐을 넘겨 받아 들며 '이게 뭐예요?'라고 물어봐야 했다. 그녀에게 그녀의 지갑을 선물해 줘야 했다.

한 치도 흐트러짐 없이 타박타박 걸어가고 있었다. 지갑이 떨어져도, 지갑을 주워줘도 손목만 까닥 움직여 아주머니로부터 지갑을 건네받는 저 모습은 정지의 움직임이었다. 움직임의 정지였다. 그 누가 이런 아름다움을 연출할 수 있겠는가. 시도하는 저 아름다움, 좌절하는 저 아름다움, 누가 저렇게 표현할 수 있겠는가. 그런 시인이 있었던가. 그런 화가가, 그런 음악가가, 그런 배우가 있었던가. 있다손 쳐도 그녀만큼 아름답지 않고서야 감히 엄두도 못 낼 일이었다. 그녀는 추사의 '세한도'에서 걸어 나온 소나무였다.

할아버지 제사고 뭐고 지금이라도 '이 짐 제가 좀 들어줄게요.'라고 하고 싶었다. 그런데 저렇게도 아름다운데 삼류대생이 끼어들 일은 아닌 것 같았다. 이럴 때 쓰시려고 신께서는 나를 삼류대학에 보내신 게 분명하였다. 그렇지만 그렇게라도 그녀를 느낄 수 있게 한 것도 신이었음을 나는 그녀를 느끼듯이 느껴졌다.

자기가 가수라고 떠벌리고 다니던 초등학교 동창이 제작 단계에 있던 가수 진성이가 부른 '안동역에서'를 미리 카톡으로 보내주었다. 흥분하는 걸 보니 히트할 것을 미리 예감하고 있었던 것 같았다. 들어보니 좀 끌리는 데가 있긴 했지만, 트로트는 좋아하지 않아서 그런지 히트 정도는 아니라고 생각했다. 대중들의 취향을 어느 정도 감은 잡고 있긴 했지만, 그렇게까지 일 줄은 몰랐다.

경험을 토대로 해서 만든 노래라고 해서 듣고 또 들어봤다. 혹시 그녀와 관련이 있는 건 아닌가 싶어서……

바람에 날려버린 허무한 맹세였나
첫눈이 내리는 날 안동역에서
만나자고 약속한 사람
새벽부터 오는 눈이 무릎까지 덮는데
안 오는 건지 못 오는 건지
오지 않는 사람아

그 노래에다가 그녀와 나를 대입시켜 보았다. 아무리 대입시켜 보아도 나와 그녀가 들어맞지 않았다. 우리는 트로트가 아니고 발라드였다. 아니 판소리에 가까웠다.

하나 둘 셋

시를 쓰겠다며 살고 있었기 때문에 시 창작 공부하는데 다니면서 시 관련 행사에도 꾸준히 찾아다녔다. 그래서 만난 친구들과 사천해수욕장에서 열린 해변시인학교에 참가하였다. 시와 여름과 바다가 어우러져서 생긴 감성에다가 바캉스 개념으로 찾아온 사람들이 전국 각지에서 모여들었다.
　인원이 많다 보니 관리가 어려워 완전히 군대식으로 통솔하고 있었다. 초등학교 교실에다가 수용소처럼 집어넣고 10시 이후에는 통금이었다. 아무리 사고 나는 것이 두려워도 그렇지 군인도 아니고 시인이라고 하는 자들이 이게 뭐 하는 짓거린가 하였다. 같이 간 친구 중의 한 명이 주최 측과 관계있는 덕에 감독관이라며 우리만 자유를 맘껏 누렸다. 감독관이 아니었더라면 집으로 돌아가든지 했을 것 같았다. 한여름 밤, 파도 소리에 맞춰 노래 부르는, 저 태평양에서 사천 앞바다까지 고래며 오징어며 대게들이 나란히 서서 우리를 향해 부르는 저 합창을, 저 공연을 외면한 채 갇혀 지내야 한다니 말도 안 되는 짓이었다. 못 나오게 감독할 것이 아니라 나가게 감독해야 했다. 서로 좋아한다면 유방을 만질 수도 있는 거 아닐까.

다음날 우리는 모래사장에 둘러앉아 레크레이션을 했다. 지도 강사가 '하나 둘 셋' 하면 옆 사람을 안으라고 했다. 남녀가 안았을 경우, 그 남자는 그 여자의 유방을 만져도 된다고 했다. 그리고 그 팀은 오늘 끝까지 파트너가 되어야 한다고 했다. 미혼이라면 결혼까지 가길 바란다고 했다. 내 왼쪽은 남자였고 오른쪽은 여자였다. "하나 둘 셋" 구호가 떨어지자마자 나는 남자 쪽으로 몸을 틀었다. 내 오른쪽에 있는 여자는 그 오른쪽에 있는 남자가 덮치니까 놀라서 내게로 몸을 피했다. 그 순간 나는 몸을 바꿔 그녀를 날름 안았다. 그녀의 손도 나를 감싸안았다. 그러고 나서 나는 양손이 들었다. 그녀는 눈을 댕그랗게 뜨고 나를 쳐다보고 있었지만, 나는 슬그머니, 그리고 정중하게 그 두 손으로 그녀의 양쪽 유방을 만졌다.

바다에 있는 모든 물고기가 내 심장을 진동시켰다. 우리를 모두 휩쓸어버릴 것만 같은 폭발적인 성량으로 저 태평양에 있는 물고기까지 떼창을 하였다.

"아! 이거 어쩌죠? 죄송해서!"

"아니에요. 괜찮아요."

그 옆 남자가 덮쳤을 때 놀라는 걸로 봐서는 내 시커먼 손을 당연히 피했어야 하는 건데, 순순히 자기 유방을 처음 보는 남자에게 맡긴다는 건 나보다도 용기가 훨씬 더 필요했을 것 같았다.

그걸 지켜보고 있던 근역이 녀석이 일어나더니 자기가 진행하겠다며 그 레크레이션 강사를 쫓아냈다. 그리고서는 나와 그녀를 갖은 수단을 다 써가며 떼어냈다. 사탄의 짓이었다. 그러던 차에 해수욕장 본부석에서 방송이 나왔다.

"서울에서 온 캘리포니아주립대에 다니는 유영선 씨는 지금 즉시 서울로 올라가시기를 바랍니다. 급한 일이 생겼다고 합니다."

그런데 그녀가 일어나서 뛰어갔다. 아뿔싸! 그녀가 유영선이었다. 캘리포니아주립대! 그 당시는 유학생들이 그리 많지 않을 때였는데……. 시를 주고받으며 지냈더라도 나는 연애편지 쓰듯이 시를 썼을 테고, 시집이 몇 권이나 나왔을 텐데……! 일장춘몽이었다.

싫어하는데도 만졌다면 그것은 '미투'이다. 추악한 범죄이다. 만지는 것이 좋다면, 서로가 좋다면 만지지 않은 것보다 만지는 것이 더 좋지 않을까.

'미투'가 극성을 피우고 있을 무렵 초등학교 동창 대여섯 명이 내가 세 살 무렵에 살았던 춘양에서 고기를 잡아 매운탕에다가 술 한

잔하고 다방에 가서 차 한잔하고 있었다. 아이들이 미투에 관한 얘기를 열을 내며 하고 있었다. 내 옆에 다방 아가씨가 앉아 있었다. 나는 뜬금없이 그녀의 유방을 만졌다. 몇몇 아이들은 사색이 되었다.

"나 고소할 건가요?"

"아니에요. 괜찮아요."

"혹시 좋았던 건 아니었나요?"

"호호! 에이 그건 만진 것도 아니잖아요."

영보가 나서서 물었다.

"그럼 나도 만져봐도 돼요?"

"안 돼요. 여기가 춘향인 거 모르세요."

"여긴 춘양인데!"

"춘양이나 춘향이나 매한가지 아니에요. 이 도령 생가도 여기 있는데."

"아! 가봤어요. 한여름이었는데 성몽룡, 아니 성이성 생가에 가니까 그 후손이 페트병에 담긴 이상한 음료를 냉장고에서 꺼내 주시길래 마셨더니 옆에 있던 여자들이 모두 춘양이로 보이더군."

"뭐야! 무슨 음료인데? 그거 갖고 사업하면 떼돈 벌겠네."

"아가씨는 춘향이고 나는 이몽룡이니까, 변학도 같은 놈이 아무리 꼬셔도 넘어가면 안 돼요? 우파예요, 좌파예요?"

"보수 쪽이에요."

"고향은?"

"밀양에서 왔어요."

그 아가씨가 아니고 다른 여자, 특히 질 나쁜 여자였더라면 난 고소당하고 사회적으로 추악한 놈으로 내몰리는가 하면 합의금에 엄청나게 시달렸을 것이다. 미투에 연루된 자들처럼 흑심을 갖고 악의적이며 지속적이라면 그런 놈들은 인정사정 봐주지 말아야겠지만, '웃는 얼굴에 침 못 뱉는다.'라는 말이 있듯이 좋아서 순간적으로 실수한 것까지 문제 삼으면 이 세상은 공포스러워질 것이다. 친구들이 하는 말도 그런 내용이었다. 조금 불쾌하고 일시적인 것까지 참고 넘어가지 못한다면, 우리는 결벽증 환자 같은 사회 속에서 살아가야만 할 것이다. 그런 것도 덮어주고 넘어가지 못한다면 그것은 미투보다 더 추악하지 않을까. 신께서 왜 '창기가 먼저 구원받는다.'라고 하셨는지 그 이유를 알 듯하였다.

나는 클레오파트라나 양귀비를 좋아하지 않는다. 그들은 나를 좋아하지 않기 때문이다. 다른 남자를 좋아하기 때문이다. 아무리 아름답다고 하기로서니 어떻게 자기를 좋아하지 않고 다른 남자를 좋아하는 여자를 좋아할 수 있는 것인지 이해할 수가 없다. 연예인들을 좋아하는 것도 참으로 웃기는 짓이라고 생각한다. 음악을 좋아하고 연기를 좋아하는 건 이해할 수 있지만, 자기 자신을 얼마나 초라하게 여기고 있으면 저럴 수 있을까. 그것은 존엄한 자기 자신에 대한 모독이다. 그 모독이 바로 미투의 뿌리이다. 그 미투의 뿌리로 인기 연예인들이 떼돈 벌고 있는 신기한 현상이 생기게 된 것이다.

자기를 좋아하는 사람 중에서 자기가 좋아하는 사람과 만나고 사귀면 될 일이다. 거기에서 미투가 개입할 여지는 제로상태이다.

남녀 관계는 자연이다. 그 자연을 거스르는 것이 미투이다. 결혼 제도도 그 자연에 거스른다면 미투이다. 악이다.

노을 속의 여자

그다음 해 '해변시인학교' 때였다. 일정을 마치고 돌아가는 날 근역이가 말했다.
"노을시 동인 정연지 알지?"
"어, 그럼!"
"니 보러 왔다카드라."
"여기 왔었어? 근데, 그걸 왜 이제 말해주냐?"
"내가 어떻게 좀 해보려고 했는데 안 되더라."
"누구 만나러 간다고 하더니 걔 만나러 간 거였어? 아이, 이 나쁜 새끼!"
근역이 놈은 정말 '나쁜 놈'이었다. 이 세상에 근역이 같은 유형의 인간이 존재한다는 사실이 너무 서글펐다. 근역이만 그렇다면 아무 문제도 아니었지만, 근역이 같은 유형의 인간이 많다는 게 문제이다. 사회가 맨날 삐거덕거리는 이유가 거기에 있었다.
시를 같이 공부하던 한정엽이가 우리를 자기 시동인 모임에 초대해서 참석한 적이 있었다. 한정엽이 부인도 같은 시동인이라고 했는데 나오지 않았다. 월미도 거리에 자리를 펴고 앉아 새벽까지 퍼마셨다.

"나는 독신주의자거든요. 그런데요. 오늘부로 전향하기로 했어요."

내 옆에 앉아 있던 정연지에게 말했다.

"……?"

"나는 결혼해야만 한다는 사실을 깨달았어요."

"그 사실이 뭔데요?"

"정연지 씨가 바로 그 사실이에요."

"제가 어쨌게요?"

"연지 씨와 언제나 이렇게 나란히 앉아 있어야 하니까. 그러기 위해서는 결혼해서 같이 살 수밖에 없지 않겠어요."

술 취해서 하는 말이 아니라 술 취해서 할 수 있었던 말이었다. 내가 '해변시인학교'에 올해도 참석한다는 얘기를 듣고 나를 만나러 일부러 찾아왔었는데 근역이가 중간에서 훼방을 놓았다. 근역이한테 전화번호도 전해주라고 했다던데 그것도 잘라 먹어버린 잔인무도한 놈이었다. 내가 너무 소극적으로 살아가니까 저런 놈들이 기고만장하였다. 그녀는 나에게로 오기 위해 무척 애를 쓰고 있었는데 나는 까맣게 모르고 있었다. 나의 그 소극적 소행으로 인해 그녀를 힘들게 하였구나 싶으니까, 죄인이라도 된 듯한 기분이었다.

지금 와서 생각하니 그녀의 심사가 나를 분명하게 향하고 있었다는 것이 절실하게 느껴지는데 그 당시에는 왜, 느끼지 못했는지 안타까웠다. 그때 느낄 수 있었다면 내가 어떻게 든 찾아갔을 텐데……. 미국 유학생 그 유영선 씨도 그렇고 운명이란 어쩔 수 없구나 싶었다.

자주 연락하며 지내는 사이가 아니었는데 어느 날 한정엽이가 술 한잔하자고 했다. 소주와 안주를 사서 나를 강화도 바닷가 언덕으로 데리고 갔다. 수평선이 이쪽과 저쪽을 갈라놓고 있었다. 저쪽에 내가 생각하고 그가 생각하는 그녀가 있을 것 같았다. 내 감성은 수평선 너머로 자꾸만 증폭되고 있었다. 그가 나를 여기에 데리고 온 이유가 닿을 수 없는 그 수평선 그 너머 때문인 듯하였다. 소주 한 잔, 한 잔 속으로 녹아내리는 그 심정이 내 심정으로 녹아내렸다.

문화센터 시 창작반에 처음으로 나갔을 때 만난 친구였다. 거기에서 한 참한 아가씨가 내게로 은근슬쩍 다가오고 있었다. 강의 시간에도 내 옆에 와서 앉고 뒤풀이 때도 그랬다. 그렇게 몇 번 그랬는데 그다음부터 나오질 않았다. 나중에 알고 보니 그녀는 한정엽이와 사귀고 있던 사이라고 했다. 그것 때문에 아마도 대판 싸웠었나 보았다. 몇 년이 지나고 나서 한정엽이와 그녀가 결혼하였다고 했다. 그러고 나서 또 수년이 지난 어느 날, 집안으로 침입한 강도에게 그녀가 변을 당했다고 했다. 나도 세상의 벽이 한쪽 무너져 내리는 것 같았는데 한정엽이 심정이야 오죽했겠는가. 또 수년이 지났다.

자기는 이곳에 혼자 자주 와서 이렇게 술도 한 잔씩 하며 시도 한 편씩 짓는다고 했다. 갈매기들이 우리 얘기를 듣고 싶어서 우리 주위를 배회하고 있었지만, 그는 끝내 그녀 얘기를 한마디도 꺼내지 않았다. 그녀를 생각하고, 생각하고 끝도 없이 생각하다가 거기 한 귀퉁이에 연관이 되어 있던 내가 떠올랐었나 보았다. 그녀와 조금이라도 관련 있는 거라면 뭐든지 끄집어내 보고 싶어서, 그 심정을 가눌 길 없어서 내게 전화한 듯하였다. 웃음기도 울음기도 완전히 빠져버린 그의 모습은 처연한 그 자체였다. 한 편의 시라고 한들 이렇게 처연할 수 있을까 싶었다.

오후 내내 우리를 촬영하고 있던 해가 작업을 마치고 바닷속으로 들어가고 있었다. 우리를 영상에 잘 담아냈다는 뜻으로 우리에게 너무나 아름다운 노을을 선사하여 주었다. 그 노을 틈으로 그 노을보다 더 아름다운 그녀가 자기 신랑과 내가 함께 술 마시는 모습을 멋쩍게 지켜보면서 미소 짓고 있었다.

돈과 아름다움의 관계

내 대학원 동기는 출판사를 시작하면서부터 돈에 관련된 책만 출간하고 있다고 했다. 엄청난 베스트셀러를 만들지는 못했지만, 책들이 꾸준하게 팔려 돈을 엄청나게 벌고 있다고 했다. 인간의 속성을 잘 파악하고 있었던 결과였다.

시민단체에서 만난 이서가 같은 성씨라고 "오라버니! 오라버니!" 하며 따르기에 귀엽기도 해서 친하게 지냈는데, '둘이서 시사주간지 하나 만들어보지 않을래요?'라고 했다. 옆에서 듣고 있던 지인이 "어라! 프러포즈하는 거네."라고 하니, "프러포즈하면 안 될 거 있나요?"라고 했다. 자기가 아는 정치가들이 많다고 하였다. 그녀랑 같이 일하면 재미있을 것 같기도 하였다.

그런데 그 단체의 총무이던 여자의 모략으로 그 모임에서 추출하였다. 그런 짓까지 할 수 있다니 섬뜩하였다. 좌파의 실체였다. 그녀가 자기 집에 한번 가자고 해서 가봤더니 엄청난 부자였다. 자기가 부자라는 걸 은근히 자랑하고 싶었던 모양이었다. 어느 날 우리집에 와서 차 한잔 마시게 되었는데, 그날따라 특히나 아름다웠다. 눈길이 너무 은근하기에 분위기를 한번 잡아보려고 마음먹었다. 더 가까운 사이가 되는 건 더 좋은 사이가 될 것으로 생각하였다.

그러던 차에 그녀가 말하였다.

"나는 이 세상에서 돈이 최고인 거 같아요."

그 순간 그녀에게는 내가 아니라 돈이었다. 그 아름답던 눈망울, 그 입술, 그 머릿결 그 모든 것은 얼마짜리였을까. 그러는 사이에 달아오르던 열정이 눈 녹듯이 사르르 녹아내렸다.

"이 세상에서 나는 돈이 제일 좋아."

"뭐니 뭐니해도 머니가 최고지!"

"사람치고 돈 싫어하는 사람 있으면 나와보라고 해."

그녀도 그랬지만, 그런 말을 사람들은 너무나 당연하다는 듯이 말하였다. 돈과 관련된 책을 출판해서 돈 벌 것이라고는 나는 상상도 못 하였다. 어느 중학교 동창도 심각하고도 진지하게 말했다.

"아무리 생각해 봐도 이 세상에서 돈보다 더 나은 건 없는 것 같아, 그렇지?"

'아무리 생각해 봐도 선악과가 최고야. 사탄을 따라가야 행복하겠지.'라고 지껄이고 있었다. 인간들이 '돈'을 신앙으로까지 생각하고 있는 모습을 보니 기성 종교의 위기가 심각하겠구나 싶었다. 신도들은 자기 이익을 위해 종교를 이용하고 있었다. 사이비종교들이 아무리 잘나가봤자 그것은 신도들에게 이용당하는 집단이었다. 돈과 종교가 물고 물려 돌아가는 형세이다. 어느 종교학자는 '종교가 사회를 걱정하는 것이 아니라 사회가 종교를 걱정하는 시대가 되었다.'라고 했다. 정상적인 세상에서 비정상적인 세상이 되어버렸다는 얘기였다.

종말은 비정상적인 세상을 정상적인 세상으로 다시 뒤집기 위한 수단이다. 신의 나라를 만들기 위해 신의 심판은 필요 불가결하지 않을 수 없을 것이다.

임신과 웃음

같이 시 공부하던 친구들이 주축이 되어 영상시문학회를 창립하였다. 나는 그 무리에서 주된 멤버였지만, 거기에서 주축이 되지는 않았다. 김근역이가 설치고 다녔기 때문이었다. 그 발기인대회를 대성리에 있는 모텔에서 1박 2일로 한다기에 갈까 말까 하다가 한 번 가보았다. 그다음부터는 회비를 터무니없이 비싸게 받을 뿐만 아니라 되지도 않는 얘기를 자꾸 지껄이고 있어서 나가지 않았다.

시 전문지 편집장 손순선 씨가 참 참한 아가씨와 함께 왔다. 방송통신대학에서 같이 공부하고 있다고 하였다. 방송통신대학이라고 하면 나이가 든 사람들이 대부분인 줄 알았는데 그녀는 20대 중반쯤이었다. 누가 춘천 가서 맛있는 거 먹고 오자고 해서 그녀를 포함해서 내 차로 다섯 명이 재미있게 놀다가 돌아왔다.

"소회 씨!"

"예!"

"나, 잘 데가 없어서 그런데 소회 씨 옆에 가서 자면 안 될까요?"

"그러세요. 여자들 방에서 주무실 용기 있으면 얼마든지요."

그다음 날 자기들이 통신대학 바자회를 개최한다고 해서 우리는 바로 동숭동으로 갔다.

그런데 그녀가 갑자기 딸꾹질했다. 내가 듣기로는 틀림없는 입덧이었다.

"아니! 같이 잔지가 하루도 지나지 않았는데 벌써 임신했어요?"
"호호호홋 딸꾹, 호호홋 딸꾹, 호호호호홋 딸꾹……"

일하느라 이리저리 정신없이 돌아다니면서도 하얗게 "호호호" 하며 웃고 있었다. 한참이 지났는데도, 그 웃음 때문에 딸꾹질이 멎었는데도 아직도 웃고 있었다. 무슨 생각하기에 저러는 거지? 약발은 끝난 지 한참 지났을 텐데도 아직도 웃고 있다는 것은 다른 약발을 받고 있음이 틀림없었다. 어디서 또 무슨 약발을 받는 것일까? 그녀의 웃음소리를 귀 기울여서 가만히 들어보았다. 그랬더니, 어젯밤 그 방에서 내가 자기 옆에서 진짜로 자는 걸 상상하고 있었다. 그 웃음소리에 그녀의 상상이 고스란히 들통나고 말았다.

"호호호 호!"

그녀는 아직도 내 가슴 속에서 그렇게 웃고 있다. 그때부터 지금까지 청초하고 해맑게 나와 함께 살아가고 있다. 아무리 고달파도 언제나 나를 그렇게 풋풋하게 하였다.

관세음보살과 소녀

환갑이 되니까 더 이상 몸을 움직이지 않고 살면 안 되겠구나 싶었다. 그래서 문산에 사는 지인과 함께 임진강에 가기로 했다. 배낭을 메고 풍산역에서 경의선 열차를 탔다. 오래된 기억 속에서 찾아낸 풍경이었다. 한적하고 한가롭던 그 풍경 속에 한 소녀가 있었다. 타는 걸 보지 못했는데 내 좌측 건너편에 혼자 앉아서 나를 힐끔힐끔 쳐다보았다. 너무 귀엽고 예뻤다.

문산역에서 같이 내렸다. 행복센터에서 문학 동인을 만나 구내식당에서 점심 먹고 적성행 버스를 타고 가기로 해서 나는 우측으로 빠져나가야 했다. 우측으로 들어서려고 하니까 나를 자꾸 돌아보며 앞에서 가던 그 아이가 아예 뒤돌아서서 빤히 쳐다보고 있었다. '왜 따라오지 않아요?'라고 다그치고 있었다. 당돌하기 그지없었다. 저 도발, 저 도도함은 무엇이지? 자기 미모에 대한 자신감, 아니 자만심 그런 것일까? 어린 소녀가 어떻게 저리도 대담하게 굴 수 있는 것일까? 요즘 아이들의 세태가 어떤지 잘 모르지만, 그것이 반영된 저 자태를 어찌 보니까 그 아이의 미모에 더 해서 참 아름다웠다. 그 어떤 굴레에도 갇혀 있지 않은, 그래서 나타날 수 있었던 순수, 절대순수이성을 지니지 않고서는 그런 모션을 취할 수 없었을 것 같았다. 나는 순간적으로 수많은 생각을 했다.

'시를 가르쳐줘서 내 제자로 한번 키워보면 어떨까?'

'수양딸을 삼아도 좋겠네.'

'괴테처럼 결혼할 수도 있지 않을까?'

'이혼한 엄마를 위해 새아빠를 자기가 스스로 찾고 있는, 저 아저씨는 딱! 우리 엄마 스타일이라고 생각한 걸까?'

저렇게 아름다운 아이가 저렇게 나를 좋아하다니, 꿈을 꾸고 있는 듯하였다. 그런데 스님의 일을 맡아서 하게 되면, 아무리 수양딸이라고 해도 닦아세울 것이 뻔하였다.

소꿉놀이할 때 이불 속에서 기다리고 있던 배서연이가 떠올랐다. 소문날까 봐 고민하던 어린 내 모습이 오버랩되었다. 그때처럼 지금도 참아야만 했다. 배서연이한테처럼 그 아이한테도 자꾸만 미안하였다. 내 생각이 순수를 훼손하고 있는 것 같아 마음이 어딘가에 심하게 짓눌리는 듯하였다.

영적으로 너무 맑아서 나이와 상관없었던 것은 아닐까. 40대 때 찜질방에서 나를 뚫어지게 바라다보던 한 여고생이 있었는데 외면했다고 여자 친구한테 얘기했더니 '잔인한 놈'이라고 했다.

순수한 아이의 의지에 커다란 상처를 낸 것은 틀림없었다. 그 상처를 내 마음에 복제하였다. 내가 잔인한 것인지 사회의 굴레가 잔인 것인지 판단하지 못한 채 복제한 그 상처를 부여안고 임진강 언저리를 배회하였다.

외모가 그렇게 잘생긴 편도 아닌데 그러는 것을 온전하게 이해하기는 어려웠지만, 환갑 때까지만 해도 그런 경우가 종종 있었다. 윤지현 자매도 그러했지만, 두 살 선배가 자기 딸이 나를 사랑한다고 그러더라며 은근슬쩍 전해주기도 하였다. 말도 안 되는 소리여서 대꾸도 하지 않고 넘어갔었는데, 또 다른 두 살 많은 선배 딸도 그랬다. 마음에 쏙 드는 아이였는데 그 집에 놀러 가면 외면 하기에 나한테 관심이 없는 줄 알았다. 그것이 관심인 줄 나중에 알았지만, 친구 같은 선배가 장인이라니 말이 되지 않았다. 그녀가 결혼식에서 퇴장할 때, 나를 지나가는 동안 나를 노려보았다. 가슴이 덜컥 내려앉았지만, 어찌하였거나 둘 다 나보다 훨씬 좋은 사람과 결혼하여 다행이고 안심이었다.

그들에게 있어서 나이와 관계있는 것은 외모이지, 영적인 것은 상관이 없었다. 연예인들을 좋아하는 아이들이랑은 확실히 다르게 여겨졌다. 강아지, 고양이들을 보니까 누가 좋은 사람인지, 누가 나쁜 사람인지 단박에 알아보았다. 영이 맑고 순수한 그들을 생각만 하고 있어도 나는 행복하였다.

문산에서 그 소녀를 그냥 보내고 돌아오던 날 엘리베이터 문이 또다시 저절로 열렸다.

'아! 그 소녀가 관세음보살은 아니었을까.'

내가 어떻게 결정하는지 보려고 그 소녀로 현신하였던 것은 아니었을까. 아니면 그 소녀로 하여금 이 글을 쓰게 하시려고 나타나셨던 것이었을까.

늦은 비 성령

효자동 박태성 정려비와 호랑이상을 취재하러 가던 길이었다. 어디가 어딘지 모르는 데다가 늦은 오후였는데 비가 쏟아지니까 어둑해서 무섭기까지 하였다. 그때 하늘에서 구멍이 생기더니 빛이 내려와 어느 곳을 비추었다. 그곳이 바로 정려비와 묘가 있는 곳이었다. 처음에는 인왕산 호랑이가 그러는 줄 알았다.

현관문을 열어주시는 성령님을 대하고 나니 그것도 성령님께서 하신 일이라는 것을 알게 되었다.

현관문은 성령님과 나와의 네트워크였다.

1층에는 좌우 측에 현관이 있었다. 우편물을 확인하려고 우측으로 가려고 생각하였는데 우측 현관문이 쓱 열렸다. 신과 나는 생각까지도 공유하고 있었다.

마트에 가서 장을 보면서 술을 한 병 샀는데 집에 와서 보니까 사라지고 없었다. 영수증을 다시 확인해 보니 계산한 것이 분명하였다. 술이 예전처럼 잘 받지 않았는데 그 상태에서 술을 계속 마시면 건강을 크게 해칠 수 있다는 성령님의 충고였다.

한 봉지에 일곱 개가 든 사과를 사서 몇 개 먹지 않았는데 보니 두 개밖에 남지 않았다. 이상하다고 생각하고 넘어갔었는데 유별나게도 그날은 점심을 먹으려 공원으로 해서 가다가 보니 바위 위에 사과 한 개가 놓여 있었다. '여기에 누가 사과를 뒀을까?' 그다음 바위 위에도 또 한 개가 더 놓여 있었다. 참 이상하다 싶어서 보니 내 사과와 똑같은 흠과였다. 성령님께서 냉장고에 있던 내 사과를 여기에다가 갖다 놓으신 것이었다. 내가 언제 그리로 지나가는지도 다 알고 있다는 걸 알려주기 위함이었다. 사과를 들고 밥 먹으러 가기가 뭐해서 숲에 숨겨놓고 돌아올 때 챙겨서 돌아왔다. 냉장고에 있는 사과와 비교해 보니 정말 똑같았다.

근육수축증을 앓고 있는 지인의 외국 친구가 죽기 전에 한국 한 번 오고 싶어 한다고 해서 마지막 때 심판받지 않으면 신께서 깨끗하게 치료해 주실 거라고 얘기하고 돌아오는데 주머니에서 카드를 꺼내기만 했는데도 현관문이 쏙 열렸다.

콩 심은 데 콩 나고 그 아버지에 그 아들이라고 얘기하였다. 그리고 자취하면서 음식을 조리할 때 설탕을 치니까 조미료 친 것처럼 맛이 확 살아나더라. 내가 떼돈 벌 수도 있었는데 아쉽다고 얘기하였다. 근육감소증뿐만 아니라 그런 이야기들도 틀리지 않다는 신의 응답이었다.

나는 신의 품에 안기듯이 현관문으로 들어섰다. 신의 사랑 안에

317

서 신을 사랑하는 나의 모습이 내 인생의 실루엣에 걸려있었다.
　양손에 장을 본 종량제봉투와 생수 한 묶음을 신의 선물인 양 들고 가는데 현관문이 저절로 쓱 하고 열렸다. 엘리베이터 앞에서 보니 닫혔던 현관문이 다시 저절로 쓱 열렸다. 나는 들고 있던 짐을 내려놓고 현관문을 향해 거수경례를 올렸다. 보이지 않았지만 보였다. 거기에 성령님께서 분명히 계셨다. 영광이라는 것은 이런 걸 두고 하는 말이었다. 성령님께 경례할 수 있는 것이야말로 영광이었다.
　밖에 나갔다가 성령님은 늘 내 곁에 계신다고 생각하면서 엘리베이터를 타려고 하는데 버튼을 누르기도 전에 엘리베이터 문이 저절로 열렸다. 사람들이 몇 명이 타고 있었지만, 아무도 내리지 않았다.
　성령님께서는 지금도 내 곁에서 나를 지켜보고 계신다. 내가 태어나기도 전부터…….

김유선 자전적 장편소설
네 멋대로 하라

초 판 1쇄 2025년 7월 7일

지 은 이 김유선
펴 낸 곳 시지시

등   록 제2002-8호(2002.2.22)
주   소 ㉾10364
         고양시 일산동구 호수로 688. A동 419호
전   화 050-5552-2222
팩   스 (031)812-5121
이 메 일 sijis@naver.com

값 17,000원

ⓒ 김유선, 2025

ISBN 978-89-91029-84-2 03810

* 저자와의 협의에 의하여 인지를 생략합니다.
* 파본은 구매 서점에서 교환하여 드립니다.